林希自选集

「小的儿」
醉月婵娘
婢女春红

林希

著

天津出版传媒集团

天津人民出版社

图书在版编目(CIP)数据

"小的儿"·醉月婶娘·婢女春红 / 林希著. —— 天
津：天津人民出版社, 2017.6
　　(林希自选集)
　　ISBN 978-7-201-11697-6

　　Ⅰ.①小… Ⅱ.①林… Ⅲ.①小说集–中国–当代
Ⅳ.①I247

　　中国版本图书馆 CIP 数据核字(2017)第 093311 号

"小的儿"·醉月婶娘·婢女春红
XIAODEER·ZUIYUESHENNIANG·BINVCHUNHONG
林希 著

出　　版	天津人民出版社	
出 版 人	黄　沛	
地　　址	天津市和平区西康路 35 号康岳大厦	
邮政编码	300051	
邮购电话	(022)23332469	
网　　址	http://www.tjrmcbs.com	
电子信箱	tjrmcbs@126.com	
责任编辑	范　园	
装帧设计	汤　磊	
印　　刷	山东德州新华印务有限责任公司	
经　　销	新华书店	
开　　本	880×1230 毫米　1/32	
印　　张	10	
插　　页	10	
字　　数	170 千字	
版次印次	2017 年 6 月第 1 版　2017 年 6 月第 1 次印刷	
定　　价	45.00 元	

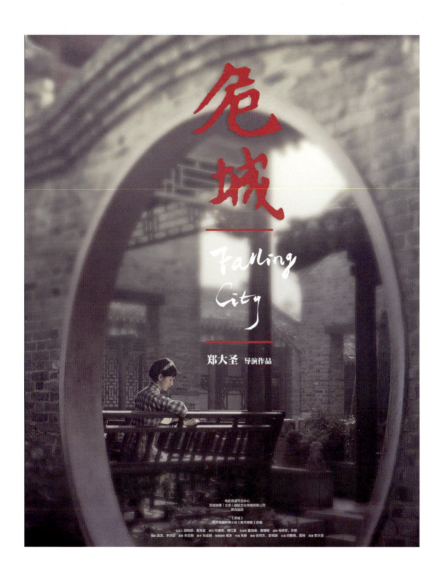

根据《醉月婵娘》改编的电影《危城之恋》海报，
由导演郑大圣提供。

电影《危城之恋》剧照，由导演郑大圣提供。

电影《危城之恋》剧照，由导演郑大圣提供。

电影《危城之恋》剧照，由导演郑大圣提供。

话剧《婵女春红》剧照，由天津人民艺术剧院提供。

话剧《婢女春红》剧照，由天津人民艺术剧院提供。

话剧《婢女春红》剧照，由天津人民艺术剧院提供。

话剧《婢女春红》剧照，由天津人民艺术剧院提供。

目　录
CONTENTS

"小的儿"　　　　　　　1

醉月婶娘　　　　　　117

婢女春红　　　　　　229

"小的儿"

1

　　弥留之际,母亲将我紧紧地搂在她的怀里,这时的母亲早已经哭干了泪水,哭得失去了声音,她只是把我的脸颊贴在她的唇边,没有一丝力气,几乎听不到一丝声音,一字一字,她只是对我说着:"孩子,娘败了,小的儿胜了。你是娘的儿子,顶天立地的男子汉,你可要给娘争这口气!"说罢,娘就咽了气。那年,娘,43岁,而我,只有13岁。

　　母亲的娘家姓马,母亲的名字叫马官南,名字是俗了一点,但那是家谱上早就规定了的,赶上哪个字,就是哪个字,根本没有选择的余地。天津的马姓人家是名震遐迩的大户,论财势,堪称是天津的首富,论品位,也更是书香门第,而且一不依仗官府势力,二不在天津卫称雄称霸,积善人家,必有余庆,马姓人家在天津卫独享殊荣。

　　和马姓人家比起来,我们侯姓人家就是暴发户了,我的先曾祖父大人,生前就任日本三井洋行中国掌柜,买办,吃洋饭的,没有根基,门第不高,也算是不齿于名门望族的小门小户，上不得高台面。

　　按道理说，马姓人家和侯姓人家根本就是门不当户不对，压根儿就不可能做亲，据母亲说，像侯姓人家这样的后辈，顶头，也就是娶个猪肉铺掌柜家的肥姑娘罢了，他们何以能攀上这么高的门第呢？算是侯姓人家有这步运气，不是赶上闹八国联军吗？八国联军攻克天津之后，烧杀抢劫，天津城一时之间成了一座死城，横尸遍野，血流漂杵，平民百姓只能任由强虏施暴，而大户人家则就要设法逃避。逃到哪里去呢？八国强盗满天津城为非做歹，简直就是如入无人之境，哪里还有什么避难之所？别着急，找我们老侯家来呀！忘了我们老侯家是吃洋饭的啦？自从八国联军一进天津城，日本国就在我家大门外挂上了一面日本国的太阳旗，太阳旗下面还有五个大字：日本国保护。你道"牛"不"牛"？

　　就这样，人家马姓人家一户人，就投奔到我们老侯家来了，别忘了人家马姓人家有两位千金小姐呀，大小姐已经许配了人家，偏这位马家的二小姐才貌出众、端庄大方、心灵手巧、多才多艺，你想想我家的先祖母大人能不在马家的二小姐身上打主意吗？当时自然是什么也不说了，我家的先祖母大人只是尽其所有，热情待客，不仅每日三餐必是山珍海味，而且还拿出绫罗绸缎，给两位马家小姐裁制新衣服，更为甚者，我家的先祖母大人还将马家的二小姐请到她老人家的房里，打开梳妆台，取出首饰匣："孩子，看着哪件好，你就拿哪件吧。"直吓得马家二小姐暗自打战，我的天爷，这已经明明是不怀好意了，哪里有这样对待避难人家的？人家投奔这里来，不过只是要找个平安地方罢了，哪里敢妄想得到这般对待。当即，人家马家的二小姐只推说是自家的首饰尚且戴不过来，又东拉西扯地说了点闲话，便又说是要回房读书，施礼之后，人家便走出去了。吃了闭门羹，我家的先祖母大人非但没有恼火，反而一眼认定，她老人家的大公子，是非马家的二小姐不娶了。"你瞅瞅人家的孩子，金银财宝压根儿没放在心上，什么翡翠珠宝，人家孩子连一眼也不看，这叫名门闺秀，千金小姐，哪能一看见金货银货就眼里冒金星的？官南这孩子我看中了，她若是不肯嫁到我家来，做我的儿媳妇，我就落发为尼！"我的天爷，侯老太太的主意就算是拿定了。

可是你也得问问人家马二小姐愿意不愿意呀，马二小姐一声不吭，只是低头在绣架上绣花，不小心，绣花针刺破了小手指，将手指咬在唇边吮一下，安稳一下心情，然后又继续在大木架上绣花，绣的是新燕梅花，好一手漂亮的女红。

马老太太更是思想维新，人家娘家祖辈上出过进士，而且还是桐城派作家群中的一员主将，家学渊博，自然就有些平等思想。所以人家马老太太对儿女婚事极为谨慎，那是决不能只听父母之命、媒妁之言的。而且人家马老太太一不去庙里烧香，二不去问卦求仙，什么看命相、批八字，人家马老太太一概不信，人家马老太太要来一次调查研究，访亲问友，八方探询，各路的报子们传回来的情报说，这位侯家大少爷人才出众，不仅是学富五车，而且还满腹经纶，聪明智慧，精力过人，那才是百里挑一的上等人儿呢。

　　就这样把婚事订下来？也未免还是太草率了，正犹疑间，突然传来消息说，人家那位侯家大公子，被袁世凯选去，到海军大学读书去了。何以这位公子，弱不禁风，手无缚鸡之力，竟然被袁世凯挑去，要做海军尚书了呢？其实此中没有什么秘密，就是因为袁世凯就任都统衙门总督之时，到津那天，日本国三井洋行派出他的中国掌柜侯老太爷，前往都统衙门贺拜，且送去一份官礼，白银一万两。袁世凯大人一生最喜两件物什，一是金钱，二是美女，今日见了这一万两白银，就更是格外高兴，当即他便向侯老太爷问道，有没有什么事情要他袁大人暗中相助？侯老太爷说道，我家虽属出身微寒，但也实在没什么大事要劳烦袁大人出力帮助。这时，袁大人指着侯老太爷带在身边的孙儿向侯老太爷问道："这是你的什么人？"当即，侯老太爷回答说："回复袁大人的示问，这个小犬是我的大孙子。"

"多大年纪？"袁大人继续问着。

"一十八岁。"侯老太爷回答。

"好了，明日你着人把他送到大直沽，那里新立了一所海军大学，眼下正在招考学生，你让他入学读书就是了。"

"使不得，使不得，请袁大人另觅高才吧，我家的小孙子，是只可从文，不能习武的呀！他手不能提篮，肩不能挑担，出操演武，他是力所不能的呀！"侯老太爷听说袁世凯要选自己的孙子当兵练武，立即便摇着双手赶忙推辞。

"嘻，你以为进海军大学就是出操练兵吗？"袁世凯当即解释着说，"那是平民百姓的孩子才让他去出操的，让咱们家的孩子出操练武，你舍得，你还舍不得哩，咱们家的孩子穿老虎皮，那是只等着吃俸禄的，海军大学里享几年清福，风吹不着，雨淋不着，三年之后，出来就是海军将官，至少也是一名海军舰长，吃香的喝辣的，享不尽的荣华富贵，不比你让他承继办洋务好？"

虽然是这样说着，可我们侯老太爷还是不愿让自己的孙子去学武，但是据明白人说，袁世凯既然选中了你的孙子，要他去进海军大学，你还是不要敬酒不吃，吃罚酒，如今他正在招兵买马，说是和你商量，其实是强要你家的孩子，驳了他的面子，吃不了，兜着走，到时候有你的小鞋穿。无可奈何，去就去吧，反正对孩子说好了，让你出操，你就说是肚子疼,再不行,就去蹲茅坑,千万别给他真卖力气。

没想到,就因为这位侯家大公子进了海军大学,我们侯姓人家和马姓人家的这门亲事还就真地做成了。何以这马姓人家的二小姐就肯屈尊下嫁到侯姓人家来了呢?也没什么太深奥的道理,世上的人,不全是要攀附名贵吗?清朝末年,糊里糊涂的老百姓不知道世态的动向,但是稍微有点心计的人,全都看出了这朝廷是保不住了,只是,这朝廷一旦寿终正寝之后,这天下又是谁人出来收拾呢?短视的人说,改朝换代,还得有人登极称帝,中国没有皇帝不行,而有远见的人则认为,清室一旦退位之后,中国必要实行民主自由,那时节,四亿神州皆舜尧,长颗人头的便是国家主人翁。果不其然,这往后的日子还真就是这么一回事了。

马老太太同意了这门亲事之后,自然就要去征求女儿的意见,而且还把这些日子暗中对侯大公子的种种查访,原原本本地向女儿做了转述。马老太太告诉女儿说,这位侯大公子,全名叫侯茹之,比马家的二小姐年长二岁,今年恰是20岁年纪,容貌么,也许你留意过,避难时住在侯家,总听见书房里朗朗的读书声,子曰诗云地终日没完没了地背诵圣贤文章的那个白脸书生,便是侯家的大公子,侯茹之。这位侯茹之小哥天资极佳,读书可以一目十行,而且过目不忘,他家的侯老太爷见孙子聪颖,四岁上便在家里立了书馆,请来了一位做过侍郎的宿儒老学究给他家大公子开蒙,第一年讲"四书",第二年讲《春秋》,第三年,第四年,那就越讲越有学问了,待到一十二岁时,人家侯大公子,已是把凡是带中国字的书全都读完了,读完了中国书,再去读外国书,最先读的是英语,Good morning,Good bye,现如今已是能和外国人说话了,学通了英语之后,人家侯大公子又学日本语,阿里嘎豆,沙由那拉,能和日本人一起猜拳喝酒,还能先把日本人灌醉了之后,自己再喝个一醉方休,那份本事,天津卫算是独占鳌头了。"这位侯公子别是生性荒唐吧?"听过母亲的述说之后,马二小姐不无担忧地问着。"也许不至于吧。"马老太太当然不敢打包票,只是心中暗想,这样的大户人家也许不致于出太离谱的孽障。果不其然,这还真让马老太太给猜中了,这位侯大公子确实没有离谱,人家压根儿就是自己编谱儿。

听说马家答应了这门亲事,侯家老太太可是高兴得真有些忘乎所以了,立即差人去找神仙铁嘴们批命相,生辰八字合回来,没这么合适的了,天做良缘,侯大公子属猪,马二小姐属牛,一个胡吃闷睡,另一个辛劳终生,而且,猪配牛,不知愁,绝对没错,我的老爹一辈子没遇到过犯愁的事,造化,这是人家侯大公子的福气。

刻不容缓,当即,两户人家就换了帖子,紧急动员,侯家和马家就各自忙起来了。马家忙娉女儿，不外是金银细软、古董玩器，据母亲后来对我说，人家马家给二小姐带过来的陪嫁，不算四名陪房的婆婆使女，只那些物什，就足够我哥哥和我坐吃一辈子的，莫说是那些金银首饰，只那两只压箱子的翠玉，猫眼儿碧玉，稀世珍宝，一只就是千顷良田，可以给日后的土地改革，提供一万名地主分子，这该是多大的贡献吧。

准备给侯大公子娶亲，侯姓人家就更是大肆挥霍了，我的先曾祖父大人有了吩咐：别给我办得太寒碜了。随后他便一头钻进三井洋行，忙他的公务去了。至于我的先祖父大人呢？彼时他老人家供职于美孚油行，任华账房大写，每年三个月在天津，三个月在上海。三个月去美国，另外的三个月，是在海上坐轮船，那时候不是没有飞机吗？据我家先祖父大人后来对我说，那在海上乘船的滋味是很不好受的，枯燥乏味，从上海出发，穿过太平洋，遇上风平浪静的好天气，至少也要20天，这无所事事的日子可是该如何打发呀，幸好，树林子大，什么鸟全有，偏偏一位不长进的中国洋奴就混到了船上，他不买船票，白吃白喝，只在船上给乘客们讲《三国演义》，当然是用 English，而且这位爷的英语是绝对的顶呱呱，愣把洋毛子们听得不会转眼球儿了，而此中我家的先祖父大人，自然也听得有滋有味。由此，我家的先祖父大人因为要在海上听英文的《三国演义》，这家里的事情就全交给我的先祖母大人了。先祖母大人最爱讲排场，凡事总要来个天津第一。于是她老人家就找来了天津卫操办红白喜事的各路英豪，当即便向各位问道："这天津卫自从设卫以来，谁家迎亲的喜事办得最是与众不同？""回侯老太太的示问，天津卫近五十年以来，娶媳妇最阔气的，还得说是人家杨翼德。"杨翼德大人彼时就任天津府巡警局局长，他为给儿子娶媳妇，一家伙挥霍了白银一万两，此中还不包括远近亲朋送的贺礼。

"好，就给我照着他杨邦子的排场办。"杨翼德绰号杨邦子，进了我们侯姓人家的大门，他不敢走方砖砌的大路中央，乖乖地，他得给咱来个黄花鱼，溜边儿。素日在外面吓唬老百姓的那套"架子花"，他得给咱侯姓人家收起来。为什么？什么也不为。就问问他杨邦子怕不怕外国人？你那个巡警局是整治中国人的，在吃洋饭的人家面前，你杨邦子往哪儿摆？连天津府衙门的道台大人，都得逢年过节的到我们侯家来给老大人请安，而且杨邦子对下属早过交待：只要是侯姓人家的轿子马车出来，一定要让闲杂人等回避，不得挡路，知道这天津卫的大马路是给谁修的吗？无论是大街小巷，先得让人家有头有脸的大人先生走，人家不走的时候，才轮上你们去走，不三不四的别总在大马路上转悠，碍事，知道吗？爷们儿。

全新南绣的花轿,四八三十二抬,新打出来的四面丈二铜锣,要的是惊天动地第一声,六十四名童子,每人一套大红龙凤衣,四堂吹打,清一色的绵缎朝服,八匹大红枣马,唯一和杨邦子家迎亲排场不同的是,侯姓人家没有功名,没有功名不要紧,我们有北洋总督大人的面子:海军大学在读,比个五品六品的还要光彩。

震惊津门,空前绝后,侯姓人家就如此这般地将马家的千金二小姐给迎过来了。为了这一场事办得非同寻常,天津地方县志还特意写下了一笔:某年某月某日,三井侯宅迎娶新人,极事铺张。如是,还就算是在历史上留下了光辉一页。

只是,从此难为了这位马家的千金小姐马官南,人间冷暖,苦辣酸甜,千般是非,万种磨难,就全落在了她一个人的身上。

2

　　马官南嫁到侯家来做大少奶奶，头一个月，正赶上侯茹之放暑假，头个月不空房，小夫妻如漆似胶地过了一个月甜甜蜜蜜的生活，据母亲后来说："我和他只过了一个月的好日子。"说的就是这段时光。

　　一个月之后，侯茹之返回大直沽海军大学，侯氏府邸第三道院里，就只剩下了马官南一个人和她的四名陪房女子。早晨，马官南按时到公婆房里去请安，公公自然是不在家的，也不知是去了上海，还是去了美国，只婆婆一个人还没有起床。不亲自看着婆婆起床漱洗，大儿媳妇自然不能回房休息，由此，马官南就只能在婆婆房外恭立侍候，好在婆婆没有这些规矩板眼，"我还要再睡一会儿呢，你只管回房去吧。"婆婆还躺在床上说着。最先马官南也是不好意思，但去了几次，婆婆总是不起床，问起公婆房里的刘妈，这才知道婆婆历来有睡懒觉的习惯。这和自己的母亲不一样，人家马老太太白天吃斋，晚上烧香，夜里念佛，而我的先祖母大人，却是白天睡觉,晚上听戏,夜里打牌,打麻将牌,一打就是一个通宵,而且多大的牌桌子都敢上,一夜之间万儿八千地输掉,根本不算是一回事。输过钱之后,回到家来休养生息,一觉要睡到中午 12 点,然后起床用饭,下午再稍事休息,下午五时开始更衣,六时登车而去,中国大戏院,大舞台,上权仙。侯老太太要去听戏,侯老太太听戏不能自己买票,各个戏院专门给侯姓人家留着包箱,我们侯老太太很有几个出名的干女儿,全是各戏班里的名角儿。侯老太太当然不能白听戏,偶尔她要给干女儿们打件金货首饰。也是据母亲后来对我说:"一年,你奶奶一次就给五个干女儿打了十副翡翠耳环。" 也是一副耳环价值百亩良田,20 亩地算是地主分子,就这样,我奶奶的干女儿,一个人的耳朵上挂着五名地主,你说说这是多大的罪恶吧!

免去了每日清晨的请安问候,大少奶奶马官南满以为少了许多繁文缛节的麻烦,谁料,一个月之后,马官南毫无准备,突然一天,前院里大账房给大少奶奶送来了当月的流水细账。双手托着厚厚的一本折子账,马官南犯了疑惑,新过门的媳妇,有什么权利审阅全家的日常开支呢?匆匆忙忙,双手举着流水账折,马官南就往上房里走,碰了一鼻子灰,侯老太太不在家,打牌去了。倒是公婆房里的刘妈转达了老太太的旨意,说是从这个月之后,这家中的日月就交给大少奶奶了。我的天，才过门就当家，这若是在小户人家可真是求之不得的事了，一袋米两袋面，一瓶油一堆土豆，谁当家谁沾便宜。多少户人家婆媳不和，打得不可开交，争的就是这个领导权。可是这里是侯姓大家，老太爷年事已高，家里的事早就不闻不问了，公公辈弟兄三个，分家不分财，三处宅院走一个账房，侯茹之弟兄四个，茹之是老大，下面还有三个弟弟，和叔辈分支大排行，这支里是老五、老七、老九，除此之外，再加上另外三个分支的弟兄，这一辈上是共有弟兄一十七人，同胞姐妹二十五人，再往下，二弟娶了妻，三弟夭折，四弟是三爷房里的老大，也已经订了亲，五弟是自己的亲弟弟，不肯上进，只在家中养鸽养鸟，到了秋天养蛐蛐，还雇了一个把式养鱼，老六是四爷房里的独根苗，事事都要和长门长孙比，侯茹之怎么样，老六就要怎么样。下面，老七确实是个好青年，一心只知读书写作，倒不是如后来的新派人物那样要当作家，那时候还不知道作家是什么玩意儿，在三教九流之中算是老几。所以这老七的写作，也就是学着写些时文。再往下，老八嘴馋，老九好穿，十一、十二，喝酒吸烟，一个比着一个地做孽，一个比着一个地花钱。总之，在这样一户人家里当家，那可是比日后在联合国里当秘书长要难多哩！

而且，一看当月的流水账折，这位新当家的大少奶奶惊呆了，老太太打牌听戏，无论是多大的花销，那是谁也不能说什么的，唯有这侯大公子在大沽口海军大学读书一项的开销，当月就是大洋 400 元。"不就是读书吗？而且还都是官费供养，这许多钱是做什么用项的？"新少奶奶找来账房总管，当面向他问询："回复大少奶奶的示问，大公子的用项，那是一笔一笔都记清楚了的。饭钱是 80……"怎么？不是说海军大学官费吗？对，没错，就是官费，可是官费的饭菜大少爷咽不下去，老太太有过吩咐，要一日三餐由大直沽的一家饭庄按时送饭，每餐四荤四素，外加一道裙边海参，那是大少爷最爱吃的菜肴。光吃饭也用不了这许多钱，大少奶奶新官上任三把火，一定要问个究竟。最后找来侍候大公子读书的佣人仔细盘问。终于问出结果来了，回答说是大公子喝酒。喝酒也喝不了这许多钱，一瓶老白干才几个钱？待候大公子的佣人便又回答说，大公子不喝老白干，人家喝洋酒，法国的白兰地、英国的威士忌、日本国的鹤之舞，还有刚从美国传过来的鸡尾酒。罢了，听过佣人的禀报之后，马官南再也不往下询问了，她把账目折子原样交回账房："由他们可着性地挥霍去吧！"从此，她再什么也不询问了。

当然，如果马官南不是自己欺骗自己，倘她能够早一天愿意承认自己的丈夫原来是一个花花公子，也许日后她还不至于受到那么深重的伤害。马官南爱她的丈夫，她把自己终生的幸福系结在了这个男人的身上，她总是在暗中庆幸自己嫁给了一户好人家，自己又嫁给了一个好丈夫。的的确确，或是只看表面，这位侯家大公子真是一位非凡的人儿，仪表堂堂，眉清目秀，博学多才，俨然是一位不可多得的公子书生。婚后第四天，侯大公子陪伴马家的二姑奶奶回娘家走亲，马家老太爷设宴席招待新女婿和全族老小，侯大公子陪他的泰山大人坐上正席，那份大方庄重的神态，据母亲后来对我说，那才真是令马姓人家全班成员震惊折服的了，而且，席间这位新姑爷又能和各位亲朋对答如流，古今中外，诗词歌赋，一直到军事政治、天文地理，那才真是无所不知，无所不晓，只他一个人，愣把马家全班成员们说得瞠目结舌。尤其令马老太爷雀跃不已的，是这位新姑爷吃着岳父大人家里的饭菜可口，一碗饭下肚之后，居然还说要再盛一碗，我的天爷，新姑爷第一次拜认岳父岳母，哪有吃两碗饭的？马老太爷当即把胡子一捋："好女婿，真是洒脱大方！"就在宴请二姑爷的前半个月，马家也是设宴，宴请大姑爷，只是这位大姑老爷太迂腐，酒席摆好之后，全家老小入席，这时只见人家大姑老爷将筷子一举，菜都没吃一口，然后便说是酒足饭饱，离席而去了，窘得马老太太光眨巴眼，你说扫兴不扫兴？一桌酒席纹丝没动，一家人也就只好不欢而散了。

何况，这位新姑爷还是这么大的学问，马老太爷高兴，马老太太更高兴，没想到一个暴发户人家，还真出息出来了这样一个人物。马官南呢？当然就尤其高兴了，自己的丈夫如此落落大方，那才真是自己的脸上光彩呢！至于在学校里喝几杯酒，和同学们一起胡闹，年轻人的荒唐，将来自然就会好的，何必过于认真？

但是，马官南却渐渐发现，自己的丈夫已经和自己疏远了，新婚的小夫妻，哪里有半个月才见面一次不亲近的？侯大公子就是如此，盼星星盼月亮，暗中在心里数日子，好不容易半个月的时间过去，早晨马官南就梳洗打扮得神采非凡，偷偷地还做了种种的准备，谁料想，待到丈夫回来之后，自己从公婆房里告安出来，回到房里一看，自己的丈夫竟然睡着了，马官南更衣洗漱时，故意把声音弄得大些，甚至于上床时把被子枕头拉得惊天动地，但是一切都无济于事，人家侯大公子是再也吵不醒了，而且，马官南还嗅到丈夫身上有一股女人的香味，眼窝一酸，不觉间泪珠儿从脸颊上便滑了下来。

恩也罢，怨也罢，反正在七八年的时间里，母亲在先生了两个女儿之后，又相继生下了哥哥和我，而我的出生，实实在在是一个错误。我生于1935年，彼时侯大公子已经早成了侯大先生，而且早在我出生之前，我的老爹就讨了一个小的。就是讨个小老婆的意思。而母亲的所谓"小的儿"，后面的两个字要连起来发一个音：dir，表示一种轻蔑，根本排不上号，算是一个"的儿"。

小的儿，宋燕芳，比母亲小十岁，苏州人，相貌平平，不过扮相水灵，札靠齐整，走上台来，场场是碰头好。听出点眉目来了吗？唱戏的、艺术家、女演员，都不是，是我奶奶的干女儿。不是说过的吗？我奶奶爱听戏，天津卫几个大班儿里面，都有我奶奶的干女儿，宋燕芳就是其中的一个，不是出类拔萃的，但也很有几分姿色，如何和我的先父大人勾搭上的？说来话长，满清退位之后，袁世凯做了几天大总统，光做大总统不过瘾，他还要做皇帝，如此这般，他就登极做了洪宪皇帝，八十三天皇帝梦，鬼吹灯，他倒台完蛋，又一口气没接上来，他老哥翘了辫子，从此海军大学解散，我的先父大人也随之离开了北洋派系，就近，塘沽日本国的大阪公司到原海军大学物色人才，我的先父大人自然因其学优品不优而被录取重用。因为彼时日本人在国际上受歧视，日本人不敢出面和西方洋人打交道，所以，他们必得找一位既会说日本话，又会说英国话，既会喝酒，又会玩牌，既会跳舞，又会赌马的盖世奇才做他们公司的全权代表，你说说，这样的人物，除了我的先父大人之外，这天津卫还能找得出第二位吗？

在日本国大阪公司任副理，西方人称之为是 Number Two，第二号人物，对内甩手大掌柜，当家不做主，对外，他就是大阪公司全权代表，他打个喷嚏，是大阪公司鼻孔通畅，他打个哈欠，是大阪公司酸懒儿犯困，他老先生放个臭屁，那准是因为大阪公司五谷杂粮吃的太多了。反正这样说吧，这位侯先生，他就是大阪公司的活动人形。后来，我倒是也问过我的先父大人，你当年倒底在大阪公司是什么待遇？我的先父大人对我说："大阪公司的账房，就是我的私人小金库。"如此，我终于明白了，何以当年我的老爹坐在牌桌上，在他的怀前堆着的那成千上万的钞票，无论是输是赢，他都压根儿没往心里去。大阪公司有的是钱，侯先生又是花钱的一把好手，鱼儿得了水，我的先父大人就越活越自在了。

那么，那位宋燕芳女士，又是如何到了我家，并做了一员"小的儿"了呢？也没什么太离奇的情节，不是说过的吗，这位宋燕芳女士是我奶奶的干女儿，偏偏这位宋燕芳女士一打扮出来，便是花如容来月如貌，最后一场压轴戏还没有散，戏院门外早有小汽车等在那里了，跟着汽车来的马弁们先得盘问仔细，几位弟兄可都是接小燕芳来的？没错，数数吧，总共是四辆，就看今天晚上小燕芳老板跟谁走吧。那还有什么好说的？谁的势力大就跟谁走呗，暗中比一比，罢了，今晚上别找气，头部车子，认识吗？天津议事厅厅长，明日见吧,回去禀报主子,今天晚上,您老另打主意吧。当然,接去了也不会留下过夜,因为彼时小燕芳正在大红大紫,而且人家公开宣言,只卖艺,不卖身,保住一个干净人儿,也算是维系社会风尚。于此,无论是真道学假道学,谁也不敢造次。所以,接去之后,也不过就是喝杯茶下盘围棋,然后完璧归赵。到时候,得把个原汤原水的小燕芳送回住处。

光是晚上有车接,也无所谓,吃的就是这碗饭么,有车接,那是咱小燕芳的人缘儿好,长相好,扮相好,天津卫的各界贤达有钱爱往咱姐儿这里送。只是,节外生枝,接着接着,有这么一天,两部车子,头对头,谁也不肯谦让了,而且,黑色的小汽车上架着机关枪,红色的小汽车上架着盒子炮,黑色小汽车亮出来的片子是华北五省联军司令,红色小汽车亮出来的片子是民国政府临时副总统,这一下可要了宋女士的小命了,你说是该跟谁走吧,无论跟谁走,最后都是华夏大地上的一场内战,三十六计,走为上,戏散之后,没敢卸妆,从戏院后门溜出来,她就直奔塘沽而去了。宋燕芳去塘沽做什么?找她的干哥哥去呀,"大哥,你先收我在这里避几天吧,天津城里,二虎争雄,明着是抢我,暗里是他俩个斗气,过不了几天,上峰知道了,出面调解,一个调离天津,一个派去法兰西,这场官司就算结了,那时候我再回去,自然就平安无事了。"

本来呢,这事也没什么大不可,宋女士塘沽避难,别管是规矩不规矩吧,到时候你回来也就是了,没料到,待到天津的两只老虎各自都有了去处,这时人家宋燕芳女士却又不回来了。不光是宋女士不回来,连我的先父大人也不回来了。哎呀呀,这时候老太太可是犯了愁了,万没想到,自己的亲生儿子,如今又做了自己的干女婿,亲上做亲,越做越亲,只是这以后儿子回来可又该如何称呼呀!称儿子吧,干女儿不愿意,称干女婿吧,又不成个体统。"呸,混账,赶紧把这个孽障给我抓回来!"倒是我的先祖父大人动怒了,一声令下,捉拿大公子回津问罪。这一下,我家的太平日月算是从此一去不返了。

终于这一天,某年某月某日,侯先生回来了,自然,身边还羞答答地立着我奶奶的干女儿,"呸!孽障呀孽障,你可给我丢死人了。"这时连我奶奶都觉着难以为情了。只是人家小的儿会来事,咕咚一声,就给我奶奶跪下了:"婆母在上,请受媳妇一拜。"又是眼泪,又是媚笑,把我奶奶气得光抽鼻子。

"你别给我磕头,我不认你,你先到大奶奶房里给大奶奶磕头去吧,只要她认你,我自然就会认你。"终于我奶奶说话了。

我的先贤家慈大人呢?她没有一点办法,也不过就是一个走呗。待到我的先父大人带上她的小夫人来到我母亲房里时，空空荡荡，我母亲早带着我的姐姐和哥哥回娘家去了。据母亲后来对我说，当时家里的详细情形，她是不得而知的，只是到母亲在娘家住到第三天的时候，侯家府上派人来了。"禀告大少奶奶，老太爷老太太的吩咐，无论如何，也要请您立即回府，府上要出人命了。"莫非是谁和谁动了刀子不成？没有，是宋女士在大奶奶房外已经整整跪了三天三夜了，不吃不喝，滴水不进，如今已是奄奄一息了。

人命关天，就算是我母亲无动于衷，可我的外祖母也不能眼看着侯姓人家出人命袖手不管呀！

待到母亲带着姐姐哥哥回到家来，侯氏府邸已是一片静寂，我爷爷一气跑到美国去了，我奶奶一气找牌友打牌去了，我的先父大人哩？他更是一气和他的狐朋狗友上起士林维格多利跳舞去了。家里几道大院空荡荡，里里外外只剩下了几位不主事的叔叔姑姑，大家眼巴巴地只等着大少奶奶回来理政。

第一个走进屋里的是我的大姐，她刚一推开房门，便只"啊"地一声，又从屋里跑了出来，"死人！"想必是她看见了瘫倒在堂屋里的那个小的儿。果不其然，待到母亲推开房门一看，堂屋中央地面的大花砖上，一堆烂泥一样倒着那个宋燕芳女士，是死？是活？问谁，谁也说不准，只说是从昨日晚上屋里就没了声音。

"赶紧送医院救人!"母亲一声令下,众人这才七手八脚地一番忙乱,男佣人们自然是要一旁回避,女佣们可是要一拥而上,你搀我扶,叫来自家的车子,这才往医院里送人。

"讨大少奶奶的示下,是送中医,还是去送西医?"佣人们自然要问个明白。

"哪家医院近,就往那家医院送。"我母亲发下了话来。

"还要讨大少奶奶的示下,若是半路上咽了气,是抬回来,还是直送殡仪馆?"佣人们当然不敢擅自做主。

"滚!都给我滚开,我恨你们!"哭着喊着,母亲狠狠地将房门用力地摔上,双手捂着面庞,她呜呜地哭出了声音。

3

本人，笔者，就是此时此际正在给诸位同胞编故事的我老人家，居然还能够来到这个世界上，据母亲后来对我说，这完全是一次错误，而且是一次不可宽恕的错误。小的儿进门的第二年，彼时母亲和父亲分居已经两年，突然，惊天动地，大张旗鼓，人家小的儿怀孕了。唉，到底是人家唱戏的会做派，天下这么多女人怀孕，也不见这样要死要活的，何以这小的儿一怀了孕，就闹得鸡犬不宁了呢，不吃不喝，折磨得人只剩下了一层皮，躺在床上连翻身的力气都没有，眼看着人就要完了，有生就有死，去了一个小的儿，还可以讨一个更小的。只是她身上不是有咱侯姓人家的肉吗？救，好歹把孩子生下来。家里没办法，那就送到医院去吧，就这样，小的儿在医院里住了半年。这半年时光呢，我的父亲大人就回到我母亲房里来了，我母亲当然不会理睬他的，只是也不知是怎么一回事，我就在不请自来的情况下，死皮赖脸地就混到人间来了，到以后，人世间几次要把我除名，无论送到哪里都没人收留，究其原因，毛病就出在这里。幸亏有一位了不得的人物，还给了我一点小小的爱，"送劳改队吧"。如是，我才有了一个固定的去处。

小的儿进了侯氏府邸之后，没给她正房正院，只在三道院和四道院之间，给了她三间南房，单独的小跨院，出来进去的都要从母亲院里经过，从心理上给她一点小小的威慑，随时随刻地提醒她，别忘了你是一个小的儿。但是小的儿不当是一回事，反而认为这很正常，第一，她从来不出门，她和外界没有任何往来；第二，没有任何人来找她，而且连封信都没有，看着也着实可怜。成年累月，从早到晚，小跨院里没有一点声音，小的儿从来不敢哼京剧唱曲，一心只在她的房里做针线。吃饭呢？当然要出来了，但是大桌面上，没有她的座位，她要在全家人都吃过饭之后，她才和佣人们一起吃。后来我看了一部电影，说一户人家四位夫人一桌上吃饭，而且那个顶小的还噘着小嘴不愿意，看着饭菜不称心，她居然站起来甩着袖子就走。真是没了王法！这哪里是一户人家，明明是个班子。

我们侯家的规矩，逢有喜寿节日，全家设宴欢庆，一家老小各有各的座位，正座，当然是爷爷奶奶，二位老祖宗的身边，上座是我的哥哥，下座便是本人。不是名分，这是身价，连两个姐姐都不和我们两个小爷争。正座下面，自然是父亲母亲,但是母亲不入座,她要站在祖父祖母的身后,指挥佣人们好生侍候,往下自然是叔叔姑姑,就是在叔叔们有的成亲之后,三婶四婶有座位,母亲依然是不肯入座,不就座,但是有她的座位,那个座位空着,谁也不许占据。那母亲什么时候用饭呢?她要在两位祖宗离位之后,才能坐下,但是待到母亲坐下之后,我的几位姑姑婶婶就都要侍候她了,这个端饭,那个上菜,母亲一时不站起来,她等是绝不敢离席而去的。那么小的儿呢?一时半时,还轮不上她进来照应呢,都吃完饭了,到后来连她的亲生女儿都吃完饭了,才轮上她进来吃饭呢,她居然还敢多刺儿?姥姥!

这就又说到了小的儿的事,在我出生之前半年,小的儿生了一个女孩,女孩是生在医院里的,孩子一降生,立时便有人跑回家来向我母亲报信:"恭喜大奶奶,四的是位千金。"你听听,多会来事儿,一下子就给她生的丫头报了名分,大排行,算是第四位,比即将出世的我,还要先一号。行四就行四,娘小儿不小,母亲当即便封了乳名,"就叫四儿吧。"从此,这个小老婆养的就算归了正位,轮到我出世呢,排在第五,好在男孩另外还有一个系列,我是老二,跟我的老爸一样,第二号人物,Number Two,在这侯姓人家的深宅大院里,我哥为王,我为霸,玩的就是混不讲理。

生下四儿之后,小的儿在侯氏府邸里的地位稍稍有了一点改善，至少，大家对她不那么歧视了。上下人等全都明白，这位宋女士是谁也赶不走了，而宋女士自己呢？她自生下四儿之后，非但没有摆姨太太的架子，她反而更加谨慎当心，从四儿生下来，过了满月之后，她便将四儿给我母亲抱了过来，从此再也不过问四儿的事，似是四儿压根儿不是她生的孩子。好在那时候各房里带孩子都有佣人，我们称之为是姆妈，也就是奶娘，一只羊是牵，两只羊是放，多带一个孩子不是什么出力的事。但是把我和四儿交给一位奶娘带着，对于四儿说来实在不是一件幸事，也不知是怎么一回事，我自生下来就缺少博爱精神，奶娘将我和四儿同时抱在怀里，最后必是我把四儿打哭了才算完事，所以，四儿在离开我家之前，身上总是伤痕累累，最后几乎落了个三级残废。稍大一些之后，也就是上了小学吧，我开始学好了，我再也不打四儿了，这时每逢我犯混的时候，我就凑到四儿的耳边和她说悄悄话，话也不长，词汇也不多，就是五个字："小老婆养的"，据心理学家后来对我分析，只这五个字对四儿的伤害，那就比美国人在广岛给日本人丢下一颗原子弹还要厉害。好在四儿只能自行消化，她一不敢声张，二不敢去母亲那里打我的小报告，也就是一个人暗自掉两滴眼泪罢了。

小的儿呢？自然很会来事，无论遇上什么人的生日，她都要亲自来问候致贺，"给大小姐祝寿"，"给大小爷祝寿"，一直到"给四小姐祝寿"，给她的亲生女儿祝寿，她何等的低三下四？要的是个好表现，小的儿就要有小的儿的规矩，乱了方寸不行，若不，何以说是名门望族呢？

小的儿在渐渐地有了一点身份之后，她开始参政了。你以为她是要过问府里的事吗？姥姥，也不问问你算是哪一棵葱？她参政，从最低下的零碎事开始，什么事容得她去插手？烧水。

烧水算得是一桩什么差事？说起来外乡人不懂，在天津卫，清晨的开水是一桩大事，天津人夜里睡得晚，第二天早晨除了做小生意的以外，全天津卫的各界人等，一律是在十点之后起床，而且起床之后的第一件事，那便是去水铺买开水，天津卫大街小巷的大小水铺，便全日供应开水。而我们家里，还有个特殊的习惯，上学的，上班的，全都要在早晨六时之前有开水侍候。此中尤其是我的老祖父，他老人家更是从清晨四时起床之后，第一件事，便是要喝上一壶香茶，这壶香茶，去哪里弄开水？水铺还没有开门，自家的炉火又早就在昨日晚上灭了，唯一一家通宵供应开水的水铺是在三里地以外，谁去买这壶水，每天都是一桩难办的事。忽然间不知不觉爷爷房里不再为开水的事犯难了，每日早晨，准准是在四点钟的时光，一壶刚刚泡开的香茶，滚烫滚烫地就送到了爷爷的房里。只是我们家的男人只知道要吃要喝，他们从来不问这按时送上来的东西,是从哪儿弄来的。倒是我的母亲心细,忽一天发下示问,公公房里这几日的开水送得及时不及时?佣人传回话来说,准时不误,老太爷房里有一壶滚烫的香茶。开水是哪里来的?可别是夜半三更的派出人去买水,门户当心。佣人说没有人出去买水。那,水是从哪里来的呢?姨太太烧的。你瞅瞅,就是出了这么一点力气,这姨太太的名分落着了,你说说,不服人家行吗? 所以,自古以来,做小老婆的总能夺得最后胜利,究其原因,就是做小老婆的,全都有这么两下子,这叫能耐,学着点吧,爷们儿。

　　恰又在这时候我们家出了一点事,我的七叔,在北京图书馆做事,人很好学,天资又聪颖,很是得图书馆馆长的赏识。一来二去的也不知怎么一个阴错阳差,七叔在北京就有了女朋友。彼时中国人还不管异性朋友叫对象,更不知世上还有情人这么一种物什,傻傻乎乎地就知道一个人若是自己找异性朋友,那简直就是大逆不道,不光他一个人不光彩,连他的侄子都脸色上无光。所以,自从知道七叔在北京有了女朋友之后,我就觉着迟早得出点什么变化。果不其然,祖母派私下里自己讨了姨太太的我的父亲到北京去,便把个自己想找个终生伴侣的七叔给押解回到了天津。七叔回来之后,自然是一对红眼泡,不吃不喝。只一个人关在他的房间里掉眼泪。这时自然就要派个人去给他做工作,这个派去的政工干部，便是我的母亲。母亲在家中威望极高，莫说是父亲的亲弟弟，就是父亲的叔伯弟弟，对我母亲的话，也是唯命是从。倒不是母亲多么厉害，而是母亲从来不说不占理的话，母亲无论劝解什么事，总是设身处地多为对方着想，而且以理服人，从来不搞强迫命令。到七叔房里去，母亲都说了些什么，我自然是不得而知，但是七叔的奸细，我的哥哥，却私下里告诉我说："这回七叔算是豁出去了，七叔说了，不自由，毋宁死！"毋宁死是怎么一回事？我当然不明白，这时哥哥就对我说："毋宁死，就是你跟小五丑要来的那只小家雀儿，你把它放在笼子里，它不吃食。"这一下我明白了，原来毋宁死就是家雀撞笼，但求着七叔可不要这样，毋宁死的悲壮景象我见过，太惨不忍睹了。

七叔自然没有走毋宁死的道路，但是母亲的一切努力都没能说服七叔，有一次我到七叔的房里去找母亲，就听见七叔抽抽噎噎地对母亲说："大嫂，您别管这种事，反正我的誓言是不能背叛的。"全是文明戏里的词，听得我直打冷战，闹不清七叔去了北京几年，何以就学会了这么多的文明词？恰在这时，雪上加霜，节外生枝，祖母又发下话来说："告诉七的，倘他不肯回心转意，我就在外边给他订亲，好在我有的是牌友，你一张东风，我一张发财，打对了牌路，打投了脾气，还愁订不下一门亲事？"

这一下可真是火上浇油了,七叔一心要争恋爱自由,祖母一意要执行最高权威,两下里互不相让,这一下,七叔可就要真来个毋宁死了。

　　祖父见七叔不肯回心转意,一生气,又去美国了,父亲知难而退,他又去到维格多利跳舞去了,祖母呢?打牌听戏的事那是不能耽误呀,一桩为难事,就推给了母亲。恰就在这束手无策之时,一天晚上,小的儿到我们房里来了。母亲正在为七叔的事儿犯难,当然没有心思理她,倒是小的儿先向母亲问过平安之后,再欠着半个屁股在一只小凳儿上坐下,然后才似羊羔儿见了老虎似的战战兢兢地向母亲说道:"大奶奶若是不嫌弃呢,我倒想出个主意。"

　　"回你的小跨院去吧,这儿的事,一时半时的,还轮不上你来插手。"母亲当然没有好听的,看也不看她一眼,只冷言冷语地对小的儿说着。

　　还得说是人家小的儿有海量,尽管母亲不给她好脸子看,可是人家绝对是没有脾气。她仍然低声下气地说着:"也许呢,七弟的事能想出个两全其美的好办法。我听说对方也是出身书香门第,在北京也是个大户人家,说起来也许还都有点情分,华竹王家,北京的富绅巨贾。"

　　"这我知道,可那又有什么用呢?北京的华竹王家,祖辈上和我们老太爷还是世交,日本国的三井洋行,专门和华竹有常年的贸易。只是日后两家人也没有来往，这交情就算是断了。现如今又是这种事，提那份交情又有什么用呢？"

"如今中国大戏院正是程砚秋唱连台的戏，《锁麟囊》《教子》《望江亭》，全是老太太们爱听的戏。咱们奶奶不是场场不落吗？所以我就想，去北京把华竹王家的老太太请到天津来，白天跟咱们奶奶凑手打麻将，晚上给她老二位订个包厢，一起去听程砚秋。这当中呢，再请大奶奶从中撮合，打牌听戏之间，就把儿女亲事订下来了。也别对咱们奶奶说，这华竹王家的千金小姐，就是七爷的女同学，正好咱们奶奶说是要给七爷订亲，这一下不正是将计就计，顺水推舟了吗？"

"可是如何把人家华竹王家的老太太请到天津来呢？"母亲也被小的儿给说活了心，只是想不出好办法，该如何把北京的王老太太请到天津来。

"若是大奶奶放心，我倒想去北京想想办法。"小的儿毛遂自荐，要亲自去北京成全这桩好事。

"那你就去碰一趟吧。"无可奈何，母亲终于同意了小的儿的建议。

说来也是该人家小的儿露脸，到了北京，转弯抹角，待到找上了华竹王家的府邸，人家王老太太正因为女儿玉体欠安而犯愁为难哩，说是天津的侯老太太请王老太太来听程砚秋，王老太太说得和女儿商量商量。谁料回家只和女儿一说,女儿的病立时就好了一半,当即买好火车票,王老太太就到天津来了。

天津的侯老太太见了北京的王老太太,没说上三句话,两位老太太就投上了脾气:哎哟,这许多年怎么就断了来往呢,多深的世交呀!"其实呀,我们家的七儿就在北京图书馆做事,怎么就没想起让他到府上去请安呢?"我们侯老太太终于说到七儿的事了。

"我倒是常想着来天津看看,可是女儿正在读书,离不开。"王老太太也提到了她家的千金小姐。

"侄女儿今年多大了?"侯老太太当然要问。

"19岁。"

"我家的七儿今年20。"侯老太太随着便说道。

"哎呀,这事可得回去问问孩子。"王老太太做事民主,当时没有做最后决定。只是把我十叔的种种情形问了个水落石出。

"我们这边的事,我说了算。您是不知道呀,七儿这孩子脑筋维新,他居然要自做主张了。"我们奶奶把七叔的底里,和盘告诉了人家王老太太。

程砚秋老板在天津中国大戏院一连唱20天的看家戏,侯老太太和王老太太又一起并膀坐在一个包厢里听着程砚秋掉了20天的眼泪,越掉眼泪越觉着这儿女们的终身大事不可轻易做主,到最后,侯老太太和王老太太共同商定,一定要征求儿女双方的意见,只要他两个之中有一方不情愿,这桩亲事也不能换帖,由是,王老太太打道回府,一切只听下回分解了。

下回分解哩,当然是大团圆,有情人终成眷属,七叔和华竹王家的千金小姐结成夫妻,那才是花好月圆,皆大欢喜,七叔和七婶成了侯氏府邸中最美满的一对。

"只是,"后来母亲这样对我说着,"从此之后,你的七叔就把小的儿当成了好人。在这之前,你七叔称我是嫂子,见了小的儿,连眼皮也不抬,可是这桩事之后,你七叔就叫我是老嫂子了,而见了小的儿,他和你的七婶娘,都称小的儿是嫂子了,你说说这小的儿该有多毒吧!"

小的儿,她把母亲身边的人,都给拉过去了。若不,怎么就说是小老婆有能耐呢?

4

最让小的儿出尽风头，是她救了我们四爷一条性命，而且还使我们侯家免去了一场灭顶之灾。

这场事是由四爷引起来的，前面说过了，四爷是三老太爷的独根苗，我父亲如何挥霍，我们四爷也就要怎样挥霍，可是这怎么行呢？我父亲挥霍的是大阪公司的钱，你四先生身无一技之长，又不出去做事，谁有这么多的钱供你挥霍呀？他不懂这个道理，他以为全是侯姓人家的后辈，挥金如土，人人平等，谁也不能含糊。

何况我家祖父辈上，兄弟几个还是分家不分财，为什么不分财？我们家没有田地房产，没有固定产，就无产可分，日常的花销，曾祖父大人留下的一笔存款，就足够各房里的种种用项了。当然，这只是指各房里的正常开销，吃喝嫖赌，不在其中，那不属开销，那是败家。

偏偏这位四先生就不走正路，直到如今我也不认为我的四叔有多么坏，但他不本分，他总想天上掉馅饼，还不是掉一般的馅饼,是掉大馅饼,掉油滋滋、香喷喷、热乎乎的肥馅饼。就这样,他带着一笔钱,下赌场了。

赌钱,中国人本来不需要专门的赌场,随时随地,三三五五,凑齐了手,就是一场赌博,赌本可大可小,从一支香烟,到一个亲生女儿,什么都可以做赌本,而且输了不许懒账。赌桌上才见真君子,懒账的不是黄脸汉子,算不得是炎黄子孙。

只是待到我的先父大人将他的四弟接回家来的时候,我的四叔已经是负债累累了,欠债不要紧,咱还。还不起啦,哥哥,就是侯家把全部家财都拿出来,也是抵不上这笔赌债了。你输了多少?我的老爸向他的四弟问道,"说不清了,反正就是把金山银山搬出去,也就是顶多还上一半。"

"好一个孽障,你比我还荒唐,你真是我的好弟弟,青出于蓝而胜于蓝,侯家是不愁没有好后辈了,我的老四!"

头一遭,我的老爸犯了愁,"败家了,败家了!"一头扎进小的儿房里,我的老爸就不停地唠了起来,何以我的老爸就这样怕败家呢?你想想呀,这家若是让别人败光了,我的老爸又该败什么去呢?

"出什么事了?"小的儿见我的老爸犯愁的样子,这次有点动容,不像往次那样,小和尚念经,串皮不入内,当即向我的老爸问着。

"嗐，这回算是真的败家了，谁也没有办法了，没想到，门第显赫的侯姓人家，就这样一夜之间给败落了，倾家荡产了，一文不名了，完了，变成穷光蛋了，我看，你也要过几天穷日子了，别充什么姨太太了，回梨园行唱戏去吧！"我的老爸垂头丧气地说着。

"怎么，出人命官司了？"小的儿见我老爹说话的神色不像是开玩笑，便也就开始有点紧张了。按照当时的一般情形，一户富绅老财，若会在一夜之间破产倒霉，第一种可能是遭了土匪的抢劫绑票，家中的重要成员被土匪绑走，价钱开出来，多少多少万，要钱还是要人？走投无路，只能倾家荡产凑钱赎人。何以不去告官？去警察署报案，请官方派防暴警察去捉拿土匪归案，既不致破产，又为民除害，岂不一举两得？只是不然，事情决不像人们想得那么容易，告到官府，确确实实还真是没有不能破的案，当然，你要花钱。花多少钱？比土匪出的价钱要高，高多少？因人而异，如果官方看着你这块肉肥，有时候他们出的价码，比土匪要高出两倍，还其中有分教，因为土匪收了你的钱，自己放腰包里也就是了，官家拿了你的钱，还要拿出一份来去孝敬他的上司，你说他不多要出一份来行吗？那么，除了挨绑票之外，还有什么飞来横祸会使一户人家破产呢？人命官司，有一个人出来告你害死了人命，吃官司吧，到最后，即使是不偿命，也要倾家荡产,那就算是一败涂地了。

被小的儿问得没法,我的老爸就将他四弟在赌场输钱的事,一五一十地对小的儿说了,小的儿一听,当即也是傻了,"完了,这个家算是败了,树倒猢狲散,赶紧各自想办法吧。"

只是,约莫是到了下午,小的儿也不是怎么一下看了一眼日历:"哟,明日就是鬼节了!"突然间,她叫了一声。

"鬼节又怎么样?莫非你也有亲人要寒衣不成?"旧历九月十三,鬼神要寒衣,各家各户要给死去的亲人烧纸锞,每一个大纸包上,都要写上死者的名字,我们家是大户,去世的族人极多,每到鬼节烧纸锞的时候,几十个火堆,那也是颇为壮观的,常常是大门外人山人海,看老侯家烧纸锞,也是天津卫的一大人文景观。因为我们家烧的纸锞,有纸人、纸马、纸牛,到后来还烧过几辆纸汽车,因为我们都坐上汽车了,死去的先人们没有汽车坐,实在也是不孝。

"赶紧把四弟叫来!"突然,小的儿似有了锦囊妙计,风风火火地就让我的老爸去找他的四弟。

不容分说,我的老爸就把他的四弟找来了,"别犯愁了,也许你嫂子有办法了。"听说有了办法,喜得我的四叔回头就往我娘房里跑,一下子,我爹把他抓了回来:"是这个大嫂,你就听她的吧。"

"四弟,这件事,你有什么打算？"小的儿先不说自己的主意,听四爷述说过了事情的来龙去脉,这时,她才向四爷问着。

　　"嫂子,我有什么办法呀！要么是倾家荡产还赌债,要么是我去跳大河。"说着,四爷的脸上一片愁容。

　　"果然四弟真英雄, 依我看, 你如今只有一条路好走了。"小的儿胸有成竹地对四爷说着。

　　"嫂子,只要能想出办法来,就是刀山火海,我也敢去！"四爷拍着胸脯地对小的儿说着。

　　"既然你听嫂子的,嫂子如今给你指一条明路,只是你要真有胆量。"

　　"嫂子,你说吧,事到如今,无论是什么路也要走下去了。"四爷横下一条心,他已是别无选择了。

　　"这样吧,明日是鬼节,明日凌晨子时,你到万国老码头,站到桥当中……"

　　"干嘛？"四爷立时听得毛骨悚然,全身哆哆嗦嗦地就向小的儿问着。

　　"那还用问吗,往下跳呀！"小的儿说得如此轻松,连我的老爸都打了一个冷战。四爷当时的神态,那就更可想而知了。

　　"跳下去之后呢？"四先生瞪圆了一双眼睛问着。

"跳下去之后的事,你就不要管了。"小的儿坦然地说着。

　　"好一个小老婆玩意儿呀!"四先生急了,立即一蹦三尺高,冲着小的儿就是喊了起来,"我都到了这步田地,你还看我的笑话,天理良心,你不得好死!大哥,你真是瞎了眼了。我大嫂这样好,你偏偏从外边领进来这样一个妖精,倒霉吧,大哥,迟早有你后悔的那一天,这个狐狸精,就是我变成了鬼,我也饶不了你!"喊着骂着,四爷回身就往外走。这时,只听小的儿在后面说道:

　　"不听我的,我可就撒手不管了。"

　　"有你这样管的吗!"四爷还回过头来骂着。

　　"四儿她娘。"我的老爸总是这样称呼小的儿,因为四丫头是小的儿生的。"想不出好主意来,你不该再拿他开心,他已经是走投无路的人了。"

　　"谁说我想不出好主意来?是我想出来的主意没人听。"小的儿自然要分辨。

　　"算了吧,你那是好主意呀?"已经走到门口的四爷,又回过头来说道。

　　"算了,既然你说我不出好主意,那你就自己想办法去吧。"小的儿似是生气地说着,然后便狠狠地把门关上,又把我的老爸搡出去,一个人坐在屋里,再也不出声了。

到了晚上,四爷坐不住了,他到小跨院找到小的儿,可怜分分地问道:"嫂子真是有好办法吗?"

"不是对你说过了吗,办法只有一个,跳河!"

"我跳!"四爷终于同意了"我明白嫂子的意思,我一个人死了呢,那笔赌债就算是一笔勾销了。我若是不死呢,一家人都要跟着吃亏。"

"随你如何想吧。"小的儿也不争辩,她只是和颜悦色地对四先生说:"当然要有个安排,一定要在鬼节的子时三刻,一定要在万国老铁桥上边。"

"换个别的地方不行吗?"四爷问着。

"听我的,还是听你的?"小的儿已是有些不耐烦了。

"听嫂子的,听嫂子的。"四先生忙着点头答应。

"听我的,你就按我说的去做,鬼节的子时三刻,你要坐一辆胶皮车,直往万国老铁桥上走,一面走,你还要一面哭喊,我可活不了啦,我可活不了啦!车子到了万国老铁桥上,你要一骨碌从车上跳下来,跳下车来之后,你就直往桥上跑,跑上万国老铁桥你就直往大河里跳,有话在先,这时你可是不能有一点犹疑,倘你一想到死在眼前了,一犹疑,回头一看,那可就一点也不灵了。"

"好吧,嫂子,反正我是走投无路了,但凡有一点办法,我也不能拿自己的小命儿唱鬼吹灯。积德行善,嫂子,就看你的品性了。看着四弟死得可怜，嫂子你给四弟把尸体收起来，拉回祖坟，打个穴位埋了。若是嫌四弟不成器，你就装做不知道，等着河水把我冲到海里去吧。"说罢，四先生抽了抽鼻子，然后就呜呜地哭起来了。

小的儿再也不说话了，她只是将四爷打发走，便又装模作样地缝她的衣服去了。倒是我的老爸有点不放心，他还是向小的儿追问着：

"到底你这只葫芦里装的是什么药？"

小的儿低头不语，似是她已经做了妥切的安排。

如此这般，四爷只能往小的儿给他画的圈里跳了。按照小的儿说的那样，鬼节的子时三刻，四爷坐在一部胶皮车上，"我可活不了啦，我可活不了啦"，一面哭着一面直奔万国老铁桥而去。坐在车上，远远地看见万国老铁桥了，四爷腾地一下子，就从车上蹦了下来，蹦下车来，他头也不回地直奔桥上跑去，在他后面，车夫一阵风地追了上来。"先生，你不能寻短见呀！"跑着，喊着，两个人就上了万国老铁桥。也许是四爷一时想不开，真的是不想活了，据拉车的后来说，四爷就像是发疯一样，一口气跑上万国老铁桥，就把半个身子探到桥栏杆外边去了。

"小爷回心！"恰正在四爷的大半个身子就要悬空而起，眼看着人就要跳下河去的时候，突然，也不知是从什么地方跑过来一个老头，一把就将四爷给抓住了。

"混蛋，你不要救我！"似是四爷真的不想活了，他一挣扎，居然从老人的手里蹦出来了。

当！狠狠地就是一拳头，不容分说，老人就把我们四爷给打蒙了。"来人哪！给我把这位小爷抬回家去！"当即，这位老人便大声地把跟随在他身后的人，唤了过来。

老人姓洪，苍苍的白发，半尺的白胡须，鹤发童颜，看上去精神抖擞，是一个极有身份的人。

"宝贝儿，怎么了，身体发肤，受之父母，万万不可轻生呀！"将四爷抬回家中之后，这位老人对我们四爷说着。

"大伯，你老就成全了我吧，我是一个活不下去的人了。您老救得我一时，您老救不了我的一世，我是一个天地不容的人呀。"说罢，我们四爷还真就呜呜地哭了起来。

"无论你怎样为天地所不容，今天遇到了我，你也就算是死不成了。对你明说了吧，我洪老九原本是天津的赌王，手下有四条人命，每年鬼节的子时三刻，我到万国老铁桥上边来搭救人命，有时候碰上了，也有时是一连几年白跑。白跑腿好呀，这是天老爷宽恕我，不派冤魂来拿替身，你要知道，冤魂下界，拿不到替身，他们就要来拿我，我伤天害理，手里边有四条人命呀。托祖上的阴德，我已经救下三条人命了，再救你一条性命，我就赎清罪孽，可以从此吃斋念佛去了。"洪老九说明了原委,我们四爷这才在心中暗自钦佩他嫂子的神机妙算。

"洪九爷,您老还是放我去死吧,救下我一条命,抵不上我的赌债,过不了十天半月,我还是要投河上吊,多活一天,不过是让我多'现'一天,您老还不如早早地让我清静一天去了呢。"我们四爷虽然看出了一些眉目,但他表面上还是要死要活地跟洪九爷耍迷魂阵。

"得了,宝贝儿,就别跟你洪九爷装大头蒜了,一准是背后有高人指点,若不,你也不会把时辰掐得这样准,过了鬼节夜半子时三刻,想让我救人,那就要等到明年的今天了。有话你就直说吧,我的宝贝儿。"我们四爷见这位洪九爷原来是江湖上的人物,嘛事也休想绕乎他,捡便宜拾了一条人命,老老实实,他只得把事情原委对洪九爷说清了。

"爷!"我们四爷已经把洪九两个字给省去了,直呼一个爷字,表示自己的一份孙子德性。"是这么一回事……"

"闲话少叙,咱们是开门见山。痛痛快快对你九爷说,哪道堤坝下的岸?哪个码头上的船?哪条河?哪道湾?哪个漩里把船翻?你跳的哪块板,抱的哪根杆?哪路神仙把路拦?你一共输了多少钱?"

我的天爷,满嘴的黑话,我们四爷当即就蒙了,莫怪自己输钱呢,连起码的知识都没有,愣往河里蹦,不倒霉才真是见鬼呢。

"爷! 您老听我细说吧!"咕咚一声,我们四爷当即给洪九爷跪在地上就磕了三个头,先谢过了他的救命之恩,然后才把自己在赌场里翻船的事,向洪九爷仔细地述说了起来。

"南门外大街,义和老店,头道院卖饭,二道院住店,三道院喝茶听书,小九成说的是《水浒》……"

"行了行了,你就别往下面说了。"立即,洪九爷打断了我们四爷的叙述,不等四爷往下说,洪九爷便替他说了起来:"迈步你走进了四道院,东厢房里是宝局,西厢房里的骰子,南房的麻将牌,北房里的小牌九,一翻两瞪眼。说说吧,你是在哪间房里呛的水,你又是在哪间房里翻了船?"

小牌九,一翻两瞪眼,我们四爷总是要一口吃个胖子,最爱走钢丝绳,哪种游戏简便,他就玩哪种游戏。

"输在哪张牌上?"洪九爷问道。

"毙十。"我们四爷回答说。

"废话,好歹有一个点,能输得倾家荡产吗?"洪九爷打断了我们四爷的话。随后,洪九爷又继续问着:"他给你配的什么牌?"

"二板加长三。"没错,正好是十个点,死牌。

"呸! 狗食!"冲着我们四先生,洪九爷就吐了一口唾沫,"他给你配那种牌,你还不跟他翻车?连进门的规矩都不懂,你也敢上阵耍钱？"

我们四爷不吭声了，低头认罪，他接受专家训斥。

"罢了，谁让你小子有运气呢？正好我手里欠下的四条人命，已经救上了三条，你正赶在了最后一笔人命债上，就这一回，这次我把你救出来，倘你不知悔改，下次再赌输了，不等你跳河，我就把你往大河里踢，听见了没有？"

"九爷，只要您老人家这次救我一命，我若是不知悔改，我就是小狗子。"我们四爷指天发誓，表示他从此真要弃恶从善了。

…………

半个月之后，我们四爷回来了，兴冲冲闯进我们家大门，放开嗓子喊了一声"大嫂"，径直就往小跨院里跑，我母亲迎出来，还要向他问话，谁料他连看都不看我母亲一眼，一头就钻进小跨院去了。好长好长时间，我们四爷才又是鼻涕又是泪地从小跨院里出来，这才想起进我们屋，给我母亲请安，我母亲当然不高兴，狠狠地把门一摔，任我们四先生如何在外面敲门，也是不给他开门，让他吃了一个闭门羹，"我不是你的大嫂，你的大嫂在后边小跨院里。"明明是我母亲嫉妒了，反倒把不是拍在我们四爷身上。

当然，母亲也想知道我们四爷是如何赖掉这笔赌债的，据说，也没什么太离奇的情节，就是洪九爷把他又带去了那家赌场，什么话也不说，只是在一旁看着我们四爷继续下赌，赌着赌着，我们四爷就又碰上那个倒霉的毙十了，这时候只见人家洪九爷把庄家手里的牌一把抓了过来，立时，场里就乱成了一团。"老前辈，老前辈，怎么还劳动您老人家亲自出山，有嘛事派人来说一声也就是了，何必您还要亲自关照，真是有罪有罪。"说着，一大帮人就把洪九爷给拥到后边去了。

何以赌场东家就这样怕洪老九呢？因为洪老九手里捏着的那两张牌，是两张二板，因为，赌场里的规矩，抓毙十不许亮牌，把毙十亮出来，那是存心闹事，当场就是一顿臭揍，你受得了吗？

可是，如今半路上杀出来一个程咬金，一把抓走了东家的牌，甭问，不是门里人，他没有这么大的胆，赶紧让到后院："有话好说，老前辈，不就是这个孩子翻船了吗？好说，一笔勾销，洗手走人。下次……"

"下次？下次他若是再登这个门，你就替我砸断他的双腿！"

就这么着，我们四爷算是起死回生了，你说说他能不念小的儿的救命之恩吗？

5

　　三爷院里派人来转告三爷三奶奶的邀请，说是请大少奶奶，少姨太太和七少奶奶过去说话。这又是大宅院的规矩，一家院里有了什么事，便要把相关的奶奶请过来说话，这种说话，有的时候不过就是一种礼节性拜访，喝杯茶，吃点什么新鲜东西，也有的时候是家里的哪位爷从南边或是从外边回来了，带回来一点稀罕物什，各房里去送，怕彼此有猜疑，你多了，我少了，你厚了，我薄了，送了东西反而落不是，倒不如把各房各院的奶奶们一齐请过来，大家心明眼亮，人人有份，瓜子不饱是人心吧，谁也不会有挑剔。

　　但是，这次三爷三奶奶请我们这院的三位奶奶，当然是司马昭之心，路人皆知，这是三爷三奶奶为他们院里的四爷孽障向我们院里致谢。这次四爷在外边惹了这么大的祸，若不是能逢凶化吉，虽说是要全族老小都要受连累，但是受害最重的，还是当属三爷院里，只怕那时他们真地就要一败涂地了。而且最为不该的，是四先生于事后到我们院去的时候,居然从我母亲房门前漫过去,径直向小跨院奔去,事后他也知道是于礼不容,但是无论你如何解释,那已是无济于事了。所以,此时只能由三爷三奶奶出面调停,息事宁人,别惹出什么不快来。

三爷嘴馋,所以三奶奶烧得一手好菜,三奶奶最拿手的两样大菜,一是冰糖海参,第二种便是八仙会,所谓的八仙会,是把八种海鲜放到一起来烧,也就是后来所说的佛跳墙,彼时我虽然还小,但我也觉得这实在没什么了不得的能耐,将这许多本来就醇香无比的海鲜放到一起来煮,莫说是有三奶奶那样的手艺,就是交给我,我也能烧出一盆好菜来。到后来,笔者成家后并且兼任家庭厨师,每于因饭菜味道不佳而惨遭家人遣责的时候,我总是要极力争辩,只把这些萝卜土豆拿来烧菜,谁也是巧妇难为无米之炊,倘你等将鸡鱼虾蟹买来给我,如我再烧成这个味道,那时我自然就要服输。

梳洗打扮之后,母亲带着我和我的三个姐姐,又带着七婶娘和那个小的儿,便一起来到了三爷院里,三奶奶自然早做好了准备,几句寒暄之后,大家入席,这时三爷爷才把他家的孽障唤过来,命他给三位嫂子敬酒。当然这次是事前经过了认真排演的,四先生举起杯来,第一个就向着我母亲鞠了一个大躬,"大嫂在上,这次四弟我能够逢凶化吉,转危为安,真是要感谢大嫂的搭救。"嘴上是这样说着,但他的一双眼睛却向小的儿那边看着。我母亲当然只装是无所觉察,含含混混地也就算是接受了四先生的敬酒,但是万万没有想到,站出来为我母亲打不平的,你猜是谁?四儿!就是我的第三个姐姐,也就是那位小的儿生养的女儿,也正就是我常常私下里骂人家是小老婆养的那位女子,如今她已是七岁的人了。

"四伯伯,依我看呀,你这第一杯酒,倒真该先敬我们姨太太才是,我母亲可没有本事帮你办这种事,这要有多大的能耐呀!"

四丫头的话,把满屋的人都吓呆了,四先生举着酒杯,立时变成了一个木头人,三爷三奶奶也是满脸的肉拧得紧紧梆梆,哭也哭不出来,笑也笑不出来,支支吾吾地不知如何是好。

幸亏是我们七婶娘天资聪颖,她一把将小四儿搂过去,满面赔笑地当即说着:"不怕两个姐姐过意,你七婶娘就是喜爱这个侄女,她知道咱们侯姓人家的男人,一个个全都是能惹事,不能撑事。若不是有少姨太太这么个能人,不怕你们笑话,连我都不知道现在是在哪儿待着了呢。"

"七少奶奶可真是高看我了。"立即,小的儿忙着把话接了过去说着,"在侯姓人家里,我不过就是尽心尽力罢了,我一不是娶来的，二不是买来的，名不正言不顺地就只在小跨院里等着听各房里的招呼，有用得着我的地方呢，爷们奶奶们想到我，那是看得起我，我自然就要去赴汤蹈火，办成了呢，是我的本分，办不成呢，侯家也就不养我这么个没用的人了。"

"你们还让人吃饭不了？"我的大姐姐，大大咧咧，从来不过问家里的事。倒是她见了好吃的忍不住，率先就冲着那盘八仙会伸过去了筷子。

"从今后可要改邪归正了。"最后是四先生把话题扯了回来，大家这才又轻轻松松地说起了话来。

从三爷院里回来，母亲把小四儿好一通数落："你怎么可以说那种话呢？"母亲把我搂在怀里，让四儿站在她的对面，面色严厉地对她说着："若不是少姨太太的神通广大，你四伯父的事，真不知该是如何了断了呢，人家帮了这么大的忙，你再这样说尖刻话，那可是让人家说是娘的不对了。人家准要在背后猜疑是娘和你们说了什么不容人的话，否则你们怎么就这样不给人家留面子呢？"母亲的话，把小四儿说得一声不吭，她只是噘着小嘴还是不服气。

"娘，我只问你一句话。"挨了一顿说，小四儿虽说是心里不服，但她表面上也只能听着。最后，她突然地又向母亲问道，"你别瞒我，你说这小的儿到底是怎么进的咱们家？刚才我听她说的,她一不是娶的,二不是买的,她就是这么名不正言不顺地在小跨院里眯着,真是那样,娘,你听闺女一句话,把她撵出去!"

"闭嘴!"这次是母亲发火了,她冲着小四儿厉声地喊着,"小孩子家,谁要你管这许多事?以后再这样多嘴多舌,当心我掌你的嘴!"

"娘,你就听闺女一次话吧。"小四儿还是在向母亲争辩,而且,她的眼窝里真地噙着泪花。"娘,如今你还看不清楚吗?一次一次,小的儿把你身边的人,全都拉拢过去了,七婶娘说小的儿是她的大恩人,如今三爷爷房里,更说小的儿是他们那边的大恩人,每天早晨的一壶开水,连下边的人都说小的儿的好话,娘,这家里还有咱们的地位吗?"

"出去!你现在就给我出去!"母亲将我一把推开,站起身来,伸出一根手指,指着小四儿的鼻子就骂。"这一次,我原谅你年幼无知,倘再听你说这种混话,下次我可是不会轻饶了你!"

挨了母亲的训斥,小四儿嘟嘟囔囔地走出屋去了,抽抽噎噎,我听到屋外传来小四儿的哭声。

多少年来,我一直不明白,小的儿是小四儿的亲生母亲,何以小四儿就这样对小的儿恨得咬牙切齿?很多年以后,还是那位心理学家把此中的奥秘告诉了我,经这位心理学家分析,中国人无论男女都将一个"名"字看得最为重要,对于小四儿来说,小的儿在家里待一天,她就总让人想起她是小老婆养的,将小老婆从家里撵走,谁再说她是小老婆养的,她就敢和谁拼命,果不其然,多少年之后,待母亲把小的儿从家里打发走之后,有一次,也不知是和一些什么人在一起说话,无意间,我信口说了一句"这个小老婆养的",当即,小四儿竟发疯一般地向我扑了过来,抓住我的胳膊,狠狠地就咬了一口,直到如今,我的胳膊上还留着上下四个牙印。"活该!"当我指着胳膊上的牙印向母亲告状去的时候,母亲不但不同情我,反而把我好一顿臭骂。

那么,小的儿又是如何被母亲打发走的呢?此中话长,还有许多意想不到的故事,讲起来也很有趣。

冤有头,债有主,世间万物,有盛就有衰,有胜就有败,荣辱轮回,谁也逃不出如来佛的手心,小的儿虽说是聪明过人,神机妙算,但她也不过就是一个肉体凡胎,天定的劫数,她是不能幸免的。

那一年,我已经是八岁了,小四儿也是八岁,我们两个人在同一所小学的同一个年级里读书,每次考试,全班45名学生,小四儿总是第一名,我呢,又总是最后一名,我们的老师夸奖我,便拍着我的脑袋对我说:"你们侯家人的孩子总是要占第一名,不是正数第一名,便是倒数第一名。"管得着吗？我本来不把这种事看得很重，我们侯姓人家的孩子认识几个字就够用了，学问大了，没用。谁料，到后来我的这种理论还真有了根据，读书越多越反动，上学时调皮捣蛋的，都一个个荣升到了高位。偏偏那时候我又不争气，出身不好，本人右派，一世的功名全都泡汤了，直到最后，一辈子竟连个小组长都没有混上，你说说，白活不白活？

一天，放学回家，小四儿背着书包走在我身边，走着走着，忽然她凑到我的耳边悄声地对我说："听说了吗？咱爸又要往家里领人了。"往家里领人，这又是我们家族里的一句黑话，本来呢，顾名思义，领人，自然就是把外边的人领到家里来，这本来没什么不可以的。但是，我们侯姓人家的老少爷们，一旦把人领进家来，那，这个被领进家来的人，就有权利再也不走了，从此她便要享有一点待遇，譬如给个小跨院吧，然后她就理直气壮地住下来了，一点一点地在侯家掺和事，精明强干的，收买人心，有时候她还能真就把持了一方天下，你说说这往家里领人是多么严重的一件事吧。

这次我的老爸往家里领人，这还是人家小的儿先觉察出眉目来的，一天晚上，小的儿抱着一个大包袱来到了我们房里，这时小四儿正在娘的房里和娘说话，见到小的儿进来，小四儿立即就是老大的不高兴："人家正跟娘读《尚书》呢。"说着小四儿就把一部《尚书》收起来了，随着便歪在娘的床上玩布老虎。

"这里面是他爸随身的替换衣服,我给您放在这儿吧。"说着,小的儿就把那个大包袱放在了被格子上。

母亲还以为是小的儿要出远门,便信口无心地问道:"要么让我房里的莺儿随你一起去。"

"我哪里也不去的。"小的儿语气平和地回答着说,"我是说,这许多日子他爸在您的房里,怕他更衣时有什么不称心的地方,您又不愿意派人去我屋里拿,这件衬衫,他爸最喜欢配那套灰西装的……"

"什么?你说这许多日子他爸一直在我房里住着?"不等小的儿说完,我娘便吃惊地问着,"这些年他不是一直在你房里的吗?"

"哎哟,大奶奶,这里面又有事了。"小的儿听说我爸原来不在我娘房里,她吃惊的程度,那可是要比我娘厉害多了。当即她就咬着嘴唇厉声地说道:"我早觉出事情有点不对了,可是大奶奶宽宏大量,没有点把握,我也不敢多言多语……"小的儿说着,脸色已是变得十分阴沉。

"别绕弯子了,有话你就直说吧。"这也是我娘的习惯了,对小的儿说话,她总是不给好脸色,那口气远不如对底下人说话平和。

"他爸不在我房里,也不在大奶奶房间,这么说他爸是住在外边了。"小的儿还似是在猜测着说，"可是，大奶奶想一想，他爸又能在哪里过夜呢？"

"你说呢？"我娘当即问道。

"我可是说不准。"小的儿吞吞吐吐地说着。

"四儿，你先回你房里去吧。"娘见小的儿欲言又止的神态，便把小四儿支了出来，所以，这往家领人的详尽情节，她就没法向我细说。

尽管小四儿对我说的情况十分严重，但男子汉大丈夫，我还是没往心里去，光学校里的那点事，我还顾不过来呢，至于我的老爸要往家里领人，那就更不属我分管范围内的事了，好在我们家还有好几个小跨院，空着也是闹狐狸，每到夜间黑影闪动，吓得人毛骨悚然，多领进几个人来更好，再去小跨院抓蛐蛐就不用害怕了。

只是事情绝不似我想的那样简单，一天下午，我爸要往家里领的人，还真就来了。我没看见，小四儿看见了，说是一个新派人物，烫着飞机头，穿着高跟皮鞋，一嘴的京腔。真逗，天津人说是真哏儿，我们家要出来一个会甩京腔的人了，一口一个您哪，搂着点吧您哪，悠着点吧您哪，多五彩缤纷呀！

据母亲后来对我说，这位新领来的人儿，名字叫王丝丝，在维格多利舞厅，人们都叫她密司王，再下流的索性就叫她王小蜜,最放肆的,就只叫一个"蜜",多王八蛋,我虽然彼时只有九岁,但这男女之间的自重自爱,我是极为了解的,所以,至今我在男性之中最绅士,知道出门进门要为女士开门,走在路上要为女士提着提包,见女士进得门来,要站起身来迎接,不能跷个二郎腿冲着女士瞪小眼。比当今那些自称潇洒的名士们可是要斯文多了。

这位王丝丝小姐,彼时只有 25 岁,而我和小四儿当年是 8 岁,我的哥哥 14 岁,我的大姐 19 岁,只比王丝丝小姐小 6 岁,若说起来呢,倒也是家里会更显得热闹些,住在小跨院里,也能来个满院生辉。只是我爷爷最生气,他生气的主要原因,是因为这位王丝丝小姐是维格多利的歌星,挂牌唱《特别快车》,爷爷说,家里已经有了一个唱戏的了,如今再来一个唱流行歌的,那可真是要姹紫嫣红了。而他老人家生气的最后结局,就是去美国述职,买了船票,他就走了。奶奶呢,不能参言,还是她的老办法,去问大奶奶,只要大奶奶认下了,奶奶没有意见。

恰这一天王丝丝到家里来的时候,母亲正在厨房里烧菜,这又要多说一句了,平时,母亲是不下厨房的,但只有一个例外,那就是烧鲥鱼,母亲烧鲥鱼味道最为鲜美,无论哪位厨娘都比不了,一但新鲜的鲥鱼下来,厨娘们总要请大少奶奶亲自下厨烧鱼,别人也不敢抢这份差事。而且我娘烧鲥鱼要亲自收拾,她要亲自剥鳞,亲自摆盘,还要亲自看火。所以,当王丝丝小姐走进门来要见大奶奶的时候,佣人一把话传到厨房,我母亲当即便提着一把切菜刀出来了,这一下,把个王丝丝吓了个屁滚尿流,"哎呀!不让我进门也就是了,总不至于拿刀杀人呀!"

"这就是我们家主事的大少奶奶。"佣人们也势利眼,他们见外面又来了时髦女子,知道是又要领进来的,便故意要说母亲在家中的地位。

"大奶奶在上……"噗嗵一声,王丝丝小姐就冲着我母亲跪下了,我母亲一看不好,提着切菜刀就走到了院里,"还有多少,你们也一起商量好了,别一个一个地往家里蹦,有几个是几个,一股脑儿地我全收下也就是了,这样收人,多麻烦呀!"说罢,母亲又提着切菜刀回厨房收拾鲫鱼去了。

王丝丝小姐自然早有准备,谁都知道愣往一个地方进人,不是那么容易的事,你知道人家有没有指标呀?王丝丝小姐见母亲不睬她,回身便走进三道院,在院当中选好了位置,冲着母亲的住房就又跪下了。如法炮制,和小的儿当年进门的做法一样,全是要来个感天地动鬼神,死乞白赖地非挤进来不可。

母亲这次倒没有太生气,她似是已经不往心里去了,天命注定,谁让自己遇上了这么个不争气的丈夫了呢?算了吧，只要你有本事往家里领，你领多少，我认多少，只看你日后如何打发吧。当然，这总要有个接受过程，哪能来人便认的道理呢，必要的手续总还是要有的，还是老办法，走一次过场。"小四儿，你去把娘的衣服拿来，咱们和你弟弟一起去外婆家住去，这个家我是不要了，谁愿意要，就由谁当家做主去吧！"

小四儿聪明，颠儿颠儿地她就跑回房里去了，不多时她抱着一个大包袱回来，好歹给奶奶把鱼安置好了，饭也没有吃，娘便带上小四儿和我，坐上家里的洋车，直奔外婆家去了，坐在车上，小四儿凑到我的耳边悄声地对我说："嘻嘻，光脚丫穿皮凉鞋，大脚拇指指甲盖上，还涂着红指甲油呢。真不要脸！"

本来呢，母亲以为过不了几天家里就要来人的，前面有了先例，小的儿进门的时候，就是跪到第三天奄奄一息，请回母亲宽容留人。这一次也不会有什么新花招，过几天再回来呗，让她住最后一道院里的小跨院就是了。

一连住到第七天，家里居然一点消息也没有，莫非这位王小姐皮实，跪到第七天依然精神抖擞，体魄强健，果然是东亚病夫的往昔已是一去不返了。家里没有消息，母亲又放心不下，推说是派个外婆家的佣人回家去取衣服，顺便把母亲房里的佣人唤来，也好问个仔细。母亲房里的佣人来到外婆家,见到母亲一把就抓住了母亲的胳膊,哎呀一声,便说了起来:"大少奶奶,我可是长了见识了。"

"什么事让你这样大惊小怪的?"母亲当然不解,便拉着女佣人要她说个详细。据女佣人对母亲述说,我们家的这个小的儿,可真是办了大事了。

…………

母亲带着我和小四儿走了之后,王丝丝小姐仍在院中跪着,也许她心中有数,这就算是看到希望了,多不过跪上三天三夜,跪到还剩下一口活气,侯家自然要派人将大奶奶接回来,到那时自然又是先把人抬去看医生,看过医生之后,再回到侯家宅院,给一个小跨院,那就算认下人来了。

谁料,王丝丝小姐刚才跪到中午,扭答扭答地,小的儿从她的小跨院里走出来,她来到三道院,也就是母亲的院里,站在院中,端详着王丝丝小姐,她就说了话:"我说这位王小姐,你被领进侯家门来,是要做二的呀,还是要做三的?"

王丝丝小姐见来了救命恩人,便冲着小的儿先磕了一个头:"姐姐救我!我当然是只求做个三的。"

"既然你只是要来做个三的,那你为什么不先到小跨院给我下跪,却先跑到这儿来给大奶奶下跪呢?你怎么就知道只要大奶奶认下了你,我就一定也能认下你来呢?"

这一问，还真把王丝丝小姐给问住了，抬起头来，她看了看小的儿："姐姐不要见怪，我是不懂得大宅门里的规矩，才冒犯了姐姐的威风，我先去后院给姐姐下跪，求得姐姐先把我认下了，大奶奶面前，就有姐姐为我做主了。"

"这倒是句聪明话。"说罢，小的儿转身就走回她的小跨院去了，王丝丝呢？也立即从地上爬起来，随在小的儿的身后，来到小跨院，冲着小的儿的住房，规规矩矩地就跪下了。

只是这一跪，就真地跪出麻烦来了，小的儿和母亲不一样，母亲是菩萨娘娘，小的儿是铁石心肠，莫说是下跪，你就是拿刀子往下割肉，鲜血淋漓，你也休想能感动她，可怜的歌星王丝丝，就这样干巴巴地跪着，在小跨院里，就是跪死了，连一个人也不知道，好好的一个女子，眼看着就要遭践在小的儿的手里了。当然，这里要交待一下，凭人家王丝丝小姐，当今的走红歌女，为什么要跑到我家来，给小的儿下跪呢？好歹走一场穴，唱两支歌就是十万八万的，怎么活着不自在？侯家有什么了不起的。但是哩，时代不同，情况也不一样，那时候唱《特别快车》，一晚上也就是几元钱，远不似现在挣的这么多，那时候不是分配不公吗？那时候，挣得最多的是鲁迅，教育部每月给他的津贴是大洋 800 元，什么事也不管，此外每月还有巨额的稿费，一个人靠写作就能养活一家人，而且吃的喝的都还不错。而那时挣得最少的，就是像王丝丝这样的歌星,和维格多利签合同,唱一个月,也不过就是几十元钱,顾了吃顾不上穿。所以,这位王丝丝小姐才死乞白赖地要往我们家里钻。

只可怜这位王丝丝小姐太天真,她还是把事情想得太简单了,她以为,反正你侯姓人家怕吃人命官司,而大少奶奶又心慈手软,只要横下一条心来,天下无难事,只怕有心人,最后一定能感动上帝,总不会眼望着她跪死在院里。决心已定,这位王丝丝小姐就不慌不忙地在小跨院里跪下来了,跪了一天,腰酸腿疼,跪了两天,精疲力竭,跪到第三天时,这位王丝丝小姐已是奄奄一息了。一直到了第四天的晚上,王丝丝小姐才听见小跨院里脚步声响动,昏沉沉抬起头来,天旋地转,一片星光下站着一个人儿,仔细看了半天,才认出是小的儿。

"没事吧?"小的儿酸溜溜在问着。

"姐姐救我!"王丝丝小姐有气无力地唤着。

"嗜,还差着远的呢,这不还认识姐姐,还知道救命呢吗?再跪上这么几天,到时候我若是没有别的事呢,也许我就来看看你。"说罢,小的儿回身便要走开,只是突然,小的儿又转回身来,似是自言自语地说着:"不过呢,你若是听我一句劝告,趁着还有点力气,你还是早早地自己爬出去好,如果是大少奶奶主事,也许最后经不住你的磨缠,发一点善心，最后也就把你认下了，救谁不是救呀？可是你别忘了如今是我在这儿，大少奶奶无所谓，无论认下多少，她都是正座正位，我可就不一样了，现如今我是二的，待来日你进了门，大先生喜爱谁，谁就是二的，那时候还有我的香饽饽吃吗？所以呀，若是没有什么要紧的事呢，在这儿跪几天，倒也能松松筋骨，歇两天，再出去唱你的《特别快车》，就更有滋有味。若是你怕最终跪不出个子丑寅卯来呢，我还是劝你早早地另打主意。你休想指望我会发善心把你认下。跪死了呢，别忘了这儿可只是人家侯家的小跨院，不是正宅正院，你若是想给大少奶奶下跪呢，实话告诉你说，我早把大奶奶请出去了，没有我的话，大奶奶也不会回来。就这么着吧。我可是要回房里去了。"说完，小的儿真地就回她的房里去了。

以后呢？以后的事，那就不必细说了，反正是在第七天上，王丝丝小姐终于从我们侯姓人家的宅院里爬了出去，才爬到大门外，"呀"地一声，王丝丝小姐便不省人事了。

6

"蛇!毒蛇!"从来,我没有看见母亲发过这么大的火,来不及收拾衣物,匆匆拉着我和小四儿,坐上洋车,径直就向家里奔去,坐在洋车上,母亲不停地骂着小的儿,骂声中充满了仇恨,甚至于,我感到母亲的手在剧烈地颤抖,她搂着我的一只手掌,手掌心冰凉冰凉。

"娘,你别生气。"立在我身边的小四儿连声地劝着母亲,母亲不说话,仍然恶凶凶地骂着,而且越骂越不解心头之恨,我感到母亲的手在狠狠地抓着我的肩膀,抓得我疼痛难忍。

不多时,洋车停在了我家门外,母亲这时突然放开我和小四儿,走下车来,一步就迈进到了院中。"大少奶奶回府了。"前院里,成排的仆人分站成两队,齐声地向母亲问好,而母亲却瞅也不瞅一眼,大步地就往后院里走。若在平常,母亲每次出门,回家时总要到祖父母的房里去先问安好,然后才能回自己房去。今天母亲必是因小的儿的所做所为气晕了,所以也就顾不得什么规矩礼法,先去找小的儿算账再说。

第三道院里,静寂异常,佣人们知道大奶奶突然回府,必是有什么事要发落,所以,一个个全都屏着呼吸,连一个敢喘大气的都没有。院当中,倒只有小的儿在母亲门前站着,垂手恭立,一副低三下四的神态。见到母亲走进门来,小的儿立即迎上一步,细声细语地冲着母亲说道:"大奶奶身体可好?"明明是在想讨母亲的好。也许是她以为自己刚刚为侯姓人家做了一件大事,论功行赏,母亲也该给她个好脸子看。

"呸!滚回你的小跨院去!"怒不可遏,母亲冲着小的儿就喊了一嗓子,冷不防,倒把个小的儿吓得打了一个冷战。

"大奶奶这是……"小的儿闹不明白这是为什么事情,眨了半天眼睛,她还是想问个明白,

"滚!你这条毒蛇!我不想看你!"母亲这时已经走到了小的儿的面前,气凶凶,母亲伸过一根手指,直点着小的儿的鼻子,破口便骂了起来:"都是我这些年太宽厚,活活把你个小妖精宠起来了,你还知道自己是什么东西变的吗?"

"大奶奶这可是说我?"小的儿还是不明白大奶奶何以以怨报德,明明是自己做了一件好事,怎么反要挨一顿臭骂?当然她要问个明白。

"我不是骂你,还能是骂哪一个?这院里即便是个猫儿狗儿,也不敢似你这般放肆,你眼里还有个家法吗?他爸在外面喜欢上的人,活活地就让你给撵出去,你算是个什么东西?你一不是娶来的,二不是买来的,你怎么就敢私做主张,把个要进门的人挤出了家门?"

这一骂,小的儿多少明白一点了,原来这侯姓人家竟是这样一户由着男人胡作非为的人家,明明是大先生在外边又有了新欢,把她领进门来,还不许你不认,横下一条心,把个来路不正的人儿打发出去,这不正是做了一件好事吗?谁料反说是犯了天条,竟惹得大奶奶发了这么大的火。

"你眼里没有我,你眼里也没有他们的爸,他们的爸让个他喜爱的人自己来家里认门,那只是给我留个体面,当年你来认门,我不也是最后收认下了吗?怎么这次你就敢自做主张,不给他们的爸留面子了呢?好了,我看如今你也是成了精了,从今往后,没有人管得了你了,把小跨院的门堵上,你另开一个门吧!"说罢。母亲在佣人们的簇拥下,走进房里去了。

"哎呀,听说大嫂回府来了,我迟到了一步,怎么大嫂子就生了这么大的气?"母亲才进房来,衣服都没来得及换,忽然窗外传来七婶娘的声音,随着,门被推开,不待母亲招呼,七婶娘便走进来了。七婶娘很会做事,她先看过了我和小四儿,又问过了母亲的安好,然后将嘴巴向门外噘了一下,才悄声地对母亲说:"姨太太有姨太太的难处,大嫂是名门闺秀,犯不上和她生这份气。给她个好脸子,先让她回房去,有什么说,还愁没有人替大嫂出这口气?人家还在院里站着呢。"

"你瞧瞧,这阵倒有了规矩了,谁说不让她回房去了?"母亲故意把声音提高了说着,好让院里的小的儿听见,果然母亲说话的声音传了出去,这时,才听见窗外小的儿说话的声音:

"大奶奶若是没什么吩咐,我就先回去了。"

"你先去吧,有什么说,我再派下人去请你。"母亲说话的声音还是酸溜溜地那么不是味,小的儿当然什么也不敢说,只能乖乖地自己走开。

小的儿走开之后,七婶娘便又坐在母亲身边的一把椅子上,知心地和母亲说着:"若说呢,咱们侯姓人家也应该有这么个人物,像大嫂这样的菩萨心肠,就真要把人们都宠坏了。小的儿呢,做事太绝,也就是没和大嫂商量,有什么不是,该说就说她几句,再不解气,就拿家法吓唬吓唬她,还不全是大嫂一个人的权势?"七婶娘自然是既要哄着母亲,同时又得替小的儿说好话,八面玲珑,两头做好人。

七婶娘的一番劝解,不料却把母亲给劝哭了,紧紧地把我和小四儿搂在怀里，母亲抽抽噎噎地哭成了一个泪人："我只恨自己命不好，丈夫不给我争气，怎么我就理不好这一户人家呢？上上下下的这还有点规矩吗？他们的爸荒唐，可是男人的事，你是只能劝，不能拦，劝了不听，他总是于心有愧，你和他做对头，不给他留一点情面，他表面上也许就一时依了你，可他到底是外边的人，你又怎么看得住他呢？七婶娘，这话我先说下，慢慢地你只在一旁看着，这个家，我看是要败了。"母亲说着，已经是哭出了声音。

果然，从此，我们家遇到了一桩一桩不知是多少倒霉的事，兵来将挡，水来土掩，到最后，母亲一筹莫展，眼看着呼啦啦树倒猢狲散，显赫一时的侯姓人家，就一天天地败落下去了。

第一桩不幸的事，是父亲生了一场大病，什么病？我是说不出名来的，反正一头倒在床上，他是不肯起来了。连吃饭都要人喂，面无血色，全身瘫软，请了多少名医，都说不出个名堂来，反正他就是哪儿都难受。病从什么时候开始的？就从他外出许多天之后，回家来的头一天开始的。那一天他本来非常高兴，几乎是唱着跳着地走进家门的，而且还带回来那么多的好东西。给母亲买的衣料，给爷爷奶奶买的西洋蛋糕，给姐姐们买的各种头纱，还有给哥和我买的文具和书。当然，我们的老爸每逢如此讨好全家人的时候，那自然是他做下了什么亏理的事的时候。只是走进家门，一一地各房里都去过之后，唯独不见家里多出了一个什么人来，这一下他吃不住劲了："没有什么事吗？"他含含混混地向母亲问着，母亲什么话也没说，只叹息了一声，便到奶奶的房里去了。

我的老爸当然知道这一切意味着什么，失败，可耻的失败，精心策划的一场丑剧，唱成鬼吹灯了。男子汉大丈夫，他咽不下这口气，按理说，他可以兴师问罪，大发雷霆，可是他又实在是说不出口。他能向家里人质问："我好不容易看上的一个人儿，你们凭什么不肯收留？"嘛？话说不出口，不能发做，唯一的办法，就是不吃饭，一头倒在床上，他老先生从此要装病了。好在，我的老爸别的本事都不太大，唯有这装病一桩，那是绝对地惟妙惟肖，装着装着，他还真就装出病来了。

我老爸的病状好怕人，发愣，一双眼睛只看着屋顶发呆，一声不吭，也不眨巴眼，就像是鱼缸里的金鱼望天一样，只是他不吧唧嘴。我老爸装病的第二个症状，是犯傻，你问他吃饭不吃，他理也不理你，你问他喝水不喝，他还是不理你，反正他就是那样脸冲着墙地躺着，也不知是睡了还是没睡。

父亲装病装到第三天上，小的儿出来了，她战战兢兢，活赛似老鼠要去见猫，胆战心惊，走路连一点声音也没有。那时恰好我伏在窗外，正偷着往里张望，也是想暗中向爹爹学点什么绝活，不料有意外收获，小的儿探望父亲的一场好戏，正让我看个全出。那是在下午五点钟左右时光，小的儿端着一只托盘，托盘上一只盖碗，大概盖碗里是什么燕窝汤之类的东西吧，步子轻盈，活赛是架着流云，小的儿悄无声息地推开了我们屋的房门，这时我爹还以为是我母亲进来了呢，哼了一声，他还想多得一点同情。不料，走起房里来的不是我母亲，回头一看，是那个把他的意中人逼走的那个小的儿，腾地一下，我爹活像是炮弹爆炸一样，发疯般地就从床上蹦了起来，"滚！你这条毒蛇！"和我母亲骂小的儿的词汇一样，只是嗓门要高出许多，不记得父亲在什么场合喊过这么漂亮的一嗓子，倒也听过一次，《四郎探母》里的"叫小番"，满堂的好，堪称是惊天动地，只是这次不是叫小番，这次是叫小的儿，也是十足的精神头。

这一嗓子，倒真把小的儿吓坏了，冷不防，她打了一个冷战，一连向后退了三步，险一些，小的儿差一点没跌倒在地上。

"茹之，"小的儿直呼我爹的名字，似是要和他说点什么话。只是我爹如今正在气头上。莫说是小的儿的话，就是皇帝老子的话，他也是听不进去的。当然，小的儿有话还是要说:"茹之,我可是一片好心。"

"呸!你还是一片好心?滚出去,你给我滚出去!我这辈子再也不想看见你了!"真没想到,我爹还有这么大的志气,他居然连他领进来的人都不认了。骂过之后,我爹一屁股坐在床沿边上,抬起一只手来,指着小的儿的鼻子就又骂了起来:"你是什么东西?居然敢把我要领进门来的人给撵了出去,你大胆!放肆!混蛋!你不是个好人!"真难为了我的老爹,他居然还知道这世上还有好人和不好的人,骂着骂着,他老先生又发起火来了,一回手,就近抓过一只枕头来,气势汹汹地就冲着小的儿扔了过去,当然,没有打着,要的是个做派。

灰灰溜溜,小的儿回身走了,我看见小的儿一面走着还一面抹眼泪。

父亲是一个有志气的人,从此后,他真地就恨上小的儿了,恨得咬牙切齿,恨得不共戴天,恨得不喝一条河里的水,恨得不吸一个烟盒里的香烟。平时在家里边,出来进去,无论在哪里他们两个人碰到一起,父亲都绝不和小的儿说话,母亲还是带着我和小四儿在三道院里住着,父亲也凑过来在另一间房里住,除了去大阪公司上班之外,他一改往日的放浪形骸,规规矩矩地每天早出早归,似是从此真地就要改邪归正了。悄悄地我也问娘:"我爸跟咱好了?"我娘不回答。

倒是小四儿一句话道破了天机。小四儿说："哪里是和咱们好了，是咱爸暗里放出人去，四处打听那个王丝丝小姐的下落去了。"

我的天！我爹真有点不达目的誓不罢休的气概！

王丝丝小姐没有找到，三个月之后，一张传票送到家来，侯茹之先生，请按传票所具日期到本法院听审。我的天，我的老爸吃上官司了。

什么官司？当然是人命官司，原告人：王丝丝小姐的哥哥，被告人：侯茹之，事由：人命一条。说是王丝丝小姐自某月某日去侯府认门之后，再也没有消息，是死是活，音信全无，侯茹之或是谋财害命，或是拐卖人口，反正这场官司是吃定了。交不出人来，侯茹之一条人命抵偿，你算是跑不了啦！

偏偏我的老爸就是不爱打官司，倒不是他怕官面，是他老先生心善，与世无争，不就是一个赔偿吗？咱给！可是如今不同呀，如今你有钱没有用，人家要你赔的是人命，而且是要你侯茹之赔偿人命，不怕偿命的，你就来吧。

"我不去法院！"我的老爸摸都不敢摸一下传票，坐在椅子上耍赖。这时他装的病也好了，狼吞虎咽，他吃了半锅米饭，又吃下了一只红烧肘子外加一条鲤鱼，这才打起精神来又哭又闹。

只是人家法院不听你这一套呀，天网恢恢，执法如山，不按时来法院听审，人家是要用小绳儿拴你去的，怎么办？一家人又没了主意。

请律师吧，不就是一个钱吗？哪一位律师的名声大，咱就去请那一位。三爷爷房里的四先生说，有一位大律师名字叫袁渊圆，能把抢劫说成是募捐，好，咱就请他来为咱做主。

大律师袁渊圆，笔者拙著中篇小说《天津闲人》里的一位名士，天津卫第一张嘴皮子，能把死人说得活过来，然后再把活人说得活活气死，只要给够了钱，什么没有理的事，都能给你说出七分理来，所以，人称袁渊圆大律师是说的圆、编的圆、唱的圆。圆圆圆，无论什么缺德事，都能给你说得圆而又圆。

第一次承蒙袁渊圆大律师的约见，我父亲带去了二百元钱，谈话的时间只有二十分钟。我父亲善于行动而不善于表述，啰哩啰嗦地才把事情说了个开头，一挥手，袁渊圆大律师便打断了我父亲的话："侯先生，你的这桩案子，另请高明吧，我是没有办法的了。铁证如山，人是死在你手里的，你没见到过人？玩笑了，你没见到过人，她王丝丝小姐是如何认得你家大门的？第一，你犯了诱拐民女罪，王丝丝小姐本来是一名良家女子，不幸被你勾引，以致要卖身为妾。第二，你犯了重婚罪，你本来是一个已婚男子，却只为家中有钱,便想妻妾成群,一夫多妻,实为我中华民国根本大法所不容。第三,你犯了蓄谋杀人罪,经过一番谋划,你设下圈套,让王丝丝小姐去你家认门,然后你便将王丝丝小姐秘密害死,如实招来,你到底把王丝丝小姐的尸体埋在了哪里?或者你是将尸体肢解万段,放置木箱之中,一些抛至城外,另一些沉入大河之中,侯先生,这场人命官司,你就等着发落吧!"

偏偏我父亲胆小,经袁渊圆大律师一吓,当即人便瘫倒在了袁大律师的大椅子上,再也不能动了,约见的时间已过,袁大律师还另有要人等候,发下逐客令,袁大律师要往外撵人了。只是,我的老爸当然是不肯走的呀,"袁大律师,你要救我!"我父亲随之又掏出二百元钱,便就又放在了袁大律师的写字桌上。

"哎,我知道你侯家也是天津的首善首富,怎么就让你家遇上了这种麻烦事呢?让我试试看吧,不过呢,这种人命官司,侯先生想必也是知道的……"袁大律师说着,脸上还带着不情愿的神态。

"袁大律师放心,不就是一个钱吗?好办,钱的事最好办。"我的老爸说着,他心里也敲着鼓,说到钱字,虽然侯先生不会有什么难处,但是,到底这次是不能由大阪公司报账了,可是如今这些钱找谁要去呢?跟我祖父说?这又是一件没有想到的事。1942年，太平洋战争爆发，正好我的祖父大人在美国述职，交通断绝，祖父已是留在了美国。家长不在，这打官司的花销，又实在不好从大账房里报。怎么办？和我母亲商量呗。

反正是要么出钱，要么让我老爸去蹲班房，母亲说，无论用多少钱，先从我这儿拿吧。就这样，请袁大律师受理诉讼，还没上公堂，先就用了几千元。袁大律师架子大，约见谈话一分钟要付一分钟的报酬，而且这法律上的事，平民百姓又不太明了，只一个侯先生你可就是侯茹之？袁大律师就和我的老爸谈了两个半天，最后把我的老爸谈急了，他指着自己的鼻子向袁大律师说道："大律师，我若不是侯茹之，吃饱了撑的，我要认下这桩人命官司？"如此，侯茹之确实是本案的被告，才终于认定了下来。

就这样谈来谈去，待到袁大律师把事件的来龙去脉基本弄清，我母亲的几件翠玉，已是卖掉了一半了。及至到了公堂，我的老爸一心选择坦白从宽的道路，大法官问什么，我的老爹就承认什么，他承认他确实认识王丝丝小姐，而且这位王丝丝小姐又确实长得如花似玉，歌儿也唱得好听，在维格多利挂头牌。最以先呢，王丝丝小姐倒也没和我的老爸怎么近乎，两个人认识一年之后，产生了深厚感情。产生了深厚感情之后，自然就想结为夫妻，只可恨国法不容，明令禁止一夫多妻。不过呢,上有政策,下有对策,明娶不成,那就私下里收纳为妾。如此这般,我的老爸就给王丝丝小姐指了一条明路,某年某月某日,我老爸去日本办理公务,这时王丝丝小姐就找到我家门上来了……

不打自招,我的老爹算是把事情全认到自己头上来了,袁大律师一听就不愿意了:"哎呀,我的侯先生呀,你如此这般地低头认罪,这可是让我如何为你辩护呀?算了,你另请高明吧,你的事,我是从此不管了。"说罢,袁大律师又要一推了之,花钱,赶快给袁大律师送钱,这样,袁大律师才答应挺身而出。

只是,这官司是已经输定了,王丝丝小姐下落不明,据知情人出庭做证,有人说王小姐是被我的老爹活活地给掐死了,掐死之后,尸体被装在一只大麻袋里,大麻袋又装了一块大石头,然后我的老爹花了四十七元五角钱雇了一个哑巴,让他背上这只大麻袋,就在一个伸手不见五指的黑夜里,把王小姐给扔到海河里去了。三天之前,海河口处漂上来了一具女尸,很可能就是王小姐的玉体。还有个证人就说得更玄乎了,这位证人说,那一阵,我爹根本就没有去日本国,他就藏在我们家的小跨院里,恰那天王小姐来我家认门,冷不防,抢起切菜刀,我爹就把王小姐给杀死了,至于犯罪动机么,很明显,那是因为我的老爸太喜欢听王丝丝的歌了。他爱听，他就不让别人也听，心理学上有这么一说，一位叫弗洛伊德的医生给这种现象起了一个名儿：也不是叫什么什么情结。铁证如山，侯先生你就盯着偿命吧。

沸沸扬扬，一时之间，天津城的大报、小报、日报、晚报、周报、画报，全都有了叫座的社会新闻，而且那标题一个比一个邪乎，一家报纸的大字标题是：情杀，仇杀？莫衷一是；爱兮，恨兮？有口难言。看着，就透着大学问。更还有一家画报，彩色封面上印着我老爸的半身大照片，照片下面的一行小字是："因为不能容忍世人与我分享她美好的歌声，我杀了她，逗号，是的，我杀了她。"你说说，这该是多露脸吧。而且，各家报纸卖报的报童更是编了许多民谣，唱的那才叫出口成章："买报瞧，买报瞧，侯先生手里提的可是杀人的刀，王小姐的歌儿唱得好，因此上才丢了命一条。"第二天，去学校上学，路上小朋友还一个个地问我："喂，小侯子，报上说的那个杀人的侯先生是你的老爸吗？"真是丢尽了人。

而且，事态不久又有恶性发展，半个月之后，一个给我家担水的人夫出来作证说，杀人的不是我爹，亲眼所见，王小姐到我家来的时候，出来迎她的是我的母亲，而且，千真万确，他看见我母亲手里提着一把切菜刀。

"岂有此理！"容不得这一番胡言乱语的，是我的三爷爷，也就是我四叔的父亲，因为我祖父不在家，族里的事情，就要由他做主。书香门第，积善人家，这名声当然是最为重要，三爷爷出面发下话来，必须了断这桩官司，你们长房院里不顾脸面，我三爷爷房里还要脸面呢！花钱，赶紧买通机关，必须把这桩事件尽快地给我压下去，不许拖延！

这一下，我母亲也慌了，束手无策，谁也想不出办法来。钱，已是早就花了不知是多少了，只是事情没有一点进展，怎么办？母亲一筹莫展，眼见着一天天地瘦了下来。

"大奶奶，人是我逼死的，不就是一条人命吗？有我了。"出来说话的，自然正是小的儿，好一个刚烈的女子，她把这桩事情揽下来了。

可是，谁揽下来也没用，王丝丝小姐是被侯家逼死的，这条人命，总要算在侯姓人家的账上。

"嘻，这和你们侯姓人家有什么关系呢？"小的儿一挥手道出了端底，"我一不是你们侯家买来的丫头，二不是你们侯家娶过门来的媳妇，我做下的事，与你们侯姓人家有什么关系呢？我不过就是在你们侯家宅门的小跨院里寄身的一个女子罢了，那个王丝丝来找我说情，说是要挤进侯家来做什么姨太太，连我自己还不是正根正叶，你王丝丝的事我怎么能管得了？我说了，她不听，一口气给我跪了整七天，到最后，我看她实在是奄奄一息了，这时候我才说了句，懂事的妹子，你还是走吧。谁料想，她一去没有消息，是死是活，这事与侯姓人家没有一点关系。"

　　救命的恩人呀,小的儿灵机一动,计上心头,我们侯姓人家的名声终于保住了。

7

　　小的儿与侯姓人家脱离关系，只在报上登了一个声明，倒也是没用多少钱。只是打发小的儿离开侯家，很是用了一大笔钱。据母亲后来对我们说，小的儿要离开侯家，也是出于无奈，因为她突然发现，她在侯家的靠山没有了。这些年来，说不上是轰轰烈烈，可也是辛辛苦苦，她总算在侯家创开了局面，上上下下争取过来不少的人，就连我们这一支里的七婶娘，都和她一条心了，爷爷奶奶也不再说她的坏话，凭她一个没有根基的小的儿，她还要怎么样？可是，她不自量力了，得意忘形，自然就胆大包天，她以为她从此就可以当家做主了。一个王丝丝，她以为无毒不丈夫，做出点你们侯姓人家做不出来的事，让你们也开开眼界，只是她忘了她毕竟是个小的儿。一事当前，躲还躲不迭呢，你怎么就敢一步窜上前去，要来个自己说了算呢？这件事，其实她无论怎样做，都不会有好结果。留下王丝丝吧，你算什么东西？谁给你的权力？不留下王丝丝吧，你又算是什么东西？侯家大先生看上的人儿,你如何就敢往外开?其实,那时候,小的儿若是多留个心眼的话,她应该躲进小跨院里不出来,外面无论发生什么事全都与你无关,你就安分守己做你的小的儿去吧,不是你自己愿意往侯姓人家里边挤的吗?

偏偏她自做聪明,就把个王丝丝小姐给挤对走了。其实,她本来应该想一想的,既然是侯先生另外看中了一个意中人,他心里已是明明不再把你当一回事了,不惹是生非,他不会往外开你,好歹你生下了一个女儿,不知天高地厚,硬是也要耍点大奶奶的威风,把侯大先生得罪了,能有你的好日子过吗?三十六计,走为上吧,小的儿自知无趣,她决定离开侯家了。

问她,要多少钱?绝不能埋没了这些年她在侯家的辛苦。母亲说,至少要够她过后半辈的,我们不能不养活人家。父亲倒不那么认真:“她糟的钱不少了。”看得山来,人一到了无情无义的时候,就不把别人的死活放在心上了。母亲心善,不做对不起人的事,要多少钱给她多少钱。话问到小的儿房里,小的儿回答说只要一种物什,请大奶奶开恩。要什么?母亲又问到小的儿房里,小的儿回答说,要她生的女儿。“呸!”吐这口唾沫的,是小四儿。

“娘!”小四儿找到母亲,理直气壮地问着,“我是不是侯家的人?”娘说当然是。是就行,小四儿又往下说:“小的儿可是侯家的人？"母亲回答说当然不是，她一不是花轿娶过来的，二不是花钱买过来的，她什么也不是。"那就好办。"小四儿说得更加趾高气扬。"既然小的儿不是侯家人，为什么小的儿要把侯家人带走？"谁说让她把侯家人带走了？母亲当然不答应。我侯姓人家再穷，也不能把自家的孩子让一个唱戏的带走，"四儿，"娘对小四儿说："有娘一天，娘就不让你离开娘一天，谁也休想把你拉走。放心吧孩子，这儿没有你的事了，娘打发她吧，没什么难办的事，也就是一个钱呗。"

小的儿离开家的情景，至今想起来仍记忆犹新，那一天恰是一个阴雨天气，也没有一个人出来送行，只说是门外车子准备好了，小的儿一个人便提着两只皮箱从小跨院里走了出来。佣人们大概是故意躲避她，谁也不帮她提皮箱，全都藏在个什么角落里，偷偷地瞧着她，她倒也不像是很难过的样子，就那么从从容容，神态极是自然，就和往日她出门逛劝业场一样。只是今天她走到院里，故意放慢了脚步，举目向四下里寻视一圈，也不像是要找什么人，就这么酸酸地说了一句："我走啦！"然后便放开步子，径直向前院里走去了，这时，母亲就坐在我们房里，什么事也没做，脸上没有任何表情，似是在用心地听她的脚步声，倒是我说了一句送行的话，这时，我正站在椅子上，扒着窗沿向外看，眼看着小的儿就要走出我们三道院了,我在屋里放开嗓子,冲着小的儿的背影大喊了一声:"小的儿!"怪声怪调,自以为很得意,其实一定很难听。小的儿明明是听见了,但她没有反映,倒是母亲过来在我的屁股上轻轻地打了一巴掌。

小的儿走了,从此一去没了消息,七婶娘似是还有点放心不下,无心地对母亲说着:"只怕她这场官司难打呀!若是能花几个钱了事,倒也算是便宜了,只怕对方一口咬定要偿命。"说着,七婶娘还叹息了一声,好像是还有点同情。

"反正咱们把钱给够了她,莫说是一场官司,就是三场两场,钱也足够用的。"母亲说着,心情已是十分坦然。

我父亲呢?一点表示也没有,就像是与他毫不相干似的,上班,回家,吃饭,睡觉,一切都不见有任何不安,唉,痴情女子负心汉,从那时我就对负心的男人深恶痛绝。只是经过这一场事,父亲似乎是痛改前非了,我倒也没听见他向母亲做了什么检讨,更没在我们面前做任何自我批评,糊里糊涂,他就算没事了,正人君子,还是我们的榜样。谁爱如何看他就如何看他吧,反正我是不向他学习的,谁敢保证他从今后再不往家里领人?

虽说父亲无动于衷吧,可是他对那场官司极是关心,当然,如今的被告人变了,逼人致死的是宋燕芳,她彼时只是在侯姓人家的小跨院里借住,王丝丝小姐以为宋燕芳在侯先生那里有面子，于是找上门来求她说情。情节倒是这样编得差不多了，头几天小报上还做了许多报道，可是看着看着，没有下文了。报纸上的热门话题变了，变成西广开一家西药房卖海洛因的事了，那时候咱们中国人管海洛因叫'白面'，而且据说这'白面'是用死人头盖骨研制而成的，于是旭报、晚报、画报、周报便一起来研究这'白面'到底是不是用死人头盖骨研制而成的，争论得无尽无休，而那桩王丝丝小姐的人命官司呢？似是被人们忘掉了。

倒是有一天，三爷爷院里的四先生风风火火地跑来报告了一个惊人的消息："你们知道吗？王丝丝小姐的那桩官司，人家宋燕芳女士'私了'了。原告撤回起诉，说是没这么一回事，王丝丝好好的，如今又在维格多利挂牌唱《特别快车》呢。你说说人家宋燕芳小姐是多大的能耐吧！"

据四先生从外面听来的消息说，宋小姐离开侯家之后，便找到了大律师袁渊圆，私下里一说，由袁大律师出面，也不怎么一了结，人家双方就握手言和了，恰这时，王丝丝小姐又出来挂牌卖唱，一场虚惊，把天津爷们又给耍弄了。至于袁大律师呢？人家当然是闲不下的，如今又有一桩新案子，比我们家的那桩案子还起钱，人家自然就忙那桩案子去了。

至于宋燕芳女士呢？未过多久，人家又登台献艺唱戏去了,而且,一炮打响,如今正在中国大戏院挂头牌,场场爆满,天津卫大报小报,连篇累牍地登载着关于宋燕芳女士的种种文章,一家报纸的醒目标题是《十载日月无光,小燕芳洞中只七日;一朝重返梨园,大舞台四壁更辉煌》。由此,足见小燕芳今日的飞黄腾达。

"人家的事,咱就管不了那许多了。"母亲听后倒也没有太感吃惊,安详平静,她只是环顾左右而言他地说着,"只求侯姓人家的男子汉们能够自尊自爱,以后再不要在外面招惹是非去了。"

"破财去灾的么,"四先生随声附和地说着:"听说了结这桩事,大嫂把从娘家带来的陪嫁都搭出去了。唉,真可惜,真可惜。大嫂真是见过大世面的人,这么大的事,就是不动大账房里的钱,也是么,自己房里的事要自己了断,大账房的钱,那还要维持好几处宅院的日月呢,动不得,那可是动不得的呀!"

感叹了半天,四先生便走了,似是只要大账房里的钱没动,他这辈子的日月就不会有愁事似的,大户人家么,几辈子也吃不绝的。

…………

表面上看,我们家的日月是归于平静了,母亲的私房贴己是没有了,好在每月还有父亲的工资。当然,如今大阪公司也不像从前那样，随着我父亲的能耐供他花钱了，七七事变之后，日本人在中国横起来了，他们再不需要雇一个中国人做他们的代理，有什么事他们自己就可以出面办理了。这一下，侯先生在大阪公司只能做一名雇员，别的任何特权全都没有了。我父亲呢，自然只能是循规蹈矩地做事当差，打牌、听戏，种种的应酬就全都免了。不过，这一来，他倒也收心了，不去赌场，不去戏院，不去喝酒赴宴，也不再去跳舞，更再不去那些不该去的地方，每日按时回家，我父亲已是一个本分人了。

祖母呢，自然还是打牌听戏，打牌照旧是只输不赢，好在我奶奶打牌没有太大的赌注，千儿八百的，大账房也罢，小账房也罢，我母亲就全给了结了，谁也说不出话来。至于听戏呢，那我奶奶有的是干女儿，由着她们每天晚上轮着番地接也就是了，母亲只惊动着，听说是老太太回家来了，赶忙到上房里请安，别的也没有什么要她出力的事。

按理说，这一家人的日月就应该是过起来了，谁料，天有不测风云，人有旦夕祸福，突然又节外生枝，还是三爷爷院里的四先生，他又在外面惹下事了。

什么事？赌呗！

一天晚上，三爷爷和三奶奶神色惊慌地跑到我们院来，见过我奶奶之后，立即就跑到我们房里，还没容我母亲问清楚是发生了什么事，三爷爷便又哭又闹地对我母亲说:"大少奶奶行善呀,小四又惹下祸了。"

"三公公三婆婆先用茶,有话慢慢地说。"我母亲总是不忘礼法,先要让三公婆坐下,然后才向他们询问是发生了什么事情。

"他四伯已经是三天没回家了,我们还以为是他在外面荒唐,不管他,由他在外面住上几天也就该回来了。谁料,昨晚上突然送来了一封信,说是要带上九万元钱到一个什么地方去领人,绑票,这明明是绑票!"

三爷爷说着,脸上是一片恐怖,三奶奶在一旁更是说不出话来,只呜呜地早哭得喘不上气来了。

"三叔三婶先别惊慌,有事咱慢慢地先查清楚,若真是绑票呢,咱可是用不着害怕,警察署早以先的署长,那可是咱们家的常客,新任署长虽说是新民会,新民会和大阪公司也是多少有一点面子,不三不四的小土匪,只怕他还没有这么大的胆子。赎人?自然有警察署派人替咱们去赎。"母亲安慰三爷三奶奶地说着,劝他们不必过于惊慌。

"不是这么回事呀!"三爷爷三奶奶见再也瞒不过去,这才说了真情,"是赌债。是小四在外面又欠下赌债了。不多,这次本来是不多的,他不过是又到赌场去了,没想到人家赌东认出了他。呀哈!你又来了,休想逃脱,这次你就留下来吧。新账旧账一起算，人家把赌债开出来了，一共是九万三千元呀！"

"不是这次没赌钱吗？"母亲奇怪地问，"怎么就欠下了这么多钱？"

"不是说新账老账一起算的吗？"三爷爷回答着说。

"老账不是已经了清了吗？"母亲又问。

"原来说是清了的，可那是洪老九出面找的赌东，洪老九又是看的小燕芳的面子，才出面管的这桩事，现如今，小燕芳不是侯家的人了，人家洪老九也不管这桩闲事了，这么着，新账老账加一起，才有了这么个九万三千元。"

"天爷，就是把侯家的老底全兑出去，也凑不齐这九万三千元呀！"母亲也没有办法了。可是，没有办法也要想办法呀，总不能让人死在赌场里吧，何况送到家里来的信还写得明白，三天不将钱送到，便要割下一只耳朵，五天不将钱送到，更要割下一个鼻子。这可如何是好，四先生年纪轻轻地就少了耳朵鼻子，将来该如何娶媳妇呀！

奶奶是没有办法的了："你公公不在家，大少奶奶做主吧。"这为难的事，就落在了母亲的头上，凑钱，只要不卖儿卖女，家里的东西随便的拿，就让三爷爷看着办吧。三爷爷最先还有点不好意思，但是到了第三天一清早，大门外一只信封送进来，信封上写着：侯府亲收。三爷爷战战兢兢地打开一看,啊呀!三爷爷一声大喊,当即,人就晕了过去。信封里,鲜血淋漓:我们四先生的大耳朵一只。

八方筹措,救人要紧,母亲当即把她全部的金银细软一股脑儿都拿了出来,七叔和七婶娘也是倾囊而出,连把他们给未出生的孩子打的金锁都拿出来了,再四面八方去凑,可是这到底是九万三千元呀,一时半时的如何就能凑得齐呢?三爷三奶奶当然最是着急,从早到晚地缠着母亲要她立即拿出九万三千元钱来,就像这笔赌债不是他房里的四先生欠下的,而是我欠下的似的。其实我当时就想,倘若真有一天我欠下了一笔赌债,我母亲未必就肯变卖财产去赎我,不就是割耳朵吗?自做自受,让他留个永久纪念吧。

凑不齐钱怎么办呢?明天就是第四天了,到了第五天,人家就要割鼻子的,真若是割掉了鼻子,我想,即使人家把他放回来,只怕我也是认不出他来了。真是急死人了,连我都恨不能帮一把力气,好歹凑够了钱,快些把四先生赎出来吧。

只是,这可是九万三千元呀,去哪里凑呢?这若在两年前,也许并不为难,那时候有美孚油行,凭祖父的面子,好歹提一笔钱,就足够还这笔赌债了,祖父不是和美孚油行做石油生意吗?现如今去哪里弄钱?母亲已是没有办法了。

那就再去找洪九爷求求情吧,请他出面和赌场通融一下，好歹宽容几天，我们侯姓人家是一定交钱赎人的。只是这位洪九爷去哪里找呢？我们侯姓人家只认识宿儒贤达，青皮混混，地痞流氓，和我们这户人家是根本没有任何交往的。

"听说如今洪老九正在中国大戏院包厢捧角儿，捧的就是小燕芳，去中国大戏院，准能见到洪老九。"三爷爷突然急中生智，他想出了一个好主意。只是谁又能去中国大戏院呢？而且，既使是去了中国大戏院，你又该如何见到洪老九呢？一时之间，大家都没了主意。

"要么，我去撞一头试试看？"是我的七叔毛遂自荐，想去见见这位洪老九。当然此中还有一个机缘，那就是宋燕芳虽然离开了我们家，但她依然是我祖母的干女儿，老老实实，她还要给她的干娘留个包厢。而且，至关重要，小燕芳给我祖母留的包厢，必须是中国大戏院最好的包厢，也就是二楼的二号厢。二楼的一号厢，板上钉钉，那是给天津特别市市长留着的，二号厢紧挨着一号厢，侯老太太专用，只许侯老太太不去，不许别人占用，现在这个专用包厢已经空了一年多了。紧靠在二号厢旁边，三号厢，洪九爷专用，这就好办了，只要在二号厢一坐，隔着半截的木版，便是三号厢，侯家包厢里的人就可以和洪老九说话了，赏他个面子，你洪老九是什么人物，侯家人不先和你说话，打死他，他也不敢主动和侯家人打招呼的,名分差得不是一星半点了。

就按七叔的办法去做,到了晚上,七叔带上我,坐着洋车,就直奔中国大戏院去了,去中国大戏院听戏,对我来说,实在不是什么新鲜事,上学之前,动不动地就被祖母拉去陪她听戏,听得我都不耐烦了。不过这次,我倒想见见世面,我倒不是想看小燕芳唱戏是什么模样,我主要是想看看洪老九是个什么人物。

呵,这中国大戏院可实在是不同一般了,不光是灯火辉煌,座无虚席,而且是满台的花篮,满台的红帐子,从楼上拉下来,写的全是祝小燕芳重返舞台的贺词。帽戏才开,只是散座里刚开始上座,我和七叔叔走进二号包厢,立即便有茶房过来侍候关照,茶水果品摆好,"侯爷有什么事随时吩咐。"随之,茶房退了出去。不多时,一号厢里走进人来了,向着我家七叔拱了一下的手,算是致礼问候。我问七叔:"认识吗?"七叔回答说:"谁认识他呀?新民会的,如今做了什么特别市的市长,少惹他就是了。"

又过了一会儿,三号厢里走进人来了,好大一个黑胖子,黑脑袋瓜子活赛是我们家佛堂里的黑瓷礅,好大的大块头,我们家后院两个大水缸叠在一起,就和这个洪老九差不多,熊,大黑狗熊。

洪老九走进他的包厢,没敢四处张望,只一个人低垂着目光安静地坐下了，似是无心听戏，一双眼睛还在往别处看。果然，未过多久，剧场里一阵骚动，立时，楼上楼下，人们的目光一齐向二楼的包厢集中过来，噔噔噔一阵脚步声响起，随之，八名壮汉带起一股旋风走上楼来，一时间闹不清发生了什么事，我还当是军警特务上楼来抓人，谁料，待到这八个壮汉散开，原来这八个壮汉当中，竟围着一个花枝招展的人儿，锦衣绣裙，满面春风，一双手上金光闪闪，明明是戴着八只戒指，有一只手指上，我看见是戴着两枚戒指，一只碧绿，另一只艳红，我知道那是红宝石。只顾了看这位非凡的女士的仪表，我竟没有留心这个人儿的相貌，待我举目一看，我的天爷，你道这人是谁？小的儿！宋燕芳，如今叫小燕芳，最最走红的名角儿。

开戏之前，历来的规矩，角儿要在上装之前，到她几位靠山的包厢里来请安，一来是对几位大人物的亲自光临表示感谢，二来更是向全场的听众示威，看见了吗？这几位惹不起的人物在这里坐着呢，有不怕死的，你就出来闹事吧。

小燕芳走上楼来，第一先去了一号厢，天津特别市市长面前道过感谢，说几句话出来，一抬头她看见了我和七叔，"哟，这不是七先生吗？"说着，小的儿就走了过来。

"宋小姐好。"七叔已经是改了称呼，不再称是姨太太，两不相干，只称是宋小姐了。

推开我们包厢的门,小燕芳走了进来,大大方方地笑了笑,就好似我们之间从来就没有任何关系似的,她是个角儿,我们只是听众,如此而已。

"呀!你可长高了。"我万没想到,小的儿是从我身上找话题的,措手不及,我让她摸了一下,直到今天想起来全身还起鸡皮疙瘩。

"总说要来看宋小姐的戏,就是凑不对时间,一年的光景了,这才头一次来,宋小姐真是得意呀!"七叔说着,眼睛却往洪老九那边望着。

"家里人都好吧?"宋小姐问着,又看了看我,"他姐姐们呢,都好吗?"小的儿问着,我知道这是在问她的小四儿。七叔当然心领神会,当即回答着说道:

"他的三个姐姐都好,四儿已是上到三年级了,还是班上的优等生。"

"哎,这一年时光呀,都好,就是闲下来的时候想孩子,算了吧,前世的事了。"说着,保证没有半个字的谎,我看见小的儿哭了,抽了一下鼻子。但很快,她就又淡淡地笑了一下,"七先生看戏吧,回去给干娘请安,对她老人家说,几时有空儿,就过来听戏,反正这个包厢是长年地给干娘留着的。"

随着,小的儿又到三号厢去了,和洪老九也不知是说了几句什么话,告辞出来,小燕芳到后台去了。

这时, 我家七叔才向洪老九打招呼:"这位是洪九爷吧?"

最先, 洪老九还不相信我七叔是和他说话, 犹豫了半天,见左近没有旁人,这才受宠若惊地慌忙站起身来,连连向我七叔鞠躬哈腰地说道:"在下姓洪,行九,不敢称爷,请问这位爷该是侯府上是七先生吧?"

"不敢不敢,"我七叔也是客客气气地说着,"久闻洪九爷的大名,总是没有机会拜识,真是一大憾事呀!"

"七先生高看我了,侯府上是书香门第,我洪老九一个粗人,做梦也不敢高攀的呀,今天倘若不是七先生先和我说话,打死我也没有胆量先给先生请安的,怕失了侯先生的身份。"洪老九诚惶诚恐地说着,连身子都站起来了。

"也是我平日太忙,本来上次我家四爷的事劳烦洪九爷成全之后,我就该到府上拜访去的……"显然,我七叔是故意往四先生的事上引,由此再好往下谈这次的事。

"什么?府上四先生有什么事呀?"洪老九故意装傻,好像他根本不知道四先生的事。

"就是上次四先生欠下了一笔赌债,走投无路……"我七叔尽力往上次的事情引。只可恨洪老九还是装傻不知道,眨了半天眼睛,他是什么也想不起来了。

"上一次若不是洪九爷暗中相助,我们家真不知要如何败落了。"我七叔向洪老九说着。

"七先生记错了,我哪里帮过侯府的忙呀,那岂不太高抬我了吗？记错了,记错了,我可是压根就不知道府上四先生的什么赌债,我也更没帮过府上的什么忙,怎么会有这种事呢?不可能,不可能,根本不可能。"一面说着,洪老九还一面摇着他的大黑脑袋瓜子。

"哎,也是我们的四先生不成器,本来上次好不容易地把事情已经了断了,偏他又旧习难改,这不,又让人家给扣下了,开出账单来,要家里还债,钱,我们是不会错的,只是不要今天割一只耳朵,明天再割一个鼻子,九万多块钱,总要给些时间的吧……"不管洪老九听见没听见,我七叔只管自言自语地说着,说得洪老九似是有点不耐烦了,终于,他答言说道:

"还钱就是了,耳朵鼻子的,别怕他们,那全是假的。"

哟,天下还有这种事,用假耳朵假鼻子吓唬人,这次我算是长见识了,今后若再有人给我送人耳朵人鼻子的,我先找来一只狗,让这只狗嗅一嗅,是真耳朵真鼻子,它就叼走了;假的呢? 它当然不吃,摇摇尾巴,它就走开了。

　　四先生回来之后，一头扎进自己的院里，哪里也没去。我奶奶让人捎过去话说："告诉老四，就不必各院里走动了，全都败了，一败涂地了。"

　　四先生一笔赌债，倾家荡产，侯家已是穷困潦倒了，虽说还没有到一贫如洗的地步，但已然只剩下一个空门楼了。侯家败落的第一个迹象，便是大账房没有了，大账房里的钱全用完了，还留个空账房有什么用呢？奶奶说，就把大账房里的先生辞退了吧，谢谢他们这些年的辛苦，等来日吧。也许侯姓人家还有个东山再起的时候，到那时，一定再把几位先生请回来。没有了大账房，侯家实际上就算是散了，各宅各院里各过自己的小日子，大户人家也就只是一个空摆设了。

　　侯姓人家败落的第二个象征，那就是把男女佣人全都辞退了，其中也包括母亲从外婆家带过来的随身佣人，这些老佣人离家而去的时候，那是比小的儿离家出走的情景要悲壮多了,一个个哭哭啼啼,辞过了这房,又去辞那房,临走到大门口时,还大声地和院里说话:"大少奶奶,等老太爷回来,可得把我们找回来呀!"母亲答应着,早已是泣不成声了。

当然了,俗话说,瘦死的骆驼比马大,虽说侯家是不行了吧,可表面上的架子还是不减当年的,我前面的两个姐姐,照常在中学读书,要知道这在当年,可不是一件小事,我的哥哥又是在一个贵族中学上学,三个人加在一起的用项,据说已是非常可观了。这样,为了减轻一点开支,我母亲就在我身上打主意,打什么主意呢?就是转学呗,把我从原来的贵族小学转到公立小学去,无所谓,我早就在贵族小学待腻了,男学生女学生,一个个全赛是得发瘟疫的鸡似的,挨一下碰一下,他就叫喊,就像是捅了他一刀似的,我早就恨透了他们,滚他的蛋去吧,今天爷可要走了。只是小四儿不好办,那时候公立小学不招女学生,即使有一处公立女子小学校,也是离家太远,母亲说让小四儿一个人去那么远的地方上学,来来去去的不放心。无奈,就仍然让她留在贵族小学里吧。

"四儿,"一天母亲把小四儿找去,万般做难地对她说,"咱们家虽说是不行了,可是娘不会委屈你们的,吃的喝的,还不到为难的时候。只是呢,有的地方,孩子就该体谅做母亲的了，别的我倒也没有让你们节省的地方，只是呢，这上学坐的车子，从今后就没有了，你也知道，咱们家把私家的车子全辞退了，你们上学呢，就要走着来去了。"小四儿没说话，可是也没点头，母亲自然也是知道的，在这私立贵族小学读书，读书是假的，比排场是真，一帮小崽子们，从早晨去学校的路上就开始比，比穿戴，比皮鞋，比书包，比皮球，而且，最是可恨，这帮小崽子比洋车，比跟在洋车后边的佣人，更有的谁也比不了，人家宝贝坐小汽车上学，别看光是三年级，他就上了整整三年，比的是个派儿。所以，母亲如今要省了小四儿的车子，这可真和被别人知道她是小老婆养的还要难为情，小四儿虽然不说话，但她的心里在想什么，我是十分清楚的。

就这样，我们全家人的生活都随着发生了不少的变化，而此中最能适应这场变化的，当属是我，我自从转入公立小学之后，竟一下子变得聪明了，不光教师讲的我全会，就是连教师没讲的，我也不知道是怎么一回事，居然也全会了，头一年期末考试，出乎意料，我居然考了个第一名，我娘说，你看这孩子，天生就是过穷日子的材料，再让他在那所学校上二年，非把他上成个傻蛋不成。其实，母亲不知道，就是在公立学校，到最后，我还照旧是一个大傻蛋，当然，这是后话。

转入公立小学之后，再回过头来看那些贵族小学的学生，自然，就觉得他们可怜了，功课不算太重，闲事堪谓不少，动不动地便是春游呀，同乐呀，制服呀，校庆呀，反正就是变着法地要钱。小四儿哩，当然不算不懂事，可是有许多统一的活动，她也不能不参加。参加怎么办？钱呗，伸手向娘要钱呗。

说老实话，我就是在这点上对母亲有意见，小四儿她不是咱的亲骨肉呀，干嘛要在她身上花这么多钱？有好几次，母亲是回到外婆家为小四儿的上学弄钱去的，弄来钱，还要向两个姐姐先做工作，要向她们说清，你们两个是娘亲生的，受点委屈是应该的，小四儿不是亲生的，慢待了她，外人要说话的。嘻，娘，不就是给小四儿添新衣吗？我们有旧的就行，让她照旧摆小姐架子吧。只是娘可别看错了人，知人知面不知心，家狗穷得团团转，野狗窍了不认门。娘说你们少多嘴多舌的，念好了书，比什么都强，瞧人家小不点，就是有志气，家里有钱的时候，上学光知道玩，现在，发奋读书，这才是出息呢！母亲说的这个小不点，就是敝人，有出息没出息的大家是自有公断的，反正我自己认为，若不是家道败落，说不定我也要学坏的，太坏了，我也没有那么大的本领，反正往家里领个人呀什么的，那是说不准的事。

反正母亲就是这样了，吃的穿的用的玩的，一切都是小四儿享受头份儿，基本上比我高半级，比我的两个姐姐，至少要高出一级，跟我哥哥那是不能比呀，我哥哥有外婆家特供，甚至比败家之前还要高出一些，外婆有指示，满足大外孙的要求就是我最大的幸福，一切你们就看着办吧。于是在我们家里，就出现了两个特殊的人物，他两个与我们的家境无关，彼君子兮，不素餐兮。他两个不陪着我们一起受穷。

可是，就这么着，到最后，小四儿还是给穷跑了。

那是一年的暑假，三奶奶院里来人送话，说是三奶奶日子过得冷清，要接过一个孩子去做伴儿。谁去呢？大姐二姐不去，哥哥人家早就被外婆家接走了，我说我去，娘说你老实地在家里待着吧，你三奶奶家还经得住你去造反？那，谁去呢？众望所归，小四儿去吧。在家打点打点，小四儿就跟着人过去了。

小四儿在三奶奶房里住了整整一个暑假，四十五天，这当中她也回来过，但是回到家来，她有点心神不定了，只是各处匆匆地去看过，然后便忙着要走，我亲眼看小四儿走的时候是蹦着跳出大门的，看来，三奶奶院里，想必是待她很不错呗。

暑假结束，小四儿回来了，我的天爷，人家孩子带回来了那么多的衣服，还有各种各样新鲜的物什，让人看着真是眼红。

三奶奶为什么对小四儿这样好？也许是三奶奶觉得对我们不起，连累得我们一起受穷，所以就在小四儿身上做点补偿。真这样当然也好，小四儿那些穿的用的我也用不上，由她装阔小姐去好了。但是，一天，是我的二姐向母亲报告了一个惊人的消息，二姐说，她亲眼看见，小四儿去学校的路上，坐着洋车。

　　娘蒙了，家里的车子早就没有了，路上雇车，娘说没有给她钱，这不可能，你必是认错了人。二姐姐当然不服气，她说："娘，我若看错了，你只管罚我就是。"娘还是说不可能。二姐姐说，那就让小不点暗中跟几天，娘说那更不行，小不点一贯无中生有，能把没根没本的事说得有枝有叶的，让他暗中跟踪，他准能编出离奇的故事来。

　　那，怎么办呢？娘把小四儿找来，娘说从明天起，娘亲自送你去上学，小四儿当即就慌了手脚："娘，我不用您送，您已经太累了，我一个人走，没事的。"娘说不行，一定要送，去那样的学校，人家都是佣人送，咱们家的佣人辞退了，娘就亲自送你，同学面前也有的话说，只说是娘不放心佣人，一定亲自送才行。

　　从此，小四儿每天由母亲亲自送她去学校，到后来，小四儿终于走了，母亲才对我们几个说，在小四儿上学的路上，就在离我们家不远的地方，母亲看见有一辆洋车停在那里,见到母亲领着小四儿来了,那拉车的没有任何表情,就乖乖地拉起车子走了,母亲还说,她注意着了,小四儿还在暗中向那个拉车的使了一个眼神儿。这会是怎样的一回事呢?谁在暗中给小四儿定下了车子。

而且,事情又有蹊跷,小四儿每到星期五,就心神不定,星期六这一天,她最高兴,早早地就起床洗漱,好不容易把一天的学上完,回到家来,话都顾不上说,便忙着说要去三奶奶院里。去就去吧,派上个人,当然是我,反正天底下的倒霉事,全都要落到我的头上。就这样,我把小四儿送到三奶奶的大门外,看着她走进三奶奶家的大门,我才转身回来,这时候我哥哥早等得不耐烦了,人家外婆家正等着大外孙呢,若不是我留下话说,你若是不等着我,我就把你和你们同学一起偷着看卓别林的事,向母亲打你的小报告。这么着,纯属敲诈,哥哥不敢不带我一起去外婆家。

星期日晚上,我们全都回来,小四儿当然也不例外,但是,只有小四儿回来之后,无精打采,问她怎么不好?她只说是不舒服,不舒服你就早早地睡吧,她又不去睡,小老婆养的玩意儿,不长本事,光长毛病,迟早有你叫苦的那一天。

而且,母亲说,第二天吃早饭的时候,她看见小四儿皱眉头,怎么家里的饭就这样难咽?母亲说不对,带上我,一天晚上,我们来到了三奶奶家。听说大少奶奶过来了,三爷爷和三奶奶就已经感到有些紧张了,因为,大少奶奶是平时请不到的人物,无事不登三宝殿,大少奶奶必是为什么难事来了。

在三奶奶房里,我才第一次看见母亲的大少奶奶架子,按道理说,在三奶奶面前,母亲是小辈儿,侄媳妇,那是要有板有眼的。但是,母亲是长门长媳,她就是侯姓人家权力和财富的全权代表,摆一下架子,那是谁都要敬畏三分的。大大方方地走进三奶奶房来,母亲一步就坐在了正位正座上,三奶奶当然心里有数,她更是知道自己是做了什么对不起母亲的事的,不等母亲说话,三奶奶便满面赔笑地迎了上来:"总说请大少奶奶过来说话,又总是怕大少奶奶太忙,如今的家,该更是难当了吧?"

"富日子富过,穷日子穷过,这倒也没有什么好当不好当的,只是常言说,穷家不怕贼,穷家只怕鬼。"母亲说着,一双冷冷的眼睛直视着三奶奶,三奶奶心中有鬼,只能避开母亲凌厉的目光,低头不语,等着听母亲还有什么话说。

"三婶婆,"不等三奶奶说话,母亲又接着说,"若说是谁家受了谁家的连累,那也就没有意思了,本来是一家人,同舟共济,相依为命,一笔写不出两个侯字来。只是呢,人总得讲点良心的,以怨报德,不也是太不仁义了吗?"

"哟,"不等母亲的话说完,三奶奶便忙着把话接了过去，"大少奶奶这可是说的什么话呀，他三爷爷，还有我们院里的老四，更有我，成天累日地念叨大少奶奶的好呀，我们真把大少奶奶看做是救命的恩人呀！说到以怨报德呢，我想大少奶奶必是指的小的儿的事，不过呢，大少奶奶若是肯听你三婶娘的一句话，三婶娘就对你说，不是自己的亲骨肉，那颗心是焐不热的。"

"三婶娘这是从何说起呢？"母亲故作不解问着。

"明说了吧，我说的就是你们房里的小四儿，大少奶奶拿她当亲生女儿一般地养着，大少奶奶腰缠万贯的时候，儿是儿，娘是娘地过着，眼看着家境败了，人家可就心活了。那还是那年放暑假的事，小四儿住在我这里，一天早晨，你猜人家孩子问我什么？人家问我，三奶奶，我若是找那个小的儿要点什么，她不能不给吧？噢，我明白了，这孩子是受不住穷了。也正好就在这时，宋燕芳托人带过来了话。说就是想见见她的亲生儿，做件积德事吧，我倒也没想这会有什么节外生枝的事，就让我们老四带上小四儿见宋燕芳去了，你猜怎么着，大少奶奶，我可不是挑拨你们母女的情感，人家小四儿一见到宋燕芳，母女两个人抱在一起就放声地哭了起来，大少奶奶，你的这一番苦心真是白费了。"

三奶奶的叙述，肯定是文过饰非，我在一旁听着，真为她捏着一把汗，我想，娘听过三奶奶的叙述，一定要追问她许多细节的,譬如小的儿是如何提起要去看小四儿的,以及小四儿又是如何向小的儿述说家里这些日子的变化的。由之,小四儿上学坐的车子是谁花钱雇的?而小四儿每次在外边又是跟着小的儿去哪些地方?等等等等,肯定要有好多的问题。但是,出乎意料,母亲听后什么话也没说,突然地她站起身来,领着我就往外走,这一下倒把三奶奶吓坏了,她忙着在后面追着,还大声地对母亲说:"他大嫂,你可是要往开处想呀,这一家上上下下你全对得起,小四儿这孩子自己没志气,不是你慢待了她……"

只有母亲一句话也不说,她领着我匆匆地走出三奶奶的家门,头也不回,一直就回到我们家来了。进到门来,母亲没有回房,拐个弯,母亲进了七婶娘屋,正好,七婶娘正在给她刚出世的孩子做小衣服,见到母亲便忙起身迎接。

"七弟,"母亲和七婶娘说了几句家常话,随之便招呼过七叔来,极是严肃地对七叔说:"有件事要劳烦你去办一趟。"

"行!"七叔对母亲的吩咐历来是言听计从,也不问是什么事,便一口就答应了下来。"这就去?"七叔还问了一句。

"你随我来一趟吧。"母亲也没有说是要七叔去办什么事,便让七叔跟着走了过来,来到我们房里,母亲匆匆忙忙地收拾好了一个包裹,然后才把小四儿唤了过来。小四儿是何等精明的人呀！她走过来一看，咕咚一下，便给娘跪了下来：

"娘，饶了孩子这一回吧，以后孩子再不去小的儿那儿了。"说着她就抽抽地哭了起来，跪在地上的身子还一个劲地哆嗦。

一把，娘就把小四儿拉了过来："孩子，娘疼你，爱你，娘从来就把你看作是亲生女，只是娘怕委屈了你，就算是你替娘分担点家务，这几年，先求你去外边住些日子，等咱们家的日月一好起来，娘一准派人把你接回来。"

"娘！我不走！"哭着喊着，小四儿一头扎在娘的怀里，死乞白赖地和娘厮缠，只是娘的决心已定，她一点也不被小四儿的恳求感动。

"把他们也都找来。"娘对我说着，当即我就把两个姐姐和我的哥哥找了过来。这时母亲将小四儿拉起来，又把她搂在怀里，这才对我们说："你们姐弟五个全在这里，天下只要还有一个'侯'家，你们五个就是亲生骨肉，一个人成就了大事业，姐弟五个就一起扬眉吐气，一个人做了见不得人的事，姐弟五个全脸上无光，这就叫一荣俱荣，一损俱损，姐弟手足，全是娘身上的肉。小四儿，你跟着你七叔去吧，娘只有一句话，别跟她学戏。"

当然，又是一场骨肉离散，小四儿哭，母亲落泪，两个姐姐两头地劝，哥哥面色严肃，猜不透他在想什么，类如日后的阶级斗争，拥护和反对都包容在一张脸上，只有我无动于衷，泰然处之，生死轮回，福祸相倚，一切全都是天意，你和他犯拧不管用，倒不如听之任之，怎么着也是活。

就这样，七叔带上我，当然更要带上小四儿，雇上一辆车，我们就直奔皇宫饭店而去了。去皇宫饭店做什么？找宋燕芳女士去呀，宋女士今非昔比，唱红了，发了，抖起来了，天津卫，说说道道，人五人六的了，当然，人家要住在皇宫饭店里面。

走进皇宫饭店，我的天爷，就连我这见过世面的人，都看着犯傻了，这皇宫饭店那个亮呀，从楼下往上走，一个灯泡连着一个灯泡，墙上，屋顶上，全都是灯，照得楼上楼下贼亮贼亮的，而且那许多灯泡还轮着圈地变色，照得人脸一阵红一阵绿的，活赛是进了盘丝洞，果不其然，还真有妖精，画着黑眼圈，涂着红嘴唇，怀里抱着小巴狗，我本想伸过手去摸摸小狗，可我知道这里面的规矩，对女人不能动手动脚，你说是摸小狗，她诬陷你是要摸她，无论年龄大小，反正你是男人，跳进黄河洗不清，咱别找麻烦。

七叔真有本事，三问两问，他就把宋燕芳女士的住处问出来了，这在皇宫饭店可不是件容易的事，来这里找人不能说找某某某，更不能问别人他在哪里住，来这里找人先要说是找多少号房间,再要说出这房间里住的是何许人,然后,茶房才给你通报,里边传出话来,说进来吧,这才让你往里走。我七叔何以就有这么大的本事呢?我七叔有"谱",相貌不凡,看着就像是大学校长,谁都不敢问他来找谁,只说了一句找小燕芳:"随我来吧,爷。"就有人把我们领上楼去了。

一走进宋女士房间,呵!真阔气,绝对的总统套房,一间房套着一间房,先是一老女人走过来将小四儿领过去,然后又是一个茶房过来接去了七叔的外衣,我没有什么要人侍候,一伸手,接过来一沓条巾,不错,没拿咱爷们儿不当人看。

过了一会儿,宋燕芳从里面出来了,一见宋燕芳,七叔没有先说话,倒是我先冲着宋燕芳说了一句话:"行呀,混得不错呀!"宋燕芳装作没听见,七叔从后面拉了我一把。

宋燕芳见到七叔也没有多说话,倒是她一把拉过去小四儿,两个搂在一起便哭了起来,也算是骨肉团聚吧,咱看着不是高兴吗?小四儿哩,哭了一会儿,觉得有点不好意思,暗中冲着我看了一眼,我没理她,只从嘴角处流露出一丝轻蔑,我早把你看透了,装的什么蒜?

"真要感谢大少奶奶的恩情呀,我跟了侯家多年,没什么苛求,只想身边有个姓侯的人,又是我的亲生骨肉,这样我就时时想着自己是侯家的人。七先生回去代我们母女两个向大少奶奶道谢，说我们一生一世也忘不了大少奶奶的恩德。"

"行了，该办的办完了，该说的话也说完了，我们走了。"说这话不是七叔，是我！多大的胆量，多清楚的界限，从小我就不是个凡人。

七叔呢，当然还要对小四儿说几句话："你呢，先住在这里，几时想家，只管回家去住些日子，过个把月，我也来看你，你娘嘱咐过你了，好好念书。"

"等等，"说着话，宋燕芳拉开抽屉，从里面取出一大叠钱，一伸手，她就塞在了我的手里："给你，带上吧，随便买点什么东西吧。"我当然知道这是对母亲的感谢之情，给我零用钱，不能给我这么多。

这时，就看我的觉悟了，当即，我把钱接过来往桌上一放，然后便酸溜溜地说道："你唱戏赚来的钱，不容易，留着自己用吧。"

没想到，我这句话刺疼宋女士，一赌气，她接过钱去，顺手就扔回了抽屉里，随着还不怀好意地说了一句："那就等着花你念书赚的钱吧。"

"念书赚钱就更不容易，连亲生父母都养不起，不三不四的，就更别指望了。"不甘示弱，我当然要反唇相讥，不过是要表现一下我的水平，让她也长长见识，侯家的后辈，只九岁，就是这个水平。

七叔知道我的小脾气，闹不好，我有可能撒野的。赶紧说上句告辞的话，领着我就往外走，宋女士当然要追着送出来，一面走，还一面和我七叔说话，小四儿呢，还和我套近乎，这个那个地呀和我说话，我不答理她，只是最后在她的耳边说了句悄悄话："小老婆养的！"然后，放开脚步就跑，怕她咬我。

眼看着我们就要从屋里走出来了，突然，只听房门从外面被一个人用力地推了开来，兴冲冲，外面的人就大声地说起了话来："大嫂！果不其然，那个王丝丝小姐跟上刘市长走了，这次我大哥说只一心跟着大嫂过了。"

宋女士一听声音不对，她还要把我们往屋里领，只是来不及了，一个大步，外面的人闯了进来，险一些和我们撞个满怀，"啊呀"一声喊叫，你猜是谁？四先生。

"七弟！"四先生一时惊慌，手足无措，他已经是失魂落魄了，嘴巴哆嗦了半天，他才唤出了声来。

"你还知道有我这个七弟？"七叔当即沉下脸来，毫不客气，当面冲着四先生就责问了起来："你来这里做什么？"

"没事没事，我不过是从这里路过，就顺便进来看看。"四先生语无伦次地说着，一双手用力地抓着裤子，汗珠已是渗出了额头。

"有事没事的你也不必对我说，咱两个一起回去见大嫂，你不是向见到的这个人叫大嫂吗？你就回家见见真大嫂，看你该如何称呼。"七叔觉出此中一定是有什么见不得人的事，便拉着四先生要回家。

"嘻，七先生想得多了，"宋燕芳赶快过来解围，满面赔笑地对我七叔说，"出来这么多日子，他来看看我，也算不得是什么非法的事，与人方便，自己方便，得让人处且让人，再说在七先生的身上，我也是有恩德的人呀！"

显然，宋燕芳是要收买七叔，只是她看错了人，我七叔那是何等刚烈的人呀！义正辞严，他就向宋燕芳说道："宋女士，亏你还在我们侯家住了这许多年，原来你一点道理也没有懂得，在我们侯家，名要正，言要顺，恩德总是记在正根正本的账上，当年，你以为在我身上出了点主意，你也就成了我的恩人，其实根本不是那么一回事。成全我们的，只能是我们的大嫂。没有大嫂的话，你又有什么身份去北京请华竹王家的老太太来天津看戏？不是看着大嫂的名义，王老太太又认得你是谁？你呀，到底你是梨园班里的人，总以为谁挂头牌谁就可以称王称霸，在侯家大院，那可是另有自己的家规的。还算你聪明，早早地出来了，若是赖在侯家大院不走，活到老，你也是老在小跨院里。到那一天，你死在了小跨院里,连侯家茔园都进不去,大奶奶看你可怜,发下话来,说是就在茔园边外找个地方吧,你还算有福,没做野鬼,倘大奶奶不发话,你呀,连个埋你的地方都没有。明白这是为什么吗？因为你是个小的儿,压根儿,你就不是个人！"

七叔声色俱厉的一番斥骂,骂得宋女士已是无地自容,她只是把她的小四儿紧紧地搂在怀里,恼羞成怒,又是咬牙切齿地狠狠诅咒着:"我恨你们,我要看你们家败人亡！"

审问四先生,地点选在祖宗祠堂,我奶奶在正座上正襟危坐,祖母的身旁是我们的母亲,三爷爷和三奶奶坐在偏座,表示他们只是一起听审,没有权利为四先生辩护。四先生呢,早吓得魂不附体,战战兢兢,活赛是一个被当场捉住的贼。此时此际,母亲一句,他便如实地回答一句,说半句谎,只要母亲一句话,便可以对他动用家法。为什么母亲就有这么大的权力?国有国法,家有家规,我祖父不在家,我父亲又不成器,老嫂如母,长门长媳便是家长,这一点连我祖母都要敬畏着三分的。四先生,如今是到了你自做自受的时候了。

据四先生如实的交代,原来自从小的儿被撵出家门以后,她就一直暗中和四先生有来往,先是她买通四先生把小四儿领到她那里去,然后,她又给了四先生一大笔钱,让他想尽一切办法把我父亲拉到她那边去。而这时正好王丝丝在维格多利唱《特别快车》。"带上钱去,"宋燕芳对四先生说，"别以为那个王丝丝会和我一样，一心一意地要做侯家的人，那个王丝丝是个水性杨花的人，谁的权势大，人家是就要跟着谁走的，现如今天津特别市的刘市长看中了这位王小姐，你侯茹之一个大阪公司的职员，能争得过人家吗？"

"就是这么地。"四先生胆战心惊地说着，"我天天陪着大哥去维格多利，钱由着大哥随便地花，大哥也问过是哪儿来的钱？我就告诉说是大嫂……不，不，是宋小姐的钱。大哥一听，就感动得不知说什么好，只是连连地自言自语，燕芳好，燕芳好，心里对宋女士自然是感激不尽的。我猜想，这宋女士就是要笼络我大哥的心，果不其然，王丝丝跟了刘市长，我大哥呢？一头住进了皇宫饭店，他又和宋小姐好上了。"

…………

这就是父亲和宋燕芳的故事，母亲的一番苦心终于化为泡影，最后，还是宋燕芳把父亲拉过去了。

倘若是我，我一定要想一想，是什么力量使我父亲成了小的儿的人？而母亲对父亲这样的一片真情，却一点也打动不了他的心，男人真的是自甘堕落吗？

然而，母亲决定离开这个家了，她对祖母说是到我姨母家去住，我姨母远嫁到山西大同，知道母亲不幸，多次请母亲去她那里住些日子,母亲总是抱着一线希望,想把父亲感化过来,但是如今母亲绝望了,她最后做决定,远走他乡,再也不要看见我的父亲了。

我的祖母当然要百般劝阻,但是母亲的主意已定,那是谁也改变不了的。最后只是祖母说了一个条件:"你去他姨家里住些日子可以,孩子你不能全带走,大孙子是侯姓人家的长门长孙,一步也不许远走,两个女儿,娇生惯养,吃不了外乡的苦,带孩子只能带上小不点儿,家里留着你的骨肉,你不会抛弃这个家。这个家,是对不起你呀!"

在山西大同府,我们住了三年,最后母亲一病不起,在我十三岁的那年,就离开了我们,当时守在她身边的,只有我一个人……

"小的儿胜了,娘败了,孩子,你要给娘争这口气!"

我记着母亲的话,直到今天。

醉月婶娘

1

在演说醉月婶娘的故事之前，先要说说侯家大院里醉仙、醉鬼、醉汉，醉姑、醉婆、醉翁、醉客的种种故事：原来这侯家大院就是一个说醉话、写醉文、演醉戏、醉生梦死的醉世界。

醉鬼们的种种表演，实在是看得太多太多了，从来也没想过这里面还有文学，倒是近来自己也渐渐地染上了嗜酒的恶癖，偶尔醉过几次，也才得知原来醉酒是人间的第一大乐事。如是才想起侯家大院里父亲、母亲、叔叔、婶婶、姑姑、姨姨们一个个的醉态，也才明白他们于醉酒之时何以那等的飘飘欲仙。彼时彼际，他们一定正在享受着自己的快乐人生——那是他们被剥夺、被埋葬的人生，更是只能于醉酒之时才能拥有的美丽人生。

生在深宅大院里的孩子，最大的乐趣，就是看父辈人醉酒的种种表演，看醉鬼和逗醉鬼，这不光是给孩子们带来快乐，就是奶奶、姑姑，还有几个叔叔，也总是觉得十分有趣。

赶上府里的喜庆日子,庆祝活动的高潮,就是看醉鬼。这就和如今春节晚会的压轴节目一样,绝对是世纪表演,而且一定会留名醉史,也会成为侯家大院里的一桩名醉史。

这里,就要做一点点说明了。自古以来有正史,野史,对于我们作家来说,还有一部人人都争着往里面挤的文学史,还有建筑史、音乐史,我们尊敬的老前辈季羡林先生更写了一部七十万字的《糖史》。最早听说出了一部《糖史》,我还觉得是有人和我开玩笑,糖,不就是一块甜疙瘩吗?那还有什么史可谈?但是找到这部《糖史》一看,傻了,白活大半辈子了。我们天津人说"那等吃饭虫",就说这等人不知道"糖打哪儿甜,醋打哪儿酸",如今在我读过"糖史"之后,才知道自己原来就是一只吃糖虫,好在我如今已经知道糖是怎么甜的了,所以我特别珍爱幸福生活,你们看,最近我在外面不是绝对再没胡说八道了吗?知道甜了。

好,这就是进步。

诸君读过各种各样的史,此中包括中国强盗史、中国娼妓史,冯梦龙写过《情史》,还有人写过《瓷史》,诸君可能还没有读过《醉史》。完了,被问"呲"了,哪里还有一部《醉史》呀?当然有,只是诸君不留意就是了。自从盘古开天地,中国就屡出醉事不止,平常人饮酒过量,真醉也罢,假醉也罢,装疯卖傻地耍酒疯,确实不值得载入史册,而于"举世皆醉我独醒"的年代,醉者就成了百分之九十五,而醒者也就成了百分之五,诸君自然知道,在近代中国的历史上,百分之五就是反面教员。

偏偏被载入史册的竟然不是百分之九十五的醉鬼,被载入史册的只有那个独醒的诗人。

后来,中国人因醉酒而载入史册的饮者渐渐地多起来了,也不必在这儿卖《三字经》,李白斗酒诗百篇,难道不就是醉史最辉煌的一章吗?常常说揭开历史新篇章,许多时候就揭错了,没揭开正史的新篇章,倒揭开醉史的新篇章了,醉醺醺,晕乎乎,天知道会出现什么新局面,天知道会登上什么新台阶?

要想因醉酒而载入史册,一定要是名醉。怎么还有名醉呢?醉酒不就是喝高了吗,如今各个单位都有专职的陪酒秘书,开个笔会什么的,当地领导设宴欢迎,席上代替书记喝酒的那位, 就是陪酒秘书。每天每天他等都要喝个酩酊大醉,但醉了也就是醉了,送回家中,蒙头大睡,没有足以载入史册的表演,多不过就是吐酒、尿床呀什么的罢了,最多也就是落个醉鬼的臭名。而要想因醉酒而载入史册,那一定要是"名醉",因醉酒而能引发"世纪战争"的大醉,方可称为是名醉。

遍翻史书,中国曾经有过个几大名醉:贵妃醉酒,算得是第一大名醉；"天子呼来不上船"，算得是第二大名醉——令当今多少名士为之扼腕，好不容易等得天子呼他来了，还装醉不肯上船。老弟，傻帽儿了，你知道一旦挤上船去，该是何等的待遇呀，连撑船的都是正处级，好歹再赏个座，了得！

等而下之，只一部《水浒》就有几大名醉："赤发鬼醉卧灵官殿"，"虔婆醉打唐牛儿"；景阳冈武松打虎，更是一大名醉；"武松醉打蒋门神"，"武行者醉打孔亮"，"杨雄醉骂潘巧云"，你瞧，大凡不讲理的事，都是靠着酒劲干出来的。搜集全这些天下名醉，写一部《醉史》，好看不好看？保证是畅销书，还有人盗版。

人同此理，物同此格。国有国的醉史，家有家的醉史；国有国的名醉，家有家的名醉。我们臭名远扬的侯家大院，自然更有我们侯家大院的醉史和名醉了。

侯家大院里每天都有人醉酒，但能被载入侯门醉史的名醉，却实在十分难得。

逗醉鬼，看醉酒，给我的儿时记忆添加了许多美好篇章。我老爸是侯家大院里的第一醉鬼，他老先生曾经有过几次名醉。第一大名醉，我爷爷奶奶发现我老爸好长时间没有回家，再有消息传进府里，说我老爸在外面立了外宅，决定守株待兔。终于有一天等得我老爸回家来了，关上院门，我爷爷和我奶奶一起突击审问，终于问出了结果，说是那一天喝醉了，酒醒过来一看，自己住到一座大院里，房里好一套摆设，床上更有一个女子，容如花来貌如月，开口没说中国话，问了一句"good morning"，一骨碌从床上跳下来，我老爸清醒地认识到坏事了，一醉酒成千古恨，不知道是哪几个孙子合伙做下的坏事，早买好了房子，早物色好了人儿，将我老爸一个醉鬼拉来，就成全了人间美事。我老爸虽然也想到了此事的后果，但将人家一个女子扔在一座空宅院里，我老爸也觉得有点不人道，先住了半个月。"爸娘，你说这事已经如此了，她那边也就只能靠你们二位去解劝了。"我老爸说的"她那边"，自然就是我母亲这儿，我老爸是想请我爷爷和我奶奶出山去向我母亲解劝，求她海涵认可即成事实。没想到我母亲不但没有承认即成事实，反而一气之下，带着我远走山西投奔到姨姨家去了，如是才有了后来母亲病死山西的悲惨结局。革命成功，通过学习，我老爸接受了猴子变人的革命道理之后，为我母亲的死向我和哥哥致歉，从此重新做人，倒也为新社会贡献了一点余热。

在侯家大院树倒猢狲散之前，我老爸是侯家大院里的第一大醉鬼，几乎隔不了多少日子，我老爸就要在院里做一次醉鬼表演。我老爸酒醉之后，不唱，不喊，更不撒酒疯，我老爸酒醉之后，见了人就拉着对方的手甚是痛心地说："我对不起你呀！"第一次看见我老爸醉酒，还真把我感动了。那是一天晚上,就听见门外响起车铃声。需要做一点点提示,那时候满天津卫最多只有二十几辆小汽车,比不得上海,外滩上小汽车一辆接着一辆地开,天津卫马路半天也看不见一辆小汽车,许多天津人每天站在马路上专心致志地就是看小汽车,就这样一天也看不到几辆。你瞧,天津人不是比上海人差得多了吗?上海人的优越心理得到满足了。至于像我们这样的平民百姓,那就更没有小汽车坐了。我老爸的专车,只是一辆胶皮车罢了,当然是专侍候我老爸一个人的,跟马路上拉散座的胶皮车不一样,车帐漂亮,车子也讲究,而且警察也认识这是侯先生的私家车,不受红绿灯限制,别的车闯红灯要受处罚,给我老爸拉胶皮车的车夫眼瞅着红灯往前闯,警察不但不管,还冲着我老爸行外国礼。你说我老爸牛不牛?

莫看我老爸牛,但一喝醉了酒,他就蔫巴了,活赛一只泄了气的汽球,一点威风也没有了。那一次我听见门外响起我老爸胶皮车的车铃,立即就往前院跑,才跑到二道门,正看见我老爸从门外跌跌撞撞地走进来。看见我老爸从胶皮车上走下来,我家的老佣人吴三代(我们称他作吴三爷爷)走上前去迎接。平日吴三爷爷迎着我老爸走过去,我老爸就把大皮包交给他了;今天吴三爷爷向他走过去,我老爸突然抢先一步,一把就拉住了吴三爷爷的手。吴三爷爷还没闹明白我老爸为什么要拉住他的手，我老爸立即就万分激动地对吴三爷爷说："三代叔叔，我对不起你呀！"吴三爷爷是我爷爷辈上的佣人，自然就是我老爸的长辈，平时也是"三代叔叔、三代叔叔"地唤着，吴三爷爷自然知道我老爸的习性，受宠不惊，又嗅出我老爸一身的酒气，立即搀住我老爸往院里走。才走几步，我老爸低头看见了我，突然俯下身来也拉住了我的手，更是万分激动地对我说："孩子，爸对不起你呀！"和后来杨白劳在卖掉喜儿之后，从黄世仁家里出来，感天动地一声呐喊："喜儿，爹对不起你呀！"的悲烈效果一模一样。我正要询问我老爸怎么就对我不起，正好芸之姑姑到前院来问什么事情，我老爸一把也拉住了芸之姑姑的手，更万分激动地对芸之姑姑说："芸之妹妹，哥哥对不起你呀！"芸之姑姑扑哧一笑，捂着嘴巴就跑回内府去了。再走到内府回廊，正看见我母亲房里的丫鬟——我的桃儿姐姐走过来，还没容我老爸向桃儿姐姐走过去，一阵风，桃儿姐姐转回身就跑了，看桃儿姐姐逃命的神色，就像恶狼蹿进侯家大院来了赛的。正好，我爷爷在内府院子里赏花，我老爸一步就向我爷爷扑去，拉住我爷爷的手，几乎是声泪俱下地对我爷爷说："爸，儿子对不起你呀！"我爷爷没笑，冲着我老爸瞪了一眼，一挥手向吴三爷爷吩咐说："快架到里面去吧，孽障。"

我老爸醉酒的丑态，叫文醉；我的二叔侯荣之喝醉了酒,武醉。

二叔侯荣之是南院老九奶奶的长子,侯家大院大排行,侯荣之比我老爸侯茹之小五岁,有本事,年纪轻轻的就混到了天津商会副会长的份儿上了,也算得是天津卫一条混江龙了,在家里、外面都是个说一不二的人物。和世上所有成功人士一样,侯荣之以心毒手狠闻名于天津卫,家里外面人称二土匪,由此可见其德行、品性之卑劣。

侯荣之喝醉了酒,车子还没进府佑大街,他就破口大骂起来了:"混账,瞧我不一个个地收拾你们才怪。你们一个个是怎么变出来的,休想瞒过我,挤对得真到了兔子跳墙的时候,我是一刀一个,谁也休想活。"好在二叔侯荣之只回他的南院,就是走正院。见到吴三爷爷他也不敢骂,他知道吴三爷爷是我爷爷辈上的老仆,骂吴三爷爷就是骂我爷爷。就是见到我,他也不敢骂,我是侯家大院甲的小爷,小爷历来比老爷还不讲理,他敢骂我混账,我敢骂他"揍性",别看我平时没骂过粗话,但文化准备绝对到位,到时候一开口,保证吓你一跳。侯荣之撒酒疯,在我们正院他谁也不敢骂,进到南院来,他骂房檐儿上的猫儿:"你给我下来,瞧我不活剥了你皮!"猫儿不尿他,还是伏在房檐儿上一动不动地往下看他,越瞧侯荣之越生气,再骂。又看见一只鸟儿从空中飞过去了:"什么损鸟,敢从我头上飞,拿枪来,我把它打下来!"

骂过房上的猫，骂过天上的鸟，再骂下去，他就指桑骂槐含沙射影了。"正院、北院的人们，你们别拿我不当一回事，一个个别在我面前装圣贤，你们做的那些见不得人的事，别以为我不知道。念过几天书，认得几个字就看不起人了，商会怎么的了？天津卫，也是半壁江山。骂你们又怎么样了？有种的你也出来，玩胳膊玩拳脚，我不含糊你们，瞧你们一个个骨头架子的那点德行，只我一个就把你们全收拾了。"

侯荣之在院里破口大骂，惊动了他娘老九奶奶。老九奶奶瘪瘪嘴，说话不拢气，听着他儿子实在骂得太不中听了，老九奶奶就在房里向外面喊着说："我佛（说），你就闭上那张臭嘴吧，一派服（胡）言，噗！"老九奶奶的这个"噗！"本来是"呸！"的意思，瘪瘪嘴，威慑气势弱了。

我老爸酗酒，二叔侯荣之酗酒，下面我的几个小叔叔虽然算不得是酗酒，但偶尔一来神儿，也凑到一起喝酒。

我的几个小叔叔，其中主要是我奶奶的二儿子，我的九叔莜之，还有我的六叔萱之，六叔萱之是老九奶奶的二儿子，也就是前面说的那个侯荣之的弟弟，六叔萱之是南开大学的学生，九叔莜之正在中学读书，对于六叔萱之甚为崇拜，六叔萱之说什么九叔莜之就相信什么，六叔萱之说这个世界太黑暗，九叔莜之就每天呼号"太阳呀，升起来吧！"六叔萱之说要寻找真理，九叔莜之就高唱"今日里别故乡，横渡过太平洋,肩膀上责任重,手掌里事业强,回头祝我中华,万寿无疆",还热泪盈眶。

赶上个什么日子,几个小叔叔凑到一起,叽叽咕咕一商量,喝酒! 于是就先找到我母亲,向我母亲提出喝酒申请报告。为什么他几个喝酒还要向我母亲提出申请报告?这就和组织什么活动一样,先要向主管部门提出,什么目的,什么内容,什么时间,在什么地方又是举行什么样的活动,未经批准,一切后果自己负责。

在侯家大院,我母亲是长媳,老嫂如母,我母亲肩负监管叔叔们的责任。叔叔们,无论是正院我老爸的亲弟弟九叔菽之,还是南院里的六叔萱之,还有七叔、八叔,十叔,十一叔,十二叔,通通要服从我母亲的管教。他们于学习、生活上有什么情况,也要向我母亲汇报;自己有了什么说不出口的要求,也要请我母亲代他们向各房各院的长辈提出。譬如六叔萱之想买一套西装,自己不好向他老娘说,这时就找到我母亲求我母亲到南院去向老九奶奶说情。"九婶娘,进了大学就是新派名士了,再袍呀褂呀的就不合时宜了,入乡随俗,也该跟上社会了。"老九奶奶没有耐心听个究竟,就只对我母亲说:"大少奶奶当家,该主的事情就不必和我商量了。"有了老九奶奶这句话,我母亲就带着六叔萱之买西装去了,用的钱,自然要落到南院的花销上。

每次叔叔们一起喝酒,出面向我母亲提出申请的,是我们院里的九叔莜之。九叔莜之是我老爸的亲弟弟,更是我母亲看着长起来的孩子,九叔莜之对于我母亲、也就是他的大嫂,绝对是"铁"酷了,读书、生活,无论什么小事都要先征求我母亲的意见,一行一动更要向我母亲报告,就是他每次写的作文,也都是先由我母亲看过,并且还要评点过之后,再拿到学校交给老师审阅,我母亲就是九叔莜之的监护人。

　　叔叔们凑到一起喝酒,事先向我母亲提出申请,其中还有一层的含义,没有我母亲的批准,他们不敢聚会,几个人在屋里叽叽嘎嘎地大半天做什么?爷爷追究下来,就不好交代,虽说不至于落个策划于密室的罪名,事后无论哪房哪院出了是非,人们也会怀疑是小弟兄们一起传播的谣言,倘再有人揭发他几个曾经在一起喝酒,那问题的性质就不一样了。大先生、二先生可以喝得酩酊大醉,小先生们那是绝对不许私下喝酒的,弄不好我爷爷会将他等一起唤到房里来、案上放着"家法"——也就是那块看着令人毛骨悚然的硬木镇纸,将他等好一顿吓唬。

　　小叔叔们凑到一起喝酒,事先得到我母亲的批准,那就合法了,爷爷问起来,小叔叔们可以不予回答,到时候我母亲就会挺身而出,对我爷爷说:"弟弟们一起说说话,事先也对我说了,我说光说话也没意思,还是我给的钱让他们买了一坛花雕,图的就是个热闹吧。"

听明白了没有,小叔叔喝酒事先向我母亲请示,第二个目的,就是要我母亲出钱赞助。只要大嫂一点头,这次喝酒就有了由头了。当然,侯家大院里没有公款吃喝的传统,我母亲出钱赞助,掏的是她的私房钱。

这次,九叔菽之又到我母亲房里来了,一看九叔吞吞吐吐的神态,我母亲嘴角挂着微丝丝的笑意,先就向我的九叔问道:"又想聚一起说话了?"

"大嫂,是这样,六哥的一篇新作在《大公报》上刊登出来了。"九叔菽之故做惊讶地向我母亲说着。

"这又有什么好大惊小怪的,《大公报》时时有你六哥的文章发表,他发表一篇文章你们就聚一起喝一次,这府里你们几个倒成了嗜酒之徒了。"我母亲将六叔萱之的发表文章看作是平常事,一点也不觉得激动。

"大嫂,六哥这次发表的文章可不比寻常,大嫂也劝过六哥,劝他不要写那些招惹是非的时评文章,这次《大公报》发表的六哥新作,不是那些救国救民的激昂文字,六哥移志于文学写作,他写了一首新诗,投稿到《大公报》立即就刊登出来,还得到编辑评点,说是好诗呢。"

"哦,这可是好事,明天请他过来,就说大嫂要摆酒宴庆贺呢。"我母亲极是高兴地回答着。

"六哥嘱咐说还不让我对大嫂说呢。"九叔似是知心地对我母亲说着。

"我劝萱之少给报纸写文章,是怕他抨击时弊,指点江山。古往今来多少人因文章得祸的教训,年轻人不可不记取。如今六弟肯专心致志于文学写作,也许就是他从此再不参与政治的一个好开端了呢。"母亲看到六叔萱之能够学习文学写作,心中甚是感到宽慰。母亲以为文学当是吟花咏月者辈的一种雅好,那是惹不出是非来的。但母亲毕竟一副慈母心肠,她万万没有想到,正是她的儿子就因为闲得难受吟风咏月后来才招来大祸。吟风咏月,何罪之有?当然有罪:风者,兴风作浪之风也;月者,月缺花残之月也,以月之缺喻天之不时,一遇风吹草动便要出来兴风作浪,逮着了,百分之五(因为百分之九十五的干部和群众是好的)——我母亲最疼爱的儿子就被送到农场脱胎换骨去了,整整二十五年也。

"大嫂,六哥能够开始文学写作,凭六哥的才学,用不了多少时间,说不定六哥还会成为一位作家了呢,中国不是正等着出现雪莱、拜伦了吗?六哥一定会成为中国的歌德,大嫂你知道歌德是谁吗?

夫子庙门前卖《三字经》,九叔菽之班门弄斧了。

母亲没有回答九叔菽之的问题,立即就高兴地说道:"就为了萱之将来能够写出一部中国的《浮士德》,大家也要好好庆贺一番,青年人愿意自己聚会,我也不拉他们嫂嫂姑姑们的来了。给你,买'状元红',我再让吴三爷爷出去买几篓螃蟹,定个日子你们好好聚会聚会吧。"

就这样,这次的聚众喝酒就合法了。

合法行为,自然要有合法的规范,母亲说过了,只一坛"状元红",无论多少人,也就是那一坛酒,还是"状元红",对于喝酒的人来说,那算是酒吗?喝着喝着,我的六叔萱之就唱起来了。六叔萱之一身的洋毛病,唱歌只唱那种打嘟噜的歌儿。那次萱之叔叔唱的那首歌,当时我不知道是什么歌,只记着歌词,后来我也洋了,才知道那是一首俄国歌曲,还是夏里亚宾唱的名曲《沿着彼得大街》,是俄国醉鬼们唱的一首歌。六叔萱之摇头晃脑地放声唱着:"干亲家,快来吧,喝酒吧喝酒吧,谁说醉了呀,只是喝些甜水。"显然,六叔萱之觉着"状元红"劲儿不够了。

"六哥,你瞧这个。"也不怎么一变,我的九叔菽之就从他的小柜里拿出一瓶老酒, 是我爸爸每天晚上喝的那种老酒,也是把我老爸醉得逢人就说对不起的那种老酒。

"呀!"屋里的几个叔叔一起喊了起来。

"嘘!"九叔�’起嘴巴,将手指挡着嘴唇,警告大家不可张扬,回身他还糊弄在场的本人说:"别以为是什么老酒,空酒瓶,白水。"说着,还给了我一只我最爱吃的熏鱼头——是从南味房买来的。

"我知道,我还用那种瓶子盛水呢。"我是何等聪明的人儿呀,看小叔叔们一起喝酒已经就是天大的乐趣了,我干嘛还去告密?就是揭发有功,也不会给我提干,拉倒吧,谁有本事喝酒谁就可着性儿地喝,只在一旁看热闹就是了,多开心。

果然好戏开始了。

一开始几个叔叔还你一杯我一杯地喝得颇是温文尔雅,但过不了多少时间,他几个就闹起来了,先是划拳,什么哥俩好呀、五魁手呀,划得真是热闹。胜的人开心大笑,输的人自然就要被罚酒,看着胜者罚输者喝酒的场面,比看孙悟空大闹天宫还热闹。

小叔叔们喝酒,其实应该叫闹酒,到了罚酒的时候,他们一个个早就半醉了,挨罚的一个拼命挣扎,罚酒的几个按住他不放,另外两个叔叔搬着他的脑袋瓜子灌酒。灌酒还有技巧,要把鼻子捏紧,他一张嘴,一大杯酒就灌下去了。这时候,喊的喊,叫的叫,咧嘴的咧嘴,龇牙的龇牙,那才真是一场好戏呢。好不容易一场热闹平静下来,被灌的叔叔和灌人的叔叔便一起向我讨好地嘱咐说:"别告诉爷爷。"

看喝酒,看划拳,再看灌酒,比出去看电影还开心,那才是丑态百出,一个一个都现原形了呢,到最后越闹越凶。几个人戗火,将一瓶酒横放在桌上,用力一转酒瓶,酒瓶飞快地旋转起来,慢慢停下,酒瓶口对着谁,那个人就得将这一瓶酒一口气喝下去。

唉哟,那才是好看了呢,眼看着酒瓶就要停下来了,那个感觉情况有点不妙的叔叔立即站起来要挪位置,别的叔叔看见他要要赖,几个人上来就将他按在座位上,哇哇地一阵喊叫,酒瓶子停下,好戏开始了。

最后的结局是个什么情景,你可以想象。酒量最大的叔叔、或者是走运的那个叔叔,今天没被罚酒,也早就趴在酒桌上了,手里还抓着空酒瓶,一句半句地唱:"想起了伤心的事,好不惨然呀呀呀。"《四郎探母》,听着极是动人。

喝得多些的一个叔叔,早就躺在地上,看面色确实是死了,只是还有呼吸,而且呼吸声极粗,呼噜呼噜像跑火车赛的,不省人事。院里还有一个叔叔,他也不吐,他也不闹,就是脑袋瓜子顶着墙,躬着身子,也不知道他要练的是哪一功,你也别管他,一会儿他就歪歪斜斜地不知走到什么地方去了。

六叔萱之醉酒,站在桌子上发表演说:"同胞们,起来吧,日本帝国主义侵吞了东北三省,千百万同胞已经陷于水深火热,我们要团结一心,请愿政府宣布全国抗日。"慷慨激扬,已经是声泪俱下了。

"同胞们,大家要起来!"六叔萱之的讲演还没有收场,下边,我的九叔菽之已经唱起来了,唱了一段"大家要起来"之后,还不足以表达赤子之心,一下子跳到桌上,举着一只胳膊更是放声大唱了起来:"我的家在东北松花江上……"

　　"不对,不对,你喝醉了,咱们家在天津子牙河边儿上。"一个已经倒在桌子下边的叔叔撑着身子在桌子底下纠正着九叔菽之。

　　九叔一伸脚狠狠地往桌子底下踢了一脚,没踢着那个叔叔,反踢得桌子摇晃了好半天,竟摇得桌上的空酒瓶滚落到了地上。

　　哈哈哈哈,真是太开心了,这屋里只有我一个没喝酒,所以,"众人皆醉我独醒"的体验我早就有了。

　　后来呢?

　　第二天下午放学回家,我到叔叔房里去,有的叔叔还蒙头大睡呢。吃晚饭时爷爷问他们几个怎么没来,母亲就掩护,说外面有个什么事情,就是远房亲戚家的什么喜事吧,他几个被请去喝酒去了。祖父问母亲,嘱咐他们喝酒不可过量了吗?母亲便回答祖父说,嘱咐过了。这样也就搪塞过去了。

2

　　侯家大院里被人们称作"醉月婶娘"的宁婉儿是二叔侯荣之的媳妇,也就是我们老九奶奶的大儿媳妇,当然也就是我们六叔萱之的嫂嫂。宁婉儿因为醉酒后容貌变得更为迷人,因此才获得了醉月婶娘的美名;而醉月婶娘的醉酒,也就成了侯家大院里的一大名醉了。

　　这就奇了,你们侯姓人家,书香门第,男人个个谦谦君子,女子个个贤妻良母,男人们偶尔放肆喝酒自娱倒也可以理解,何以侯家大院里的女人们也要聚到一起闹酒,那还有什么家法可言呢?

　　错了,少见识了,我们侯家大院男人们聚到一起喝酒的次数,绝对没有女人们聚到一起喝酒的次数多。

　　男人们一起喝酒,也就是我的几个小叔叔们凑热闹罢了,我老爸和二叔荣之,他们是不在家里喝酒的。醉鬼有在家里喝酒的吗?正牌醉鬼在家里滴酒不沾,到了外面才大显身手呢。我老爸在家里喝酒,无论是多大的场合,最多不过三杯,再有人上来敬酒,他装正经人了:"酒不过三杯,聊作消遣而已,弟弟们如此敬我,那就让我以水代酒吧。"榜样,多感动人,古朴家风嘛,喝酒过量,岂不就不成体统了吗?

侯家大院里女人们聚在一起喝酒,那才是一道风景线了呢?

那一年,我爷爷六十大寿,寿典从一个月之前就着手准备,整整唱了三天的堂会,再至于种种贺寿的表演,那就更不必细说了。寿典过去,人人有赏,各有酬谢,其中酬谢最重的,自然就是我们的吴三爷爷。这些都与本小说无关,所以也就不再赘述了。

为了感谢各房各院女子们于我爷爷寿典中所作的贡献,我母亲备下酒宴,单独宴请各房各院的姑姑、婶娘,代表我爷爷致以亲切的慰问。

这次家宴,我母亲以主人身份接待妯娌、小姑,应邀出席宴会的,二婶娘宁婉儿自然是第一贵宾。宁婉儿带着她房里的姚嬷嬷,也就是她从宁家带过来的女佣;我母亲带着她的丫鬟桃儿姐姐,还有我的芸之姑姑,再就是各房各院的婶婶、姑姑们了。这类的家宴,男人们是不准掺和的,要嬉皮赖脸讨酒吃,也一律不接待。我是唯一的男客,因为娘带着我,没有人拿我当男人看待,现在想起来,还感到是受了屈辱。

女性家宴,是侯家大院最高一级的家宴,比后来的国宴还要高出几个档次。国宴只是国家水平，真正好东西，还是各宅各院厨师特意烧的家常菜。再后来，各县招待所为接待不知道什么时候视察来的领导烧的"有啥是啥"大菜，都是这般的水平。别看不起县招待所，一时嘴馋，又怕去北京饭店招风，我给你出个主意：下去视察，保证让你大饱口福，还落个同甘共苦。

这次女性家宴，酒，是我母亲在筹办我爷爷六十大寿时特意派人下江南采买来的正宗"女儿红"，绝对二十年。怎么就是二十年？打开酒坛后，往杯里倒酒，酒挂在坛口儿上，拉出长长的细丝。后来，在北京一家大饭店吃饭，说是二十年的老酒，拿起酒瓶，将酒倒在杯里，那个利索劲，就和开水龙头一样，一说停，立马就干净了。这若是换了当年的我老爸，早一怒之下扬长而去了——"拿这东西糊弄我，你有那时间，我还没有工夫哄你玩呢。"若是再换上我的二叔侯荣之，瞧不踢翻你桌子才怪——你也太不拿我商会会长当人看了，灌我马尿？

麻烦了。

几道大菜，更讲究了。厨娘们烧的几道菜，自不待说了，在我母亲的授意下，吴三爷爷特意买来一条鲥鱼，是桃儿姐姐按照我母亲的传授清煮出来的。还有一道裙边海参，我母亲说，家宴上这道菜都是男人们专享的，今天咱们也出格儿摆摆谱,这时代不是男女平等了吗?好东西不能光拿去喂那些粗男人们,喂得他们脑满肠肥,再出去干那等下作事。

我母亲一席话博得满堂喝彩,什么三婶娘,四婶娘更是随声附和地将她们的粗男人好一顿臭骂,一面骂着,还一面叽叽嘎嘎地笑着,活赛是几只老母鸡才产过蛋。我母亲说过话,就只看着婶娌、姑姑们喝酒吃菜,婶娌、姑姑们喝得开心、吃得可口,就是我母亲最大的享受。若不,怎么就伟大女性呢。

婶娘姑姑们喝酒,自然不会像我的小叔叔喝酒那样胡打乱闹,她等喝酒不猜拳,却行酒令。一个怪癖的什么典故难住了一个婶娘、姑姑,大家就一起围上来罚酒,自然也是推呀让呀地要闹一阵子,但绝对没有几个人按住一个人,再捏紧鼻子往嘴里灌酒的场合,看着实在扫兴。

二婶娘宁婉儿学问最大,什么酒令也难不住她,你引句唐诗,她对答如流。唐诗,对于二婶娘来说,像打喷嚏赛的,只要你说出上句,立马,宁婉儿就将下句接上来了,而且还解释这两句诗是谁写的、全诗是什么意思。"婉儿嫂嫂这么大的学问,我们谁敢和你行酒令呀。"几个甘拜下风的婶娘,再不敢和婉儿婶娘做难了。

学问大也不行,别人都被罚了酒,每次都是你得胜,也要罚酒。这就是女性喝酒和男性喝酒不同的地方了,男人们喝酒,有本事的永远是胜者;女性们喝酒,"婉儿嫂嫂也是太欺侮我们了,怎么你就光罚我们喝酒?"耍赖了,几个人围住婉儿婶娘,说着笑着劝酒。

婉儿婶娘当然不肯喝酒,挥着手就和妯娌、姑姑们争辩:"凭什么罚我喝酒? 大家说好的嘛,对不上酒令才罚酒的。"看着婉儿婶娘被人们围住,再看婉儿婶娘和姐妹们争辩,那才是一幅"仙女下凡图"了呢。婉儿婶娘微微地红着脸,满脸的笑意,不急、不闹,声音甜甜的,眼睛亮亮的,头发有一点乱,却更显得靓丽,连我看着都觉得她太俊、太迷人了。

天爷,那时候我才几岁呀。

"唉呀,婉儿也是,妯娌、妹妹们敬你酒,不正是你在院中的人缘儿好吗。"我母亲总是关键时刻出来搞平衡,仍然坐在她的座位上,母亲笑着劝婉儿喝酒。

"大嫂评理,怎么会背几句唐诗也要罚酒呢? 大嫂看,一过来就是八九个人,每人举着一杯酒,这岂不是故意要看我醉酒耍疯的丑态吗?"婉儿婶娘还是不肯就范,冲着我母亲争辩。

听说大家要看婉儿婶娘耍酒疯,立时我来了精神儿,一步抢过去,拉住婉儿婶娘的衣襟,我代表婶娘、姑姑们向婉儿婶娘劝酒:"二婶娘,你就喝了吧,这酒不辣,我还能喝两蛊呢。"

"你喝过？"我正在向婉儿婶娘炫耀,母亲冲着我责怪了一句,桃儿姐姐忙着将我搂过去了。

"你瞧,小弟都出面敬酒了,好歹你也要给府里的男子汉一点面子吧。"几个婶娘、姑姑看见我居然出面劝酒,自然就更来了精神,紧紧地围着婉儿婶娘闹得更欢了。

"罚酒,总要在个理由。"婉儿婶娘对着几个婶娘、姑姑们问着。

"理由就是你学问太大,瞧你今天穿得多么得体,这旗袍的绸儿也鲜艳,将我们比得一个一个乡下人赛的,不罚你酒,也就没有天理了。"围着婉儿婶娘的妯娌们,一不留神,说出了她们的真心话。

"酒可以喝,道理可是要说清楚,这旗袍的丝绸是大嫂派桃儿送到我房里来的, 去年春上江南商贾送到府里来的绸缎,大嫂请你们到正院去挑,还不是尽着你们选,剩下的大嫂才派人送到我房里来的?"婉儿婶娘挡着妯娌们敬酒伸过来的手,装着一副严肃神态和妯娌、姑姑们说着。

"只怪我们眼拙,怎么就没看中这块丝绸,这丝绸也势利得很,就是选中了,穿在我们身上也土布赛的,活糟践了这么好的东西。罚酒,罚酒,老天不公,怎么这身段、容貌就都让你一个人占了上风呢？"说着,几个婶娘、姑姑围得更紧,已经是短兵相接,形势紧张得让人透不过气来了。

"这样吧。"最后自然是我母亲出面裁决,她站起来,拦住围在婉儿婶娘身边的妯娌、姑姑们,一副公正模样对大家说,"这酒不能不喝,也不能尽喝,你们一人举着一杯酒,莫说是二婶娘,就是我看着也不敢喝了,喝了这杯,推了那杯,到头来就是是非。我呢,出个主意,你们将这九杯酒倒回坛里,让桃儿摇摇坛,再满上九杯,二婶娘三杯,我陪三杯,你们看芸之妹妹不言不语地光在一旁看笑话,罚她三杯。"

"好好好,就听大嫂的!"几个婶娘、姑姑也是得了个台阶下,立时就表示同意。

"怎么就把我牵进来了呢?大嫂不公。"芸之姑姑冷不防遭我母亲点将,站起来冲着我母亲就闹,我母亲不顾芸之姑姑的抗议,吩咐桃儿姐姐立马就将那九杯酒倒回坛里去了。

母亲的三杯酒,桃儿姐姐替她喝了一杯,一个婶娘自告奋勇替喝了一杯,就这样,母亲也变得更为矜持,话也少了,身子似也没劲儿了,只是含笑地看着妯娌、姑姑们喝酒。芸之姑姑的三杯酒,也是桃儿姐姐替她喝了一杯,婉儿婶娘房里的姚嬷嬷替她喝了一杯,她自己其实只喝了一杯,立时脸色就变得煞白煞白,就像一肚子阴谋诡计赛的,人们都说这种人不好逗,是周瑜类的人物。婉儿婶娘三杯酒下肚,脸庞变得更是滋润,双颊浮着淡淡的红晕,弯弯的眉毛似是被雨

露打湿,目光里流盼着深深的霞云,连我的几个婶娘都看得
呆了。

偏偏这时候又要行酒令。一个婶娘念出一句宋代诗人
陆游的诗句,"儿童共道先生醉",落在一个"醉"字上,桃儿
姐姐摇签,抽出签来,敬上座一盏,下下座吟诗,正好赶到婉
儿婶娘的头上,婉儿婶娘不能推辞,信口吟道:"醉月频中
圣,迷花不事君。"

"不懂,不懂。"几个婶娘都没读过文学系,不明白婉儿
婶娘吟的诗是什么意思,还要婉儿对她们解释。

这就轮到我显身手了,这还难吗?《唐诗三百首》,李白
的名篇:"我爱孟夫子,风流天下闻,红颜弃轩冕,白首卧松
云。醉月频中圣,迷花不事君,高山安可仰,徒此揖清芬。"懂
了吗?再不懂我给你们讲讲。

"又是你多嘴。"母亲看我太能,就像后来贾宝玉他老爸
于大观园建成之后,命贾宝玉各处题名,明明看着贾宝玉学
问大,还阴阳怪气地嗔怪贾宝玉,就像贾宝玉说错了赛的。

"我们小弟才真是一个神童,怎么婉儿婶娘才吟出一句
诗,小弟就将全诗背诵出来了呢。"桃儿姐姐心好,她看我在
母亲面前受窘,便忙着出来夸我的小聪明。也正是在大家随
着桃儿姐姐对我赞叹不已的时候,芸之姑姑突然插言说道:

"我看婉儿嫂嫂明明是在我们面前夺艳,就故意醉月醉

月地唱着，我看婉儿嫂嫂正就是醉月仙子了呢。"一句话，又把满屋醋坛子们心中的醋意勾起来了，大家一片喝彩，醉月仙子醉月仙子地就唤起来了。

"什么仙子仙子的，这名字好酸，我看就叫醉月婶娘吧。"最后还是我母亲一语定乾坤，婉儿婶娘从此就在院里被唤作是醉月婶娘了。

…………

醉月婶娘绝对是我们侯家大院里的女才子，学问不在一级作家和博士生导师之下。

宁老先生，我们醉月婶娘的父亲，北京人，老学究，学问大到连胡博士都不放在眼里。这位老学究学问大，但秘不传人，一不肯出山就任教授，一己之见，不可以讹传讹；二不肯写作文章，乱世文章不值钱，就这样，这位老学究一肚子的学问就烂到肚里了。但既然有学问就一定会对社会国家有所贡献，宁老先生于国于民最大的贡献，就在于他推算了几大名卦。怎么就叫名卦？宁老先生精通《易经》，更对八卦有精深研究，宁老先生算定的第一大名卦，是"九一八"之前三个月，他老先生摆出八卦，算定百日之内，长城以北千里之内将有大乱，宁老先生将他的推算经人转告到元帅府，没有引起重视，结果吃了大亏。宁老先生推算定的第二大名卦，一九三六年十一月十一日，西安事变——宁老先生匆匆摆出一卦,整整用了一天的时间,算出结果,天龙无恙。十万火急电告南京政府, 这才制止了何应钦派飞机轰炸西安的阴谋。宁老先生算定的第三大名卦,是算定他家的千斤小姐宁婉儿一定要下嫁到二百里之外的市井人家, 如此才会有享不尽的荣华富贵。

错了,前面的两卦都摆对了,只有这第三卦摆错了。正是距离京城二百里以外的我们侯姓人家,才葬送了宁婉儿美丽的青春和生命。

宁婉儿怎么就嫁给了侯家大院的二土匪?前面说过了,宁老先生摆八卦摆错了:他独生女儿,绝对不能在京城之内成婚。那时代倒是也对,京城之内,老门老户差不多都败落了,赫然不可一世的皇亲国戚们,眼看着连饭都吃不上了;京城以外,新学昌明,北京大学,清华园,只凭他胡博士在那里做校长,宁家的女儿就不下嫁他的学生。也不知什么原因,宁老先生就是看着胡博士别扭。

也是天做良缘。那时候我母亲家也住在北京,宁老先生给女儿开蒙,将我母亲请去陪读,两位小姐从此就建立起了深厚感情。后来我外公举家迁到天津,又和我们侯姓人家结亲,马家小姐和我老爸结婚后去北京拜见各位长辈,宁老先生一看这位小哥聪明可爱,又听说这位小哥下面正有个二弟尚未成亲——就是这户人家了, 宁老先生就将女儿的终身大事定下来了。其实当时我老爸只要对宁老先生说明他的二弟绰号叫二土匪，宁老先生一定就另做打算了。结果侯家大公子以自己出众的品学容貌，给侯家二土匪诓来一个媳妇儿，这才是挂羊头卖狗肉，和后来电视台的广告效应异曲同工。

其实怪也怪宁婉儿自己眼拙，定亲之前二土匪侯荣之到宁家去过，那时候叫对面相。婉儿嫁给二土匪，宁老先生事前也征得了女儿的同意，怎么宁婉儿这么聪明的人儿，就没看出来侯荣之的真实面目呢？对了，世上的事情大同小异，历来凡是土匪者辈，打扮起来都是一副正人君子模样，二土匪去宁家相亲的那一天，神态容貌，明明就是高级知识分子、风流名士，连宁婉儿那么刁的一双眼睛都没挑出瑕疵来，差不离儿的，屈尊下嫁了。天下能有几个如意郎君？林黛玉如果不早夭，最终也要嫁人家，天下哪里有配得上林妹妹的男子？本人年轻时品学兼优，但是被打成右派，估计林妹妹也不肯陪老右去农场，帮助她的爱哥哥每天晚上写交代材料。将就着吧，就这样，宁婉儿落入不幸深渊了。

侯荣之和宁婉儿结婚，举行新式婚礼，地点选在英租界的维斯礼堂。虽然他两个都不是基督徒，但完全参照基督徒的仪式操办：不坐轿，不拜堂，不坐帐；就是洋鼓洋号，嗒嗒嘀、嘀嘀嗒，吹的是西洋音乐，《婚礼进行曲》。一鞠躬，向国父遗像;二鞠躬,向双方家长;然后男女双方相向立,三鞠躬。新潮不新潮?只"相向立"三个字,连我母亲都没听明白,不知道出自唐诗中的哪一篇。婚礼结束,主宾一起去起士林餐厅用餐。为什么要去起士林餐厅?洋派,起士林餐厅不是西餐吗?面包、牛排,还有俄国沙律,最最引人的、纯正俄罗斯沃特卡,劲足!

　　热热闹闹一直折腾到入夜十点,婚宴结束,新婚夫妻乘车返回府佑大街。无论新式结婚,还是旧式结婚,最后一个节目,都是入洞房。早早地我们这些孩子们就跟着头辆车回家来了,准备纸花;小叔叔们还有种种淘气的小花招。最后一辆小汽车载着二土匪和宁婉儿一对新婚夫妻,一路顺风就回到府佑大街来了。小汽车停下,伴娘搀着宁婉儿走下汽车。哄地一阵热闹,一片纸花就飞起来了。伴娘为宁婉儿遮着脸,在众人两列长队间穿过。几个叔叔又是喊叫,又是出坏主意地向宁婉儿问这问那,诸如你从哪儿来呀,上我们家来做什么呀之类的愚蠢问题。我们几个小哥就可着劲地往宁婉儿头上扔纸花,明明就是看着一朵鲜花插在牛粪上愤愤不平。好不容易伴娘搀着宁婉儿走到南院来了,进到洞房,我母亲上前道过寒暄,小叔叔们又围过来连声地大呼嫂嫂好。

　　哥哥哩?二土匪没有跟进来,而且越等越不见人影儿。

奇怪,二土匪怎么没下车？大家光顾着迎新娘,倒将新郎官忘了,赶忙再出来迎新郎,新郎不见了。

前院里、后院里一通好找,刚才在起士林餐厅人们看见他已经喝得酩酊大醉了,说不定一下车,不知道钻到哪道院去了。分头搜寻,各房各院都问到了,没看见二土匪,大喜的日子,新郎官怎么丢了呢？还找,一直找到快深夜了,还是不见人影儿。

荒唐！

一拍桌子,我爷爷火了。岂有此理,新婚之夜,新郎官何以失踪了呢？真是没有家法了。"来人呀,将茹之给我唤来！"

茹之,就是我老爸,也就是二土匪的哥哥。找不着二土匪唤我老爸做什么呀？待到我老爸来到我爷爷的房里,不等我老爸说话,我爷爷便向他下达命令:"把荣之给我找回来。"

"他去了哪里,我怎么能知道呢？"我老爸吞吞吐吐正要推托责任,我爷爷盛怒之下,更揭发了他们两个的老底:

"你们两个人的事,一根绳儿系两只蚂蚱,跑不了你也蹦不了他。你在外面的所作所为,有他一半的责任；他在外面做的坏事,有你一半的罪孽。"

"爸爸,你容我说,荣之在外面有相好的事,我倒是也听说过,有一回我还故意将他灌醉了酒,想问出他的相好是谁,还想问清楚那个人住在什么地方。可是,可是……"

"可是什么?"我爷爷生气地向我老爸问着。

"可是,可是,明明他已经烂醉如泥了,我也要好了车子——就是我的胶皮车,我还嘱咐拉车的车夫一定要记住二先生今天要你把他拉到的那个地方。将他扶到车上,我还对他说,到你销魂的地方去吧。您猜怎么着,他三指两指,愣让车夫把他拉回到府佑大街来了。到这时我才明白,一个人再醉,那醉酒的底线他也是不会越过的,拉车的车夫还搀扶着他走下车子,您猜怎么着?一转眼,又雇了辆车子,坐上车,他就没影儿了。"

"今天回来时他坐的汽车。"我爷爷提醒我老爸说。

"行行,我这就去找汽车行,一定问出荣之去了什么地方。"那时候雇出租汽车的地方不叫公司,一律叫作是汽车行。

立即,坐上他的胶皮车,我老爸赶到汽车行,找到那个开车的司机,司机回答说,确确实实,司机拉着一对新人回到了府佑大街,车子停下,大家将新娘迎下汽车,司机正等着新郎下车呢,谁知道这位新郎对司机说,他不是新郎,是那位新娘的娘家哥哥,送到家就行,他就不进家门了。"立即,他指挥我开着车子离开府佑大街了。"

"他让你将他拉到什么地方去了?"我老爸一听有门儿,

立即便追问侯荣之去了什么地方。

"拉到半路上，他说酒劲儿上来了，立即让我停下车子，从车上下来，就看见他蹲在地上，嗷嗷地似是恶心，过了好长时间，我正等着他返回来登车呢，谁知道一挥手，他又叫住了一辆车子，回过头来还对我说，你回汽车行吧，登上那辆汽车，一阵风，我就不知道他跑到哪里去了。"

唉，没辙。一个人鬼到这等地步，光说是土匪，就委屈了。

紧急研究办法，新婚之夜，新娘不能守空房，当机立断，立即派我母亲陪宁婉儿去住，我母亲只做陪房嫂嫂。新房里更不能没有男性，经过再三筛选，决定派我去醉月婶娘的新房里充做男子象征，于是，我母亲带着我就在醉月婶娘的新房里住了一夜。你瞧，小小年纪，我就出入情场，派讨用场了。

3

宁婉儿嫁到侯家大院，半年时间，有一个人的生活发生了微妙的变化，这个人，就是我的九叔葰之。

这才是风马牛不相及的跷蹊事，人家宁婉儿嫁的是南院的侯荣之，人家宁婉儿深居简出终日在南院读书作画，人家宁婉儿就是偶尔到我们正院来，和我的九叔葰之也说不上半句话，而且九叔葰之白天去学校上学，晚上在他的房里读书写字，婉儿婶娘到我们正院来，只在我母亲房里和我母亲说话，压根儿也不会过问九叔葰之的情况，宁婉儿嫁到侯家大院才过了半年时间怎么我们正院的九叔葰之就发生微妙变化了呢？我们侯家大院里的事情真是说不清了。

但，我母亲还是观察出这种微妙变化来了。我母亲的眼睛绝对雪亮，课堂上我稍稍做点淘气事，那时候也没有电话，哥哥和我也不在一个班，老师绝对不会比我先到家里来通报情况，但回到家来，不等我放下书包，母亲就会问我："怎么在课堂里捣乱了？"

坦白从宽，立即我就向母亲交代说："就是我在小毛毛的背后画了一个小乌龟。他他他，他还画过我呢。"

"两个人都不对，以后再不许画了。"我看见了，母亲虽然在嗔怪我，但嘴角上挂着一丝忍不住的笑意。表面上做低头认罪状，一回头，我就从母亲房里跑出来了。

但母亲发现菽之叔叔有了微妙变化，心事可就沉重了。

九叔菽之发生微妙变化并不重要，九叔菽之是六叔萱之的应声虫，你们一定还记得，六叔萱之一喊社会黑暗，我的九叔菽之就高唱："同胞们大家要起来！"六叔萱之一喊天下兴亡，也不什么人有责，我的九叔菽之就高唱："我们是新中国的栋梁。"他们两个一唱一和，六叔萱之是兴风作浪，九叔菽之是随声附和。

南院里的六叔萱之开始热爱文学，我们正院的九叔菽之就一本一本地读文学名著。九叔菽之带到我们院里来的书籍可多了，什么《童年》呀，《在人间》呀，连我都偷着读过几部的呢。

看到九叔菽之如此热爱读书，母亲推测一定是受了六叔萱之的影响，我母亲是何等精明的人呀，顺藤摸瓜，摸到南院，我母亲找到了引发变化的源头。

还是上次几个叔叔一起喝酒的事，九叔菽之说六叔萱之在《大公报》上发表了一篇诗，大家凑到一起表示祝贺，母亲在得知六叔萱之从此专心于文学写作，心间就宽松了许多，六叔萱之到底不再热衷于时政了。

晚上，母亲带着我，在桃儿姐姐陪同下，到南院向老九奶奶问安，在老九奶奶房里说过几句官话，醉月婶娘就将我们请到她房里去了。走进醉月婶娘的房子，立即一股书卷气迎面扑来，对于这种气味我太熟悉了，我一嗅到这种味道就头疼，强烈的一股书虫子味，有点潮湿，还有点霉烂的味道，就像老药锅的味道一样，绝对为中国所特有。

婉儿婶娘和二土匪住着三间西房，我们叫作是连房三间。中间的一间是客厅，东侧的一间是书房，最西边的一间是卧室。说是新婚夫妇的卧室，其实就是宁婉儿一个人住，二土匪是不回家来的。

如果是一般的婶娘、姑姑呢，宁婉儿就只在客厅里和来人说话了，我母亲不是贵客吗，醉月婶娘就将我们请到她的书房来了。这里再做一点点提示，就是嫂嫂、妹妹，到妯娌房来，绝对也不会让进到卧室来说话的。不像如今那些破烂电视剧似的，无论什么人，一步就迈到年轻夫妇的卧室来了，床上放着被褥，墙上挂着仕女画，来人往床沿儿一坐，二嫂三姑地就热热乎乎地说起话来了。

少见识，就是侯家大院的老嫂子，也没将她的妯娌让到她的卧房里来过，房子有得是，干嘛要进卧房？考察现场来了？

　　醉月婶娘的书房，比我爷爷书房的成色还高，架上、案上满都是书。我草草地看过，没有《唐诗三百首》，都是这个注、那个疏呀什么的，都是宣纸木板，看着就让人头痛。倒是也有一本铅印本的新书：《女神》，我想一定是神话故事，看了看，都是半句半句的，没意思，放下了；最后终于发现了一部动物方面的书：《公羊》，信手翻翻，也没有插图，拉倒了。

　　母亲和醉月婶娘说话，前十分钟没有任何内容，都是你好我好的官话，醉月婶娘和我母亲不同的是，母亲房里有桃儿姐姐做事，醉月婶娘没带过来陪房丫环，只是一个姚嬷嬷操持房里的事情。姚嬷嬷四十来岁的年纪，人很稳重，话也不多，到底是大户人家出来的人，没有那种故意讨好主家的习气——动不动地就请安呀，送茶送水还要走小碎步呀，看着就让人不舒服，姚嬷嬷直爽大方，和我母亲说话也随便得很，让人觉着极是自在。

　　姚嬷嬷送上茶来，还向我母亲介绍说这茶是今年春上北京专门派人送过来的浙江龙井。龙井村的茶农每年给宁家送茶，绝对是当年乾隆爷册封的那一十八株茶树上的新茶。醉月婶娘说姚嬷嬷忘性大，明明春上是姚嬷嬷将北京送来的新茶分成几份，又是姚嬷嬷亲自送到我母亲房里去的，怎么还向大奶奶唠叨这些话呢？姚嬷嬷立即就笑了，随后就又对我母亲说，留下在婉儿房里的茶，她自己反而没舍得用，说是留着嫂嫂、姑姑们过来再用。

"二婶娘心好，倒将我这个老嫂子比得没有光彩了。"我母亲立即对姚嬷嬷说着，并且对于醉月婶娘把他人看得比自己还重的高尚品德表示非常钦佩。

姚嬷嬷退出去，我母亲和醉月婶娘开始了你一言我一句的温柔对话。唉，听我母亲和醉月婶娘说话简直就是一种刑罚，她两人说话，一是速度慢，二是声音轻，三是没有内容，从来没传播过政治谣言和小道消息，依在桃儿姐姐的身边，听得我都快睡着了。

肯定是她两个觉得没什么话好说了，醉月婶娘这才指着她客厅中挂着的一幅画卷对我母亲说："上次向大嫂求来的《枯荷听雨》，我已经让萱之弟弟裱来挂在中堂了，你看，真使我这间俗斋四壁生辉了。"

如果不是醉月婶娘故意说明，我还真想不到醉月婶娘客厅中堂挂的那幅画是我母亲画的，我早就知道我母亲善画荷花，但这幅画上没有荷花，只有几片枯叶，蔫儿吧唧地耷拉着任铜钱大的雨点打着，特没精神。

"二婶娘向我索画，我一个俗人，怎么敢把自己涂鸦乱画的送给婉儿呢？"我母亲谦虚地对醉月婶娘说着，"这画可是让人费了心思，若是别人要画呢，信笔画一塘荷花也就是了，他们看的就是一个热闹，大红大绿地也看不出个究竟。婉儿是位雅士，再画那些花呀塘呀，就俗了，想了好久，我才拿定主意画这几株枯荷，婉儿面前献丑了。"

"大嫂才是真名士了，这一幅《枯荷听雨》绝不是那等画匠们所能想象得出来的，萱之弟弟拿出去装裱，我还怕人揭下一层传入市井呢，是我嘱咐萱之弟弟一定要找可靠的裱画师傅，还不能放得时间久了。"

"婉儿真是把我的涂鸦之作看得太重了，还郑重地装裱挂在中堂，挂几天快收起来，千万别让外人看见，他们再没有这份情致，乱说些闲话，就更不值得了。"我母亲更是知心地对醉月婶娘说着。

"那等世俗粗人，就是看了嫂嫂的画作，也得不到什么教益。倒是我每天晚上立在嫂嫂的画卷前面看着看着眼睛就濡湿了。"说着，醉月婶娘还真就揉了一会儿眼睛，似是眼泪儿就要涌出来了赛的。

"二婶娘千万可不要说这样的话，我送给婉儿一幅画，原是想让婉儿看着消磨时间的。"我母亲忙着对醉月婶娘说着。

"就说这荷花，花呀，塘呀，盛也盛过了，艳也艳过了，只是艳也罢、盛也罢，都不过是过眼的烟云，转瞬间就只剩下了残花败叶。谁料到，正是这几株枯荷，才有了尽享无限风情的缘分。虽说雨冷了，风野了，可是站在冷雨寒风之中，不是才尽觉高洁亮丽吗？"醉月婶娘说着，声音变得极是凝重深远，显然一定是醉月婶娘动了情感，她因这幅画感动，怜惜起自己的境遇来了。

"婉儿可是多愁善感，我一幅随意的枯叶，没想到引得婉儿想到了这么深的道理。"母亲想缓解一下气氛，就故意轻松地说着。

轻轻地舒了一口气，醉月婶娘从自己的情感怪圈里解脱出来，离开座椅，走到案前也取过一幅画来，在我母亲面前展开，向我母亲说着：

"婉儿没有什么东西好感谢嫂嫂的厚爱，也胡乱涂鸦，画了一张新竹咏梅，嫂嫂不嫌弃就拿走垫抽屉底儿去吧。"

你瞧，她两个就你涂鸦、我涂鸦地客套起来了。

醉月婶娘给我母亲画的画，是一幅新竹梅花，若是让我看，也没有什么讲究，一幅立轴，拉起来比我还高；几株新竹，弱不禁风的样子；新竹下面，几株梅花，也是细细的新梅枝，只几朵花儿，整幅画，就是一两点红花。清新，美丽。

"画匠们总是画松竹梅三友，不知怎么的，我总觉着画了竹，画了梅，再平添一株老松，立时就没了情致。在家里父亲就总是问我为什么只画竹梅，而不肯画松，我也回答不出个理由，反正我就是觉得只画竹梅才更觉可亲可爱。"天知道醉月婶娘说得有没有道理,反正她就是没画老松树。我也是不爱看那棵老松树,活了好几百年,还入画,和梅呀竹呀画在一起,也不知害羞。

醉月婶娘正和母亲品茗论画,就看见六叔萱之从窗外走过,母亲还觉得奇怪,顺声向桃儿姐姐询问今天是星期几,不等桃儿姐姐回答,醉月婶娘倒先告诉母亲说今天是星期三。

母亲点点头,"哦"了一声,阴阳怪气地也不知道要怎么地,到底醉月婶娘聪明,立即就向我母亲说道:"萱之弟弟说,学校里近来太乱,就每天回家用功来了。"

"就是的。"我母亲表示赞同地说着,"早我就对萱之说,每星期回家两次,家里也热闹,九奶奶这里也要个人陪伴。"当然,那时候萱之只说学校离家太远,就住在学校里,有时候一连三两个星期不回家。我的九叔菽之和六叔萱之要好,不和他的好哥哥相聚,日月就变得无光。我母亲也是惦念六叔萱之,常常派九叔菽之去南开大学看望六叔萱之。

我母亲何以惦念六叔萱之呢?都说是学校里的情况太乱,学生们铁血青年,一心救国救民,"匹夫有责"的口号喊得震天响,而且一个匹夫也不能少,连我小小的年纪,时时也被人看作是匹夫,动不动地就唱什么"肩膀上责任重,手掌里事业强",就像是中国的事没咱不行赛的。年轻人把自己看作是匹夫,倒也是好事,有责任感,就肯上进,学业有成,将来报效国家,造福社会,自然就成了精英栋梁。可是,常常又传来消息,说是谁家谁家的孩子走了,而且一去就没了消息。当然,后来到了这些年轻人衣锦还乡的时候,连喝醉了酒逢人就说对不起的我老爸都后悔何以当年不和激进学生一起一走了之,可是那时候人们没有那样的远见,何况真懂马列的人也不多,谁能看出地球朝哪边转呀。

自然,也有许多青年远走之后,没有多久又被送回来了。这些青年被送回来的时候,已经是遍体鳞伤,能够活着回来,还是先送来消息,家里花钱赎出来的,更有的人连消息也没有,从此再也没有回来。

所以,萱之叔叔考进南开大学之后,我爷爷将他唤到屋来,第一句话就是嘱咐他一心读书。六叔萱之是南院老九奶奶的儿子,怎么我爷爷多管闲事唤人家来教训呢?大家族,老九爷信佛,南院里的事,就由我爷爷兼管了。不光是南院里的事,好大一个侯家大院,无论哪房哪院都在我爷爷的管辖范围之内,在侯家大院,我爷爷也是个"理解的要执行,不理解的也要执行"的人物。

六叔萱之进南开大学读书,对于侯姓人家来说,亦喜亦忧。喜的是萱之叔叔学业优秀,而且努力读书,来日必是国家栋梁;忧的是南开大学是一座激进学校,南开学子历来以救国救民为己任，救国救民的真理许多都是南开学子们寻找得到的。萱之叔叔自命匹夫一条，寻找真理更当责无旁贷。

将六叔萱之唤到房来，我爷爷语重心长地开导他说："社会未来、国家前途，历来为铁血青年所关注，我于年轻时也曾和朋友相约要为真理而奋斗。只是再一细想，中国已经存在了五千年，改变中国命运也非一朝一夕所能成功，欲救中国必先有强国之心，更要有富民之术，不能强国，不能富民，救国救民岂不就成了清谈？你进南开大学读书，一要研究科学，二要探求新知，万不可只空谈救国，而荒废了大好时光。"

转变抹角，我爷爷就是嘱咐我的六叔萱之外面的事情少掺和。

如今好了，我母亲可以禀告我爷爷放心了，六叔萱之不光是每天晚上放学回家，他还开始学习写作，一心要做作家了呢。他写的第一首新诗就发表在《大公报》上，六叔萱之的性情已经发生变化了。

到老九奶奶房里问过安好，六叔萱之来到醉月婶娘房里，人还没有进门，六叔萱之就向屋内说道："大嫂今天怎么得闲，二嫂还说到正院给大嫂问安去呢。"

"六弟快来，听说你写了一首新体诗还刊登在《大公报》

上了呢。"迎着六叔萱之,我母亲向他问着。

"嘻,快别提那首新体诗了,同学们看见了,都说我是冒牌胡博士,也想尝试尝试呢。"六叔萱之走进屋来,将我拉过去,回答我母亲说着。

胡博士写作新体诗,第一部著作叫《尝试集》,后来对于凡是写新体诗的人,大家都叫冒牌胡博士。

"我喜爱新体诗,六弟也学着写,写好之后拿给我看,我说,我哪里懂呀,就鼓励他投到《大公报》去,万没想到,还一举成功了呢。"醉月婶娘也向我母亲解释着。

"快将你写的新体诗拿给我看看。"母亲向六叔萱之催促着说。

"不必去拿报纸,我背诵给大嫂听。"对了,后来我那点本事就是从六叔萱之那里学来的,无论多少行的长诗,只要是自己用心写的,多少日子过去,也能背诵下来。除非是领导派下来的任务,纪念个什么精神发布十周年呀,只十几行,写下了后面的,刚刚写下的前几行就忘了。

立即,在我母亲面前站好,抖擞起精神,提起一口丹田气,我的六叔萱之今天没有沾一滴酒,就要耍起酒疯来了。

啊!

和后来所有的新体诗一样,什么词也没有,上来就是一声"啊",头一遭听新诗朗诵,没见过世面,真有吓一跳的。

> 祖国,亲爱的祖国,
> 我爱你四万万骨肉同胞,
> 我爱你大好山河。
> 啊!祖国,祖国,
> 我是你土地上的一株小草,
> 你是我心中的生命之歌!

"好!"激动得我拍着巴掌都快跳起来了,你说说,没有两下子,这样的好诗,写得出来吗?

"在家做女儿时,家父不许我读新诗,他还气势汹汹地对我说,坐黄包车居然也可入诗,那么如厕也就可以入诗了。果然就被家父说中了,没过多久时间真就有了如厕的新诗。这一下,家父更说新诗是粗俗文字了。萱之弟弟从学校带回来几册新诗集,我借来随便翻阅,谁想,第一首,就打动了我,就像是盲人突然看见了光明……"醉月婶娘述说她接受新诗的过程,连我都听明白了,原来六叔萱之的写作新诗和醉月婶娘有着直接的关系。

"我是守旧了,闲时读些旧体诗还是一种消磨,读新诗,没有那般的心境了。"母亲向醉月婶娘回答着说。

"大嫂,你将这册新诗带回去读一下试试看,以大嫂的才学,心有灵犀一点通,我再写出新诗来,就要请大嫂评点了。"萱之叔叔也向我母亲说着。

"萱之弟弟的天分过人,他写的诗谁能评点呢?"醉月婶娘忙着打断萱之叔叔的话,向我母亲解释着说。

"大嫂。"萱之叔叔没有听明白醉月婶娘的话,还争着对我母亲说着,"大嫂不知道我最初写的新诗有多臭了,光是啊呀啊的没有一句好诗,是婉儿嫂嫂点拨我,才有了一点诗情,我才明白,写诗,一点要有真情,要知道爱,大胆地爱,狂烈地爱……"

"就不必再对大嫂表白了,你那诗里已经写出你对祖国的一片赤子之情了。"醉月婶娘忙着打断萱之叔叔的话,一把将我拉到她身边,摸着我的头发夸赞地说,"小弟平时说话出口成章,来日一定能写出好文章来的。"

六叔萱之言多语失,醉月婶娘转迁视线,就拉我出来缓解气氛,莫看我年纪小,我也能感觉出醉月婶娘的心理变化。怎么我就有如此的敏感?没有什么敏感,醉月婶娘抚摸着我的手,在微微地抖颤。

母亲的水平比我高,不显山,不露水,母亲心里就觉察出南院的微妙变化来了。

去过南院的第二天下午,我母亲就吩咐吴三爷爷到外面将装裱匠请到家里来,再将醉月婶娘送给我母亲的那幅

《新竹咏梅》拿到前厅去装裱。怎么我母亲一定要请装裱匠到家里来装裱醉月婶娘送给她的这幅画呢?不知道。我母亲还嘱咐吴三爷爷说,这幅画装裱好之后,不要给任何人看,径直送回到我母亲房来。

晚上,装裱好了醉月婶娘的《新竹咏梅》,我母亲搬了把椅子,坐在中堂下面,冲着这幅画发呆。真是不明白,我母亲看什么呢?画上的新竹,清丽高洁,看着果然就是一位谦谦君子;再看竹下的梅花,更是光彩照人。而且这幅画章法得体,意象深远,有明人遗风,清人余韵,真才是一幅难得的好画了。

不是极清致的人,何以会有好画?

过了三几天,我母亲到我爷爷房里来向我爷爷禀报说,九叔菽之今年就要报考大学了,复习功课要有个人辅导,所以想接六叔萱之到我们正院来住,每天给我的九叔菽之补习功课。我爷爷一听,连忙就说"好呀!"当天晚上派人过去,就将六叔萱之接到我们正院来了。

六叔萱之住到我们正院之后,我母亲担心南院里老九奶奶一个人寂寞,几乎是每天晚上都带着我过去陪老九奶奶说话。

老九奶奶有什么话好说呀,老九奶奶的永恒话题,就是骂他院里的二土匪不是东西。

"噗!"你们都知道这声"噗"代表什么意思,下面老九奶奶就数落起他的儿子来了。"多少日子不着家,问也问不清他去了什么地方,偶尔肥(回)来,就是骂天骂地,人家婉儿该是何等难寻的人儿呀,混账小子他就是没有这份福。"

据说,一开始侯荣之也曾经带婉儿婶娘出去参加过什么应酬。商会副会长,都是交际场中的人儿,每天都有应酬,还是高规格的应酬,出席这种应酬的,最不起眼的,也得是正厅级,吃饭、喝酒、跳舞、打牌。

这一打牌,侯荣之栽了面儿了。

你想呀,交际场面能不打牌吗?老爷们喝酒说话,哈哈哈哈地笑个人仰马翻,太太们呢,凑一起就得打牌,太太有不打牌的吗?偏偏宁婉儿没学过打牌,一天深夜,二土匪带着醉月婶娘从外面回来,一进门,二土匪就喊起来了:

"就不信你不会打牌,告诉过你了,无论多少钱,你敞开地输,怎么这么多人请你,你就是不赏这个面儿。你爸爸学问大怎么的了?这年月'四书''五经'就是大粪,读书不如做贼。学问大的人家多着呢,哪个大学问家出身的人儿不会打牌?就不信你爸爸这么大的学问,在家里就没教过你打牌,我还觉得你是把好手儿了呢,怕你光顾一个人赢钱,我还嘱咐你差不离儿地输点儿,别见和就和,太贪了,人家笑话。结果呢,你是白板东风全不识,棒槌一个。你还配给我做太太,听我说,三天之内你学不会打牌,你就乖乖地给我滚蛋!滚回你老爹那里,跟他念子曰诗云,念到活活饿死为止!"

宁婉儿自然不会和二土匪争辩,只一个人回到房里,关紧房门,不出一丝声音。老九奶奶听着他儿子骂得太不中听了,就在房里向她儿子骂着:"多喝了两盅猫尿,肥(回)家撒酒疯来了。读书怎么的了?读书露脸,好歹你也肯读书,凭咱们南院这点财势,不也得供你南开北洋地上学吗?偏偏你弗(不)成器,早早地做起了生意,托着祖宗的庇荫,没让你赔光跳大河,如今你倒凶起来了,现世泡(报)儿,在外面,你有钱的王八大三辈,肥(回)到家里,识字的猫儿狗儿都比你强。蔫溜儿地待着去吧,还有你骂天骂地的份儿?噗!"

老九奶奶正想"噗"她的儿子,再一看,她儿子二土匪早跑得没有影儿了。老九奶奶在房里还是气不忿儿,冲着空荡荡的院子更是喊着:"你走,你再也别回来,我再不认你这个孽障儿子!"

不必老九奶奶断绝和二土匪的关系,二土匪此去还真就不回家了。直到后来萱之叔叔落难日本红帽衙门,满天津卫也没有找到二土匪,还是我老爸出面,才救出了萱之叔叔的一条活命。

4

卢沟桥事变，日本帝国主义开始疯狂向中国华北进攻，将每一个中国人推到生死抉择的十字路口，要么站着死，要么跪着生，家庭幸福和个人情感已经失去了意义，历史和时代考验每一个人，更期待着每一个人真实的回答。

活该我老爸露脸，一个醉生梦死的糊涂虫突然明白了立身做人的大道理，给侯家大院老一辈、少一辈的男男女女做出了榜样。

那一天晚上我老爸走进我爷爷的房里，坐也没有坐下，直愣愣地对我爷爷说："爸，我辞职了。"

我爷爷没理他，只是抬眼看了看他，还深深地吸了一口气，似是想嗅嗅我老爸有没有带进房来酒气，嗅了一阵，似是也没有嗅出异常的气味，但我爷爷还是以为我老爸又要向他说对不起，便冷冷地对我老爸说："早早地歇着去吧。"

"爸，我真的辞职不干了。"我老爸自然不肯走，更是严肃万般地向我爷爷说着。

"有人请你做大总统啦?"我爷爷和我老爸玩黑色幽默,便反讽地向我老爸问着。

"爸,我真的辞职不干了。我一滴酒也没喝,我也不发烧,更不是食火,我真真地对您老说,我辞职不干了。"

看我老爸说话的严肃神色,我爷爷感到这事情有点严重了。

停了一会儿,我爷爷也没有发火,反而和颜悦色地劝解着我老爸说:"行了,你也不必解释了,事情既然到了无可挽救的地步,早早出来也好,将来到了新的地方,自己检点些就是了。唉,我不是不宽容你们,年轻,干点荒唐事不是什么大不了的事,只是你们有时候也太张狂,情场上的事,那是逢场作戏的,怎么一个个动不动地就立外宅?"

我爷爷对我老爸这些人最是了解,我老爸在大阪公司干得好好的,突然辞职出来,一定是做下了什么丢人的事,自己混不下去了,辞职出来,总比人家轰你滚蛋体面得多。

"爸,我没有做出格的事,是我自己主动辞职,不愿做对不起国人的恶事。"

我老爸又对不起了,但这次他居然说到对不起国人上来了,可见这里面一定有原因。

我老爸本来供职于日本大阪公司,职位不低——襄理,就是业务经理,也算得是 CEO 高级管理人才了。年薪无数,连他自己也算不清一年收入多少钱。日本大阪公司是一家运输公司，运一船货，有我老爸一份酬报，赶上旺季，大阪公司每天都有船只靠岸，这也就是说，每天我老爸都有一笔可观的收入，若不，怎么就宠得我老爸养成挥金如土的毛病了呢？

只是最近一段时间，我老爸突然发现他名下的收入太高了，有时候一天就有十几万元的酬金记到了他的名下，君子爱财，取之有道，我老爸向下属询问，这都是些什么钱，下属回答说，是日本军方拨过来的专款，指名划到大阪公司侯襄理的名下。

"我和日本军方没有商业往来，为什么日本军方每天划到我名下这么多的钱？"莫看我老爸喝醉了酒逢人就说对不起，真到了原则问题上，他收人家一分钱，也要做对得起人家的事。

查询这一笔一笔巨额酬金的来源，我老爸找到大阪公司的日方经理田村先生。田村先生听过我老爸的询问，好长时间没有说话，东拉西扯地向我老爸问过令尊大人的安好，又问过小公子本人的学业，又说了些气候、风景之类没用的话题，最后，田村先生劝我老爸说："钱嘛，总是好东西的，有人愿意给你，侯襄理只管收下就是，怎么还要查询它的来路呢？"

"话虽然是这样说，但我们中国人对于财富还有自己的观念，我家老人于此也极是认真，每次我给家里钱，家父都要询问这些钱的来历。"我老爸极是严肃地对田村先生说着。

"说不清来历的钱，侯襄理只管存起来就是了，我们日本人历来是工资交给太太，另外的收入就自己留下用了。我们每天出去喝酒，没有人问我们的钱是哪里来的。"田村先生还是对我老爸解劝地说着。

"如果每天都要收受这样的一大笔钱，这个襄理，我也就不敢胜任了。是福、是祸，谁知道这一笔笔的巨额酬金是为何付给我的呀？"

"唉。"实在被我老爸追问得没了办法，田村先生这才吞吞吐吐地向我老爸说起了这些钱的来历，"侯先生自然知道，最近一段时间日本军方的运输业务很是繁忙，至于军方每天运到中国来的是些什么货物，我们不能过问，只是军方没有权利直接向任何一国运输物资，所以日本军方就以日本大阪公司的名义向中国运输物资……"

"军火！"我老爸一听，心脏就怦怦地跳得急促了起来，打断田村先生的话，急忙向他的上司问着。

"至于是什么物资，我们没有权力过问。但侯先生理解，我们日本国民视国家利益为生命，军方使用我们大阪公司的业务权,他们自然就要付给我们酬金,所以,军方每运来一船物资,就要拨到我们大阪公司账下一笔酬金。"

"那为什么不划到经理先生的名下呢?"我老爸直截了当地向田村问道。

"先生,我是一个日本人,如果我的同胞知道我在中国开办的公司于军方向中国运送物资的时候还要收受酬金,我就是一个国贼。"田村先生避开我老爸的目光,回答我老爸说。

"你不愿意做日本人国贼,倒选中我做中国人的国贼!"腾地一下,我老爸觉醒了,原来自己名下每天划过来的这笔巨额酬金,正是日本军方向中国运送军火的费用,日本军方利用大阪公司的名义运送军火,只是为了逃避武装运送军火的罪名,一旦他们的侵华图谋落空,可以推卸责任说军火是大阪公司运来的,不信你们可以查账,日本军方每天都划到大阪公司侯先生名下一笔巨额酬金,运送军火原来只是一种商业行为。

果然,后来日本入侵中国,国际社会主持公道,来中国调查有没有这么一档子事,最后调查出结果,说日本军方从来没有向中国强行运送过军火,日本军队在中国用的军火,是由一家公司运送来的,没有违反国际法,所以日本的对华战争不构成侵略,只是军事磨擦。

我老爸终日花天酒地,生活荒唐,但真到了眼看着就要沦为国贼的地步,他胆怯了。这还了得,日本军方发动侵华战争,为了逃避责任,拉出中国人来收受运送军火的酬金,别当这个替死鬼了,我老爸一吓之下,向大阪公司田村先生提出辞职回家来了。

　　"好!"我爷爷了解清楚事情原委之后,立即拍案为我老爸叫好:果然是儒门子弟,大事不糊涂,绝对不能做汉奸国贼。如此,我老爸一切一切对不起人的事,也都一笔勾销了。自然也有人没有这般的骨气,一位张先生贪财嗜色,就知道钱是好东西,我老爸一离开大阪公司,赶着热窝儿,他就把襄理的位置抢到手了,不光是每天收受巨额酬金,连原来划到我老爸名下的那些钱也吞过去了。有了钱,没有多少时间这位张先生就发了,在天津买了楼房,买了汽车,立了外宅,七七事变之后还进了新民会。后来日本投降,张先生倒也紧张了一阵子,可是没过多久,张先生出钱给自己买了个地下工作的美名,说他原来给日本军方运送军火,只是一种掩护,那些军火运到中国之后,一点也没有用,日本投降原样地由中国政府接收过来了,你说算不算地下工作?

　　再后来,新中国成立了,张先生还想再买个什么名分。没想到共产党不吃那一套,捉进大牢,没多少日子就枪毙了。听说张先生于判刑时还说,这笔钱原来是侯襄理名下的，可是共产党重调查研究，重事实罪证，钱，就是你张某人的，别诬陷革命群众，我老爸历史上只做过大阪公司职员，没干过坏事。

于此，我老爸后来很为自己的立场坚定而深感得意。就为了不做国贼，我老爸还提出过入党申请，但一审查，查出我老爸曾有过立外宅行为，拉倒了，没的批准。

大义凛然，我老爸拒收巨额酬金，断然辞去大阪公司襄理的职位，充分表现了正直中国人的爱国之心，为此，从我老爸一生下来就没说过我老爸一句好话的我爷爷居然赞许起我老爸来了，而且我爷爷还第一次承认我老爸果然继承了他的品德修养，侯姓人家家风不衰，没给老祖宗丢面子。

榜样的力量是无尽的，对照我老爸的模范行为，我爷爷更是羞愧难当。我爷爷万分感慨地向我老爸说道："我比不得你呀，你一个人在大阪公司做事，拂袖而去，可以一走了之。我身为美孚油行天津分行的总账，明明知道美孚油行有许多不光明的生意，也是敢怒而不敢言，因为美孚油行的老板是美国人，人家想和谁做生意，我们只能服从。唉，前一段中国职员们实在是怒不可遏了，最多也就是罢工一小时，以示抗议。"

"我从报上已经看到了，正是父亲大人义正词严的罢工声明,才给了我勇气辞去了大阪公司襄理的职务,我也才能够断然拒收日本军方的酬金,威武不能屈,富贵不能淫,理直气壮地做一个中国人。"原来我老爸的正义行为是受了我爷爷爱国壮举的影响,他两个明明就是岳飞父子,一对爱国英豪了。

我爷爷有什么壮烈作为呢?我爷爷发表声明,带动美孚油行全体中国员工罢工一小时,抗议美孚油行向日本出售石油,支持日本军国主义发动侵华战争。最近一段时间美孚油行和日本做下了大笔的石油生意,美孚油行发到天津分行的石油,整船整船地转口开到大连去了——那时候大连还是苏联的殖民地,后来做了中国老大哥的苏维埃政权还占领着中国的城市。苏联是无产阶级专政的革命国家,对于日本帝国主义发动侵华战争连连地发表声明表示抗议,但大连码头还是一个贸易港口,日本商船自由出入。天津商会从美孚油行买下的石油,转到大连,就地卸船,立即一汽车一汽车地就给关东军送去了,无产阶级专政的苏维埃政府只向油船收取出入港口的费用。如此,美孚油行可以理直气壮地说没有向日本出卖石油,革命的苏维埃政府更没有支持日本帝国主义的侵华战争,只是船儿在这个港口那个港口打了一个漩儿,只当是一场游戏,世界友邦就都对得起中国人民了。

"可恨是天津商会，怎么就做出这种伤天害理的勾当。谁都知道大敌当前，谁也不敢公开为日本军方购买石油，美孚油行的石油转到天津商会的名下，再转运到大连，这卖国的行径，就找不到罪魁了。呸，无耻之尤！"我爷爷气愤万般地骂着。

骂，总是要骂的，只是第二天早早地我爷爷又到美孚油行上班去了，忙呀，一船一船的石油运到天津，美孚油行的生意空前繁荣，各位职员的奖金自然也就更是丰厚了。

就因为我爷爷在美孚油行供职，我们才没有和天津许多大户人家一起于七七事变之前举家南迁，突发的七七事变，天津沦陷，我们也落到日本帝国主义者的铁蹄之下，饱尝了亡国之苦，当上了亡国奴。

原来我爷爷还想得满好，我爷爷想美孚油行是美国人的生意，日本帝国主义者不敢侵犯，而且我们家还在租界地买了房子，日本人就是进了天津，他们也不能进各国的租界，租界地里还是个世外桃源。

残酷的现实打破了中国人善良的幻想，七七事变之后，天津沦陷，我们全家虽然避进了租界，但依然没能逃出日本帝国主义者的魔掌，日本帝国主义者的屠刀直指我们的咽喉，沦亡的天津，哪里会有一己的平安？

七七事变之后不到一个月的时间,七月三十日,日本兵浩浩荡荡地开进天津,彼时彼际天津已经没有了中国驻军,日本军方几乎是没放一枪一炮地就占领了天津。沦于日本侵略军铁蹄下的天津人民不敢反抗,已经成了亡国奴,忍气吞声,只求能有平安日子也就是了。

　　进入八月,日本帝国主义已经占领天津多少的天时间了,突然天津上空日本飞机盘旋,天津人还以为是日本军方向天津示威,要吓唬吓唬天津人了,但谁也没有想到,飞机盘旋到南开大学的上空,突然向下俯冲而来,黑压压抛下了炸弹,顿时,南开大学成了一片火海。

　　令国际社会为之震惊,一个已经落入侵略者手中的城市,还遭到了侵占者的轰炸。为什么?因为南开大学极力鼓动抗日,日本帝国主义者对南开大学恨之入骨,就是天津已经落入了他们手中,他们也还是余怒未消,一定要炸平南开大学,以解心头之恨。

　　"三伯,我只能南迁了。"六叔萱之来到我爷爷房里,向我爷爷说出了他的打算。

　　这一阵,许多南开大学的学生落入了日本占领军的手里,不问清红皂白,立即就被装在麻袋里,系上石头,扔到海河里去了,海河渔家下网打鱼,拉上来好几条里面装着尸体的麻袋。社会上传言,日本帝国主义者放言,一个南开大学的学生也不放过。

我爷爷没有说什么，只是叹息地落了眼泪。老实说，六叔萱之等到今天才说出个"走"字，和我爷爷的侥幸心理有直接关系。早在事变之前，六叔萱之就对我爷爷说过他要随校南迁，但我爷爷舍不得，更怕孩子出门吃苦，再三劝告就留下了六叔萱之，但现在六叔萱之面对随时可能遇害的危险，我爷爷也就再不能说什么了。

"你哥哥的意见呢？"我爷爷是问六叔萱之的哥哥二土匪对于六叔萱之的出走怎样态度。但二土匪已经一连几个月没进家门了，商会忙呀，我爷爷也知道，商会忙着给日本军方买石油呢。

"怪只怪我一时糊涂，总以为如果我们住到租界地也许还能保一家的平安，但国之已亡，哪里还有平安可言呢？你要走，我再不能阻拦。可是你如何一个走法呢？日本兵已经占领了华北地带，你只身一人如何走得出去呢？"我爷爷担心地向六叔萱之问着。

"我们十几个人搭伴一起走，路线也看过了，从塘沽上船，先到上海，然后再转船去香港，许多人都是这样过去的。"

"唉，不是三伯不知道年轻人的爱国之心，只是三伯听说那些早先南去的学生，就是到了什么大后方，也没有得到妥帖的安置,许多人流离失所,贫病交加,读书没有学校,做事没有位置。国民党政府以抗日为名成立了新一军,将爱国学生送到缅甸,结果更是可怜,缅甸那里没有一点正经事情可做,人们就醉生梦死地打牌、吸毒,更可怜许多人不习惯缅甸的潮湿,一病不起,传说有的人就客死异乡了。唉,何以日本就能亡中国呢?就是中国腐败。一个国家不自强何以能自立呢?"说着,我爷爷落下了眼泪。祖祖辈辈,中国人不是都为中国的不自强自立伤心落泪的吗。

"南去未必有前途,留在这里迟早要落到日本人的手里。"六叔萱之也是无可奈何地对我爷爷说着。

"既然如此,我也就不留你了。"我爷爷终于下定决心,放六叔萱之南去了。平静平静心绪,我爷爷强忍着心间的悲痛,一字一字地对六叔萱之说着:"萱之,我只要你记住,无论走到哪里你都是侯姓人家的子孙,穷不可自馁,富不可不仁,来日天下太平,是贫是富,你可是一定要回来呀!"说着,我爷爷跺跺脚,一挥手,示意六叔萱之快退出去,我爷爷已经就要泣不成声了。

草草地做了一些准备——衣服不能多带,行李大了船上会惹人注意;钱更不能多带,天下大乱,正是坏人趁火打劫的好时机;金银珠宝更不带一件,身上携带贵重细软,最容易招惹是非,只求得先到了大后方,以后的事,再慢慢地想办法。

没有到各房各院去辞行,时到深夜,六叔萱之由我老爸和吴三爷爷护送着登车走了。悄悄在院里和六叔萱之道别的,有我母亲,还有醉月婶娘。话不能说得太多,深夜离开天津,明天天明前到达塘沽,正好随大阪公司进港的职员一起混过检查,找到码头,再找人登船,我老爸说绝对不会有任何闪失。

我母亲紧紧地拉着六叔萱之的手,小声地一句一句地嘱咐着什么;醉月婶娘更是抚着六叔萱之的肩膀,看得出来,她的眼里涌动着泪珠。

千言万语,总也是留不住六叔萱之了,在我老爸和吴三爷爷的再三催促下,六叔萱之只得一咬牙走出大门去了,这时候本来谁也不能出声的,但突然醉月婶娘一步追到门外,向着已经登上车子的六叔萱之唤了一声:"六弟!"

六叔萱之没有应声。我看见六叔萱之一双手紧紧地捂住了脸庞,他强忍着不哭出声音,随着启动的车子,摇摇晃晃地远去了。

送走六叔萱之,等我老爸和吴三爷爷从塘沽返回天津的这一天,是侯家大院最长最长的一天。这一天,侯家大院没有一丝声音,没有人在院里走动,没有一只鸟儿从侯家大院上空飞过,侯家大院也没落下一只鸽子。挂在廊间的几十只鸟笼,没有一只鸟儿鸣啭;我奶奶心爱的猫儿,整整在檐上卧了一天,一动不动,看着就像是屋脊上又添了一只砖兽似的。

醉月婶娘没有回南院,就在我母亲房里和我母亲坐着。她两个也不说话,六神无主。醉月婶娘拾起一本书,才翻了一下,又放下了。母亲怕气氛太紧张,也想和醉月婶娘说些话,似是才要张口,又想不起来说什么,立即找点别的什么事情做去了。

到了中午,说是大厨房摆好饭了,但没有人去大花厅。饭冷了,大厨房说该回锅热一下,我母亲说算了吧,也没人想吃。

就这样,活活挨了一个整天,到了下午,人们更是坐不住了,外面稍有一丝声音,突地一下,全家人就一齐惊动起来,就像是天塌下来了似的,直到那一丝声音消失了,没有任何变化,人们才又坐下来,还是不说话。

晴天霹雳,突然门外一声车铃声传来,呼啦啦,人们一起跑出房来,向大门涌过去,还是我爷爷挥手拦了一下,我母亲才和醉月婶娘停住了脚步。等一会儿,大门推开,果然我老爸和吴三爷爷回来了。

“平安,平安,积善人家必有余庆呀!”吴三爷爷压低着声音,双手合十,似是向上天祷告着,向站在院里的人们禀告着说。

这时,我老爸也走近过来,向我爷爷述说了护送六叔萱之平安登船的经过。

"老面子呀,"我老爸向我爷爷说着,自然也是说给院里人听的,"早晨大阪公司要上船的人看见我突然来到港口,身后还跟着一个年轻人,大家也就明白是怎么一回事了。没有人向我打招呼,也没有人过来问我安好,就像我压根儿就没有离开大阪公司一样,平平常常地就和我一起往港口走,六弟跟在我身后,还有人塞给他一个小本本,就是平时查货的报关单,六弟聪明,看也不看什么人,大大方方地就走进去了。唉呀,好玄,我还怕日本兵拦住他呢。"

"是你们看着他登上船的?"我爷爷还向我老爸问着。

"老太爷。"我老爸还没有说完,吴三爷爷又向我爷爷说着,"到了塘沽,我才看出大先生平日的人缘真是太好了,不是大先生的品德端正,何以人们会将个人安危置于不顾护送我们进港口呢,我捏着一把汗呀,日本兵的刺刀明晃晃地闪着贼光,这时候只要有一个人眼神有一点不对,那就是杀身之祸呀,阿弥陀佛,老天护佑着侯姓人家万世平安吧。"

"啊!"

满院里的人正听着吴三爷爷述说护送六叔萱之登船的

经过,突然一声喊叫,大家回头,只看见一直站在我母亲身
边的醉月婶娘一阵晕旋,身子打了一个转儿,竟然跌倒在搀
扶着她的姚嬷嬷的怀里了。

　　…………

5

萱之叔叔走了,醉月婶娘病了。

昨天入夜,我老爸和吴三爷爷从塘沽送走萱之叔叔,连夜赶回天津,时间已经是快到深夜了,连房也没有进,人们就是在院里听我老爸和吴三爷爷述说一路的经过,也是人们关心萱之叔叔的心切,就忘了照看醉月婶娘,吴三爷爷的话还没有说完,只听见醉月婶娘"啊"了一声,人们再向醉月婶娘望去,醉月婶娘已经晕倒在姚嬷嬷的怀里了。

看见醉月婶娘突然发病,人们慌了手脚,幸亏我母亲遇事不慌,一步走到姚嬷嬷身边,向围上来要抢救醉月婶娘的人们说:"这是一时的急火攻心,千万不能动病人,待她稍稍平缓之后,再扶她回屋休息。只是外面风冷,快将毯子取来,别再着了寒凉。"在我母亲的指挥下,人们跑东跑西地取来了毛毯,还取来了围巾,七手八脚一起忙,总算看着醉月婶娘的呼吸渐渐地均匀了。

"婉儿婶娘。"伏在醉月婶娘的耳边,我母亲轻轻地唤她。醉月婶娘听见我母亲的唤声,轻轻地睁开眼睛,向围在她身边的人们望了望,还小声地向我母亲问着:"这是在哪儿呀?"

"院里风冷,又是深更夜半,这几天心火也盛,一时的寒热不适,身子就没了力气。没什么要紧,快回房休息吧。"我母亲劝解地对醉月婶娘说着,也就算遮掩了她对萱之叔叔的过于关切。听着我母亲的吩咐,姚嬷嬷和我们的桃儿姐姐才慢慢地搀扶着醉月婶娘回到南院去了。

第二天一早,我母亲就吩咐吴三爷爷去请医生。如果按照我母亲的本意,应该送醉月婶娘去医院检查。医院,那时候叫西医医院,大多设在租界地,没有几个中国医生,一般旧式家庭还不愿意去那里看医生。醉月婶娘又是南院的人,南院的老九奶奶、老九爷守旧,一点新事物也不接受,我们候姓人家更有自家的世医,只得按照老规矩,就将老世医华先生请来了。

接待华先生由我爷爷和我老爸出面,先请华先生到大花厅品茶。我爷爷和华先生说了些无关紧要的话,华先生端起茶盅啜了一口茶,也算是一种暗语,示意可以说正事了。这时候我爷爷退去,我母亲进来,向华先生说起了醉月婶娘的病状。

"看看吧。"华先生答应着。立即,我老爸陪着华先生往南院走,走到醉月婶娘的住房,我老爸又退去,姚嬷嬷迎出来,我母亲先一步走进醉月婶娘的住房,再对华先生说了一声"请",如此,华先生才随着我母亲走到醉月婶娘的屋里来。

多麻烦!如今电视剧表演的可是比这简单多了,就是那些宫庭戏,尊贵的女子有了病,请来医生,医生一抬脚,就闯进了太太、小姐的闺房,径直就迈进了小姐的绣楼,一屁股坐下,伸手就去摸小姐的手腕,才摸了一会儿,立即大声喊道:"你有喜啦!"

就是"三不管"卖野药的游医,也不敢如此放肆,问也不问清楚人家是太太、还是小姐,上来一声"你怀孕啦!"瞧不打断你腿才怪。瞎编吧。

迎华先生走进房来,姚嬷嬷扶醉月婶娘坐起身子,更在醉月婶娘的背后垫了枕头,再在床上放一只木桌,华先生取出自己带来的小布枕,我母亲又请华先生坐到醉月婶娘的床边,这时候姚嬷嬷才从毯子下面扶出醉月婶娘的胳膊来。唉呀,那简直就是一根象牙,雪白雪白,白得连皮肤下面的青筋几乎都暴露了出来,自然是因为突然病了,胳膊上没有一点血色,看着也真是吓人了。

华先生微微地低着头、虚眯上眼睛,看也不看醉月婶娘一眼,把了一会儿脉,又让醉月婶娘伸出舌头,还翻了翻眼睛,足足有一个小时的时间,华先生才缓缓地站起身来,在我母亲的陪同下,从醉月婶娘的房里走了出来。

将醉月婶娘服侍得躺下,我母亲将姚嬷嬷唤出来,华先生向她问了一些话,沉吟了一会儿华先生才对我母亲说:"我看婶娘手足欠温、胸闷气短,应属气血两亏。再看她舌下血脉青紫,神态乏力,都是平日心气过旺,肝脾不和,清气下沉所致。你看她虚烦不寐,热潮盗汗,自然就头晕目旋,四肢无力。我看尊婶娘的脉息,也是左寸细缓,右寸无力,实在是心疾了。"

"唉,华先生说得极是了。"听着华先生的话,我母亲随着向华先生介绍醉月婶娘的情况说,"我家的二婶娘,才学过人,每天总是读书泼墨,从来也不知将养生息,日久天长,就积下了这样的病。"

"本来呢,气血两亏,应该用人参鹿茸进补的,可是她体弱气亏,一时还不能大补,就只好先以党参、生地、五味子、白芍、当归、热地六味药宣导。服下这服药后,精神自然就会稍稍好转,等养些时日,再用药进补。"

说着,姚嬷嬷摆好文房四宝,华先生铺好药方纸,这个一钱,那个五分整整写满了一张纸,这时候吴三爷爷过来说,我爷爷请华先生过大花厅品茗去呢。

　　…………

连着服了几天药,醉月婶娘的精神果然好了许多,这时候,又请华先生来开了新的药方,用人参、鹿茸补了些日子,醉月婶娘的脸色渐渐地红润起来,也吃些东西了。

看着醉月婶娘的身体渐渐地有了恢复,我母亲最是高兴。每天晚上我母亲都要到南院来,一是看醉月婶娘服药,二是也和醉月婶娘说说话,帮助她解解心间的烦闷。

我母亲和醉月婶娘说话,还是和她们平时说话一样,谁也听不明白她们说了些什么,谁也听不清楚她们说了些什么,都是好半天才说一句话,一点意思也没有。好在吴三爷爷每天都要给醉月婶娘送过来一大包的中药,每包药里各种各样不同的药又分别包在各自的小纸包里,每个小纸药包里还有一张小药签,上面画着药的形状,还有关于药性的说明。我母亲和醉月婶娘一旁说话,我就跪在椅子上看药签,虽然算不得其乐无穷,多少也还是件有趣的事。

一天晚上,醉月婶娘服过药睡着了,母亲走到姚嬷嬷房里来道辛苦,说起来这些日子可累了姚嬷嬷,醉月婶娘每天三次药,每次都得温好,还得照料醉月婶娘的吃饭饮水,更得时时照看着醉月婶娘的冷暖,不必姚嬷嬷自己说,我母亲就说这一连多少天姚嬷嬷没有睡过一夜的整觉。

我母亲到姚嬷嬷房里来道辛苦,姚嬷嬷受宠若惊,请我母亲坐到上座，还送过了茶。姚嬷嬷更是感激地向我母亲说："大少奶奶慈爱襟怀呀，我们婉儿一场病，多亏了大少奶奶关照，从请医生到服药大少奶奶都要亲自过问。婉儿养病，顾不上说这些话，我就代替婉儿谢谢大少奶奶了。"

"姚嬷嬷怎么说这些话呢，婉儿婶娘嫁到侯姓人家来，侯姓人家就已经欠着婉儿的情分了。"我母亲对姚嬷嬷说着。

"唉，"谁知，我母亲的话，引得姚嬷嬷想起了伤心事，叹息了一声，姚嬷嬷摇摇头说道，"大少奶奶宽厚，姚嬷嬷也就放肆了，侯姓人家是书香门第呀，可是荣之先生也太对不起我们婉儿了。"

"荣之的品德，在府里上上下下是有评判的，婉儿是明白人，也能够安于命运。天下能有几个如意郎君？姚嬷嬷看到了，就是茹之和我，不也是能够做到相敬如宾也就是了吗？"我母亲这里说的是她和我老爸的关系。我老爸也是大错不犯，小错不断，我母亲不和他一般见识，连我们都不拿他当回事，特"次！"

"说起来呢，婉儿更是出身名门，道理也是不必说得太多的。"姚嬷嬷慢条斯理地对我母亲说着。

"婉儿病好之后，姚嬷嬷还要多解劝婉儿几句，平时也是事情太多，想着想着应该过来和婉儿说说话了，一点什么事,又耽误过去了。不称心的事情呢,就自己把它忘掉,总聚在心里,自然就要坐下病。"我母亲知己地对姚嬷嬷嘱咐着说。

"道理是这样说,婉儿在家里也是任性惯了,婉儿心高呀,若不,怎么就积郁成病了呢?人哪,难着呢,看着自己的青春岁月就这样随水流去,谁又能甘心呢?解劝归解劝,心里的事情,谁又能知道呢?大少奶奶平时常说,人们要相亲相爱,人心里的那一点点情爱不是灭不掉吗?"

"年轻人的心事,这样想想那样想想,也只是一时的起伏罢了,我没有把那些事情看重,姐弟之间的情谊吧。"我母亲含沙射影,只是向姚嬷嬷暗示着她的感觉。

"大少奶奶放心,婉儿是个知书达理的孩子,应该做什么和不能做什么,她是有分寸的。在院里,我一时也不离开婉儿,婉儿有什么事情从来也不瞒我,她自幼就喜欢和个投脾气儿的人谈书论画,大少奶奶是婉儿头一个投脾气儿的人……"醉月婶娘视为第二个投脾气儿的人是谁呢?姚嬷嬷没有明说。

"姚嬷嬷善解人意,婉儿这里有姚嬷嬷做伴儿,我也就放心了。"我母亲感激地对姚嬷嬷说着。

"唉,做伴儿,也就是做伴儿罢了,自己聚在心间的病,还要自己化解。好在萱之先生已经南去,这院里没有好牵挂的事了，荣之先生多少日子不回家，听说荣之先生在外面有好几个住处了呢。我们婉儿说，乐不得他不回家，满世界全是他的住处才好呢。我们婉儿对大少奶奶极是敬重，只希望大少奶奶有时间多过来几趟，那样婉儿的心情就会好些了。"

姚嬷嬷是个精明人，她今天一席话，绝对不是随便说的，一定是她早想好，要选个时机，要选个场合，打消我母亲心间的猜疑。你看，第一，姚嬷嬷说了，醉月婶娘心中聚着郁闷；第二，姚嬷嬷时时守在醉月婶娘的身边，醉月婶娘的一行一动都在姚嬷嬷的监护之下，而且醉月婶娘知书守礼，知道应该做什么和不能够做什么，你瞧，滴水不漏，姚嬷嬷把想说的话，全说给我母亲听了。

又说了一些闲事，时间不早，我母亲就想回来了，恰这时外面传来吴三爷爷说话的声音，我母亲立即警觉起来，忙着走出姚嬷嬷的房子，到院里询问吴三爷爷有什么急事。

吴三爷爷自然不会在院里向我母亲说什么，只是说时间太迟了，这几道院间的院门也该关了，我母亲自然知道吴三爷爷为什么找到南院来，一定是有了什么要紧的事情等着我母亲回去处置。

这么晚了，能有什么要紧的事情等着我母亲去处置呢？也许是我老爸又喝醉酒，逢人就说对不起了？或者是九叔菽之想念他的六哥,不吃不喝闹着也要南去。我母亲琢磨着,匆匆就随吴三爷爷回到我们正院来了。

我母亲让吴三爷爷进到房里来,不等我母亲询问,吴三爷爷先就向我母亲禀报着说:"大少奶奶,老奴才……"

"吴三叔,免了那套章法吧,再别奴呀仆呀地分什么主子佣人的了,这府里,吴三叔多少年照应着,功劳苦劳地已经就是大大的功臣了。有什么话,您就说吧。"我母亲主张平等自由,她听不惯什么奴才,仆佣的称呼。

"话虽然是这样说,可是祖辈上传下来的规矩还是不能破了分寸,大少奶奶,老奴,不,我不说老奴了,就说是老吴头。晚上,老吴头看着应该关院门了,查查前院后院都平平安安,和每天一样,老吴头走到前院去关大门,老吴头才将门闩放好,一低头正看见从门缝间送进来了一封信。立即打开大门我到街上查看,整个一条府佑大街没有一个人影儿。关上院门,老吴头不知道是喜是忧,没敢惊动老太爷,就只好先请大少奶奶看看是封什么信了。"

从门缝间往院里放信,对于侯家大院来说,早就不是什么新鲜事了,我老爸和二土匪在外面的许多恶行,许多都是有人从门缝间送进信来举报的。有一次,嘿嘿,至今在侯家大院还传为美谈,一封信,只几个字:"侯老太爷,管管你的儿子吧,别让他在外面'现'了。"

当即,我爷爷就将我老爸唤来,质问他怎么"现"了。我老爸一看见我爷爷就全身打战,不必多问,如实交代,原来是一个时代歌女,"我就是约她一起跳了一场舞……"

"跳完舞呢?"我爷爷厉声地问着。

"跳完舞又一起喝了一杯咖啡。"我老爸吞吞吐吐地回答。

"喝完咖啡呢?"我爷爷还是向我老爸追问。

"从咖啡馆出来,一看表,已经是黎明两点了,回家吧,我怕惊扰了吴三叔睡觉……"

"你真是好孩子,不光是孝顺我,还孝顺你的吴三叔,不敢回家惊动吴三叔睡觉,你就睡在马路上了。"我爷爷挖苦地向我老爸说着。

"马路上怎么好睡觉呢?"我老爸极是尴尬地回答着我爷爷说。

"马路上不能睡觉,你就和那个舞女一起开旅馆去了,呸!"我爷爷狠狠地骂了我老爸一句,随后又向我老爸说着,"这次我不给你声张,你是有几个孩子的父亲了,下次再做这等下作事,我当着你儿子的面教训你。"

嘿,偏偏那天晚上我和小六儿一起玩捉迷藏,我藏在爷爷房子的窗下,听个正着。由此,我才立志自己今后一定要品德端正,万不要被人从门缝下面送信举报。只是青出于蓝，而胜于蓝，日后人们举报我，果然不从门缝间送信，而是将我的罪行写成大字报贴在临街的大门边儿上，看着特显眼儿。

接过吴三爷爷送过来的信，才打开信封，我母亲的手就打战了，看了几个字，我母亲紧张得捂住了胸口，直愣愣地呆站了好半天，这才向吴三爷爷问道："老太爷休息了没有？"

"刚才去南院迎大少奶奶的时候，我看见老太爷房里还亮着灯。"吴三爷爷回答着说。

"那吴三叔就先去老太爷房里知会一下，说我有要紧的事情要向老太爷禀报。"我母亲说着，拿着吴三爷爷交给她的那封信就往爷爷房里走，走着，还自言自语地说着："真是祸从天降呀。"

吴三爷爷答应着，随我母亲也走到了院里。吴三爷爷一面匆匆地往前院走，一面还回头对我母亲说："无论是什么要紧的事，到了老太爷的房里一定要慢慢地说，千万别惹老太爷着急生气。"

"知会过老太爷之后，还要辛苦吴三叔去南院将老九爷和老九奶奶一起请过来。"我母亲又向吴三爷爷吩咐着。

"哦。老吴头明白了。"

我爷爷听说我母亲要来禀报要紧的事，立即紧张起来，还没等我母亲走进门来坐定，就抢先向我母亲问道："该不是萱之路上出了什么事吧？"

没有回答我爷爷的问话，我母亲就将吴三爷爷刚才交给她的那封信放到爷爷桌上——说是一封信，其实只是一个小纸头，展开也只有一张包糖纸那样大。我爷爷一看，就有了一种预感，急急拿过那个小纸头，来不及戴他的老花镜，凑到灯下就去看信。我母亲看爷爷太紧张，就在一旁劝解地说着："爷爷千万不要着急，既然有信送到家里，就有一线希望，无论是什么事情，总能够想出办法来的。"

说话间，老九爷和老九奶奶匆匆地赶来了。我老爸才回家，连房都没回，听说我母亲正在我爷爷房里禀报什么急事，他怕事情与他有关联，也跑到爷爷房里来了。看见爷爷手里正拿着一个小纸头，我老爸忙着接过来，匆匆看了一眼，也是自言自语地说着："怎么只有六个字？青岛，红帽，萱之。"

"青岛，一定是船经过青岛的时候被日本军队截下了。"我爷爷猜测地说着。

"船是在公海上走的，日本人有什么权力截船？"我老爸愤愤地问着。

"嗐，他占了你的国土，杀了你的同胞，你和他还有什么道理好讲？"我爷爷对于国际法甚是了解，便向我老爸做深刻的理论阐述。

"唉，这可怎么办吧？"我老爸已经急得不知如何是好了，摇着头对屋里的人说，"红帽，就是红帽衙门，萱之一定被关在红帽衙门里了。"

"怎么就是红帽衙门？"我爷爷向我老爸问着。

"唉，别提了，红帽衙门就是日本的特高课，也就是日本最高的特务机关，有抓进去的，从来没有活着放出来的。"

"我的萱之儿子呀！"老九奶奶经不起事，才听了几句，立即就放声地大哭起来了。

"九婶娘别着急，大家这不正想办法呢吗？"我母亲忙着安抚老九奶奶。

"救人！"我爷爷当机立断，向满屋里的人说着，"无论他要多少钱，也要把孩子救出来，再不行，拿我这把老骨头去把萱之换回来。"

"父亲不要着急，我想既然萱之能够从里面传出信来，一定是日本军队从公海劫船之后，将人们送进红帽衙门，还没有来得及下手，所以几个人才买通里面的人，各人写了纸条，再买通什么人将信送回家中。我在日本公司做事，常听过日本红帽衙门的事，红帽衙门莫说是对中国人，就是对日本人，只要你反战，落在红帽衙门手里，就要被活活打死，听说他们几十个壮汉将人围在中间，踢过来踢过去，用不了多少时间,就将人踢死了。"

"我的萱之儿子呀!"老九奶奶又哭了起来,随之老九爷"扑通"一下也跪在地上,双手合十,连连地向着苍天祷告。我爷爷看他们办不成正经事,光瞎闹,更是急得不行,握紧的双拳关节咯咯地作响,紧锁着双眉,嘴唇都快咬出血来了。

我母亲忙扶爷爷坐下,更劝解地对爷爷说:"只要有一线的希望也要将萱之救出来。"

"我看,还是把荣之找来吧。"我老爸的意思是将萱之叔叔的哥哥二土匪找来一起商量。

"你还去找他?他是个败类!"第一次,我爷爷骂他的侄子。

"荣之不出面,这事谁去办呢?"我老爸为难地向我爷爷问着。

"我去!"我爷爷一拍桌子,义无反顾地向人们说着,"我去找红帽衙门要人,你们不是想从美孚油行买石油吗?我是美孚油行的中国总账,不放人,我就通知美孚油行中断和日本军方的一切合同。"

"红帽衙门是个杀人的地方,他根本不知道什么是合同。"我老爸看我爷爷也太天真,就对我爷爷解释着说。

"那你说怎么办?"我爷爷也是泄了气地向我老爸问着。

"红帽衙门只听日本军方的话。"我老爸回答我爷爷说着。

"你去找日本军方疏通关系。"我爷爷向我老爸命令着说。

"我？"我爷爷的话吓得我老爸一连向后退了好几步，半张着嘴巴，他向我爷爷反问着说。

"你回大阪公司，去找田村先生。"

"田村先生是日本人。"

"不是日本人能和日本军方说话吗？"我爷爷向我老爸说着，"我听说田村先生是个有良心的日本人，他对于你的辞职不是很表钦佩吗？你去对田村先生说，萱之本来是南下做生意去的，请他去向日本军方说个情……"

"日本军方，那是个无情无义的地方呀！"我老爸万分为难地对我爷爷说着。

"越是无情无义的地方，越是能够拿钱买通，你想，如果他们想杀害抗日青年，我听说问也不问，当即就推海里去了，既然他们将人送进红帽衙门，还不下毒手，那就是说他们还有别的打算……"

"也许他们是想敲诈？"我老爸疑惑地说着。

"对，他们就是要从这些人身上榨出钱来，如果多少日子过去，家里不来赎人，他们就要下毒手了。我想，大阪公司的田村先生也许良知未泯，求他出面向日本军方说情，日本军方现在不是正利用大阪公司的名义运军火吗，就让军方出面向红帽衙门要人，无论是多少钱，就是砸锅卖铁，就是把老宅卖了，也要把萱之救出来。"

"既然爸爸这样说了，你就去试试。"我母亲在一旁向我老爸说着，"至于用钱的事，我这就去筹措。时局动乱，家里一时没有现钱，我还有些首饰，全拿出去变卖了，留着那些东西有什么用？"

"可是，可是，我已经离开大阪公司了呀！"我老爸还是为难地说着。

"茹之，看在你老九叔和九婶娘的面上，你就走一趟吧。救出来，我们念你的恩德；救不出来，你也就尽到了心。茹之，你九叔和你九婶娘求你了。"说着，老九爷和老九奶奶两个人一齐向我老爸跪下了。

这一下可吓坏了我老爸和我母亲，他两个一起迎过去将老九爷和老九奶奶扶起来，我母亲还忙着安抚他老二位说："叔叔、婶娘放心，萱之就是我们的亲弟弟。"

"好了，茹之早早回去准备，明天一早就动身去塘沽；家里呢，立即筹措钱，茹之一有了消息立即送钱过去，唉，什么效忠天皇？不过是饱肥私囊。"

我爷爷明白，红帽衙门扣下这些人，说是抗日青年，没有证据,放出去回家吧,眼看着是块肥肉,于是关进监牢,还煞有介事地让他们写出信来,再分别送到各家,一番装模作样,目的非常明确:创收!

…………

回到房里来,我母亲正为我老爸明天去塘沽做种种的准备——先要准备好送给田村先生的礼品,这么晚了,去外面买是不可能了,日本人喜爱中国的古砚,找出一方名贵的古砚,明天让我老爸带着,也许能够打动田村先生的心。

我母亲聚精会神地操持着明天的事情,隐隐地就听见院里传来缓缓的脚步声,明明是有人来了,但脚步很慢,走一步还要停一会儿,用心再听,还能听出粗粗的呼吸声。这么晚了,谁还会到这边院里来呢?脚步声愈来愈近,而且还传来姚嬷嬷的说话声音:"这么晚了,外面风又野,婉儿可不要任性呀。"

唉呀,醉月婶娘来了。

立即,我母亲迎出房去,果然夜色中姚嬷嬷正搀着醉月婶娘缓缓地向我母亲房走过来了。我母亲快走了一步,将醉月婶娘扶住,更向醉月婶娘说道:"唉呀,都怪我少嘱咐九婶娘一句,千万不能惊动婉儿,怎么婉儿婶娘就赶来了呢,你放心就是,一切都做了安排,萱之一定会平安回来的。"

唉，怪就怪老九奶奶经不住事，从我爷爷房里回到南院，在院里，老九奶奶就号啕大哭了起来。老九奶奶的毛病是无论因为什么事，她都是一面哭一面数落，一句半句，将为什么事情伤心，什么事情惹得她忍无可忍，又是谁谁谁得罪了她，一五一十，她都要哭着述说清楚，直到哭得没了泪儿，她的故事才讲完。老九奶奶的哭，也是侯家大院里的一道景观了。

醉月婶娘是个何等精细的人儿呀，夜半三更吴三爷爷到南院去请老九爷和老九奶奶，醉月婶娘就觉得事情有点蹊跷，等了好长时间，不见老九爷和老九奶奶回去，醉月婶娘已经躺不下了，再三让姚嬷嬷扶她到我们这院里来。是姚嬷嬷再三的劝阻，才等得老九爷和老九奶奶回去、老九奶奶在院里放声痛哭。挣扎着从病床上爬起来，醉月婶娘对姚嬷嬷说："你不肯带我到大嫂房里去，我可是自己去了。"

没有办法，姚嬷嬷只好搀扶着醉月婶娘到我母亲这里来了。

扶着醉月婶娘走进屋来，桃儿姐姐忙着搀醉月婶娘坐下，又送过来热毛巾，送过热茶，醉月婶娘什么也顾不得说，握住我母亲的手，几乎是哭着向我母亲央求地说："大嫂，一定要救出萱之来呀！"哭着，醉月婶娘伏在我母亲的怀里几乎已经全身瘫痪了。

我母亲忙扶住醉月婶娘，好言好语地劝解着说："婉儿放心，萱之不会有危险的，老太爷已经想出了妥切的办法，茹之明天一早就动身去塘沽……"

　　"谢谢大哥、大嫂的安排，我是个没有用的人呀，别的事情尽不了力，我只有这点体己，大嫂让人拿出去换成钱，到时候好用去赎萱之出来。"

　　话没有说完，醉月婶娘从怀里取出一个首饰匣，哗啦一下，就将里面的首饰倒到床上了。哦呀，后来我母亲回忆说，简直就没法看清楚都是些什么首饰，就看见满屋里五彩缤纷，闪闪的光斑在眼前跳动，连我母亲都为之惊呆了。

　　"婉儿不必着急，首饰你先收起来，到了用的时候，我自然会去向你要，我已经清点出几件首饰，明天一早就让人带出去换成钱，但愿日本人还没到贪得无厌的地步，就是到了贪得无厌的地步，无论他要多少钱，我们也是在所不惜的。"我母亲要醉月婶娘收起她的首饰，只是醉月婶娘不肯依从，她还是固执地要将首饰交给我母亲，和我母亲争执着。

　　"唉！"我母亲感动了，我看见的，母亲的眼里涌出了泪珠。强按住心中的情感，母亲扶醉月婶娘到她的床上休息，抚着醉月婶娘已经凌乱的长发，母亲更是感叹万分地说着，

"人哪，可贵的不就是这点心意吗？能够有人许给你这点心意，一个人还有什么可求呢？"

醉月婶娘已经累得说不出话来了，休息了一会儿，姚嬷嬷说让大少奶奶准备明天的事情，婉儿也应该回去了。这时候我母亲拦住姚嬷嬷说："外面这么野的风，怎么还可以再回去呢？今天就是我做主了，婉儿留我房里休息，姚嬷嬷自己回去，也不必送被子过来，都用我的了。"说罢，我母亲就打发姚嬷嬷回去了。

这可真是革命了，弟媳睡在大伯的房里，还使用嫂嫂的被子，了得！诸君读过《红楼梦》罢，说说笑笑尽管说说笑笑，到了睡觉的时候，谁该睡到什么地方，那是绝对不能马虎的，大观园不是集体宿舍，侯家大院也不是兵营，好歹凑乎一夜，那是绝对不允许的。

…………

救出萱之叔叔的经过就不几赘述了，我老爸塘沽、青岛跑来跑去，不知道送了多少礼，更不知道用了多少钱，反正到最后终于有了消息，说是红帽衙门答应放人了。这时候我爷爷又派吴三爷爷和我老爸一起再去青岛，接出了萱之叔叔，这才算逢凶化吉，侯姓人家逃出了这场大祸。

我爷爷更嘱咐我老爸说，接萱之叔叔出来，不能直接返回天津，红帽衙门放人可能只是阴谋，他们放出人来，接了你的钱，然后再跟到天津，找个机会施展阴谋，萱之叔叔还是逃不脱这场大祸，一定要找个妥切的地方避些时间，看着外面确实没什么动静了，再做打算，就是再平静，萱之叔叔也不能回天津了。至于想什么办法，到时候再说吧。

可是送萱之叔叔到哪里去避风好呢？大家想了好多的主意，总是觉得不够妥切，最后醉月婶娘说就送到北京宁府去吧，宁老先生深居简出，和外面没有任何来往，更不被人注意；北京宁府是一套大四合院，安静、安全，绝对不会出意外的。

我老爸和吴三爷爷去青岛接萱之叔叔，临走之前，我爷爷还嘱咐说，将萱之叔叔送到北京，千万别告诉宁老先生萱之是才从青岛红帽衙门救出来的，就说是萱之叔叔身体不好，想来北京将养身体，还希望宁老先生不要走漏风声，免得南开大学的同学们知道了，还要赶到北京来，又是一起读书写作呀什么的，怕累坏了身体。

一一地答应着，我老爸和吴三爷爷就去青岛将萱之叔叔救出来了，一路北上，送到北京宁老先生府上。宁老先生表示非常欢迎，还再三对我老爸说，你弟弟送到这儿来，我一定帮助他尽快恢复健康，早早地担负起青年人的重责。

送萱之叔叔到了北京，我老爸和吴三爷爷没敢久留，当天下午就赶回天津来了,据我老爸向我爷爷禀报说,萱之叔叔情况还好,身上没有伤痕,据萱之叔叔说,在红帽衙门也没有受任何虐待,日本人扣下这些人,就是要敲诈钱财的,日本人劫船,上了他们黑名单的,在船上发现,当时就被推到海里去了,萱之叔叔不在搜捕的名单之内,终于逃出了虎口,保住了一条性命。

　　…………

6

醉月婶娘和六叔萱之的故事如果写到这里结束，也就可以落个大团圆的结局了。可是侯家大院里的故事也有两个"凡是"：一个凡是，凡是侯家大院里发生的事情，全都是悲剧的结局；第二个凡是，凡是侯家大院里发生的悲剧，一定还得是好人蒙难，坏人得逞，就是到了我这个小哥身上，侯家大院树倒猢狲散的时候才十几岁，不悲剧了吧？结果还是一场风波株连到我，出了侯家大院就被送到农场去了，比侯家大院所有的悲剧更悲剧。

六叔萱之去北京避风，怕给宁老先生添麻烦，我爷爷更让姚嬷嬷去北京照料六叔萱之。姚嬷嬷去北京之后，我母亲立即就将桃儿姐姐派到醉月婶娘房里去照料醉月婶娘养病。真是奇迹了，救出六叔萱之，又将六叔萱之送到北京宁府去避风，醉月婶娘在天津养病，没多少时间病情转轻，一天天地明显好起来了。

看着醉月婶娘身体康复，一家人都喜得不行，有人说是华先生的医术高明,几服药服下,醉月婶娘一天比一天的精神好,如今已经可以下地在院里走动了。也有人说病原来就是一口气儿,精神好了,不必用药,病就除了,醉月婶娘一心只惦着六叔萱之的平安,六叔萱之离家,醉月婶娘怕路上出事,没几天就病了;六叔萱之落难青岛红帽衙门,醉月婶娘病得几乎没了希望;如今六叔萱之平安在北京休养,醉月婶娘心里高兴,病自然就没了。

醉月婶娘身体康复后吵着闹着的第一件事,就是要去北京。醉月婶娘说,她已经好几年没有回北京向父亲问安了,如今身体也好了,再不回去父亲就要问罪了。我爷爷自然也惦着六叔萱之的情况,就和我母亲商量,选个风和日丽的日子,让我母亲和醉月婶娘一起去北京看看。

一听说我爷爷答应醉月婶娘和我母亲一起去北京,醉月婶娘高兴得像个孩子似的,每天拉着我问:"你六叔平日最爱吃什么?"

"鸡爪子。"每次几个小叔叔一起喝酒,我都只看见六叔萱之嘴里叼着个鸡爪子嚼得有滋有味儿。

醉月婶娘笑了笑,再没有向我询问。

到了母亲带着我陪醉月婶娘去北京那一天,醉月婶娘显得比我还高兴,早早地她就到我们房里来了,倒没有打扮得多么入时,穿得也极朴素,醉月婶娘又恢复得和平日一样了,清丽大方,看着像是一泓清水,脸上泛着红润,强压抑着嘴角的微笑,显得更是可亲了。

我当然是最高兴的一个了,又去北京,又能够见到六叔萱之,醉月婶娘还答应带我去看原来皇帝住的地方,好,公费旅游,也算是沾了点国难的便宜。

那时候火车真慢,从天津到北京火车整整跑了一个大整天,再坐上胶皮车,来到宁府,天时已经快黑了。听说我们要来,姚嬷嬷早早地就在门外等候。看见我们的车子过来,姚嬷嬷立即就迎上来,挽住她的婉儿,拉着她就往院里走。

"六弟,六弟!"醉月婶娘到了自己家里,不顾一切,她放声地向院里唤着。姚嬷嬷似是为了什么原因,一面回头向我母亲望着,一面拉着醉月婶娘匆匆地往后院走,还对醉月婶娘说,天时已经不早了,先休息,有什么事情明天再说。

醉月婶娘怎么会听姚嬷嬷的话呢?她放下我和母亲不顾,只是一个人前面后面地跑着,更是不顾一切地唤着:"萱之,萱之。嫂嫂看你来了。"

跑进前院,醉月婶娘逢屋便进,推开房门一看,里面黑漆漆,没有人影儿,门也不关,又往下一间房跑去;再推开一间房门,里面还是黑漆漆,醉月婶娘唤了一声"萱之!"没有人回答,她又跑出来,更往后面跑去。一面跑着,醉月婶娘还一面喊着:"萱之,你好坏,知道我来就故意藏起来,就是藏到地缝里，我也要把你挖出来。"跑着，说着，醉月婶娘已经累得气喘吁吁了。

"婉儿！"醉月婶娘经过一间房子的时候，房里传来宁老先生的呼唤声。醉月婶娘全不听她老爸唤她的声音，还是"六弟六弟"地唤着，满院里跑着寻找。

宁府是一套四合院，东西南北厢房都找遍了，还是没有看见六叔萱之的身影，这时天已经黑了下来。醉月婶娘一想，一准是她老爸使的坏，一转身跑进宁老先生的房里，一把就拉住了她老爸的衣衫。

"爸，你将萱之藏到哪儿去了？"

也是人家知识分子父女间的平等意识，醉月婶娘和她老爸闹惯了，宁老先生被女儿拉住衣衫也不着急，反而看着女儿似是怪好玩赛的，半真半假地对女儿反问说："你家的六弟，干嘛来向我要？"

"爸。"醉月婶娘向她老爸撒娇了。"人家就是看六弟来的嘛。"

"我没有见到你家六弟呀。"宁老先生还是和他的女儿开玩笑，摊开一双手耍赖。

"爸，你若是再不把六弟交出来，我就和你恼了。"醉月婶娘跺着脚地向她老爸说着。

"哈哈哈哈。"宁老先生终于笑了。

笑过之后，宁老先生对我母亲说："萱之果然是有为青年，侯府培养出来的孩子，果然真才子也。"说着，宁老先生还跷起大姆指表示对萱之叔叔的赞许。

　　"府上的大哥送萱之到北京来休养，还嘱咐我说不要让他和外面接触，难道我真就糊涂到那等地步了吗？萱之住下之后，我就转弯抹角地对萱之说，国难当头，怎么还养什么病？我看你精神不振，不思饮食，我知道你的病在什么地方，你必是报国无门，而且天津又风声太紧，才到北京避风来了。好，别把老朽我看作是行将就木的人了，这年月越是老朽才越有救国之心呢，莫看我深居简出，青年人出入我这里才最不被人注意。有什么想法，你尽管对我说，南边的，西边的，都有我的学生，说不定我还能为你找一条出路呢。"

　　"爸！"醉月婶娘听着她老爸说得走了题，万分紧张地向她老爸唤了一声。

　　"哈哈哈哈，"宁老先生又放声地笑了，"没过多少日子，我就给他拉上了关系，他们几个人从我这里搭伴一起走了，走到光明的地方去了。"说罢，宁老先生站起身来，一挥手，表示自己立下大功劳了。

　　"爸！"醉月婶娘一声呼唤，咚地一下，她又晕倒在姚嬷嬷的怀里了。

　　"唉！"扶着醉月婶娘，姚嬷嬷感叹地向我母亲说着，"这事情可是让我做难了。"

…………

立即返回天津，向我爷爷禀报六叔萱之出走的消息，我们没有在北京逗留，第二天一早就乘火车离开北京了。那时候北京火车站在前门外，破破烂烂的，和我们天津的法国菜市差不多，没有什么地方好看，万分扫兴，这趟北京算白跑了。

听说六叔萱之终于到了平安的地方，我爷爷倒也松了一口气——铁血青年志在抗日救国，强留他在家里，日本帝国主义铁蹄之下，说不定日后还会引来大祸。唯一令我爷爷担心的事是，六叔萱之的出走，一定会对我的九叔菽之发生影响，一定要安抚他好好读书，这项重任就落到我母亲的肩上了。

九叔菽之知道自己还不到匹夫有责的年龄，虽然感情上离不开他的六哥，但是得知六哥已经成了一位抗日救国的英雄，九叔菽之倒也甚感自豪。九叔菽之对我母亲说，他一定要好好读书，等六叔萱之完成救国大业，到那时建设中华的重任就该落到他的肩上了。你瞧，无论哪个历史时期，我们侯姓人家都有出类拔萃的人物，后来1957年按照百分之五的比例选反面教员，光我们侯姓人家就出了好几个，还挺有名的呢。

母亲光顾了安抚九叔菽之，竟然忘了醉月婶娘。一天晚上姚嬷嬷匆匆跑到正院来，还没进我母亲的住房，隔着窗子，姚嬷嬷就向我母亲说道："大少奶奶快过来看看吧，我们婉儿像是又犯病了。"

随着姚嬷嬷来到南院，就听到微微的呻吟声，醉月婶娘突发重病，已经跌倒在她的房里，话也说不出了。

我母亲当机立断，吩咐赶来救治的人们说，谁也不要动醉月婶娘，她可能是心脏病。

扶着醉月婶娘半坐在她的床上，舒缓了好长时间，醉月婶娘终于睁开眼睛了，脸上也渐渐地有了一点血色，呼吸也平衡了。老九奶奶还要去请华先生，我母亲说，醉月婶娘这次的病不是华先生所能诊治的，要去德租界请那里的一位彼尔医生，那是一位心脏病专家。

匆匆忙忙吴三爷爷派下人去，没有多少时间就将彼尔医生请到家来了。彼尔医生让众人退出，给醉月婶娘做了仔细的检查，最后诊断是急性心脏病发作，已经发作过去了，一定要安心休息，不可大喜大悲，心理更不能有一点压力，心情一定要平静，倘再发作，就有生命危险了。而且彼尔医生还吩咐说，这种病每时每刻都有发作的可能，每时每刻都得有人照料。

这一下情况严重了。

别的事情好说,彼尔医生的出诊费用高,用的西药也没有准价,别管人家在德国卖的什么价吧,用到中国人身上,那就是救命的价钱了。最后到醉月婶娘离开人世之后,我母亲粗略地拢了一下醉月婶娘治病的费用,少说,也要十两黄金了。

钱的事好说,虽然为救六叔萱之家里的钱几乎都用光了,我母亲的首饰匣子卖光了,醉月婶娘的首饰匣子也卖光了,六叔萱之总算救出来了,钱也就算用的是地方了,存钱,不就是为了救急吗?估计着没有急事了,那就挣一文花一文,留着钱不花,那就是傻蛋了。

光留姚嬷嬷在醉月婶娘房里,我母亲自然不会放心,可是正院里还有那么多的事情,我母亲时时陪在醉月婶娘身边也不可能,最后我母亲想了一个办法,将桃儿姐姐放到醉月婶娘房里,和姚嬷嬷作伴儿,两个人照料醉月婶娘,再有了什么情况,姚嬷嬷在房里照看病人,桃儿姐姐去唤我母亲,也不至于耽误事。

在南院照料醉月婶娘半个多月,桃儿姐姐回来对我母亲说。醉月婶娘就是希望我母亲多陪她些时间,桃儿姐姐对我母亲说,虽说婶娘的病情稳定了些,可是她的精神已经一天不济一天了,每天一句话也不说,光一个人躺在床上落泪。看着精神稍稍好些了,无论你给她做什么可口的饭菜,她还是不肯吃。醉月婶娘最听母亲的劝告,还是请母亲多到醉月婶娘房里去坐坐,和醉月婶娘说些知心话,心情好些,也许恢复得也就快些了。

其实我母亲每天都要到醉月婶娘房里去问病,母亲怕醉月婶娘说话太累,拉个理由就离开南院回到我们这边来了,听说醉月婶娘不肯吃饭,还光暗自落泪,我母亲觉得情况严重,就只好到南院来陪醉月婶娘多坐些时间了。

有我母亲坐在病床旁边,醉月婶娘的精神果然好多了。我母亲先是对醉月婶娘说,你不肯吃饭,我就回去,醉月婶娘听我母亲的劝告,就是咽不下去,也勉强自己吃几口东西,再加上我们的桃儿姐姐会烧菜,每餐饭都变着样儿地精心烹调,再有我母亲坐在床边,醉月婶娘心情果然开朗多了。

坐在醉月婶娘的病床旁边,我母亲也是东拉西扯地找话说。说什么呢?外面的事情不能说,醉月婶娘也是个女中豪杰,更不是一个甘心做亡国奴的人,对她说日本帝国主义已经过了长江,占了亚洲许多国家,她一时铁血沸腾,也要奔赴抗日前线,那就更不好劝说了。

也许是醉月婶娘有了什么预感,拉着我母亲的手,没完没了地说她自己的心事。断断续续,也说不了多少时间,说一会儿还要休息一会儿;说到伤心事,我母亲还要把话题岔开,哄着她想些快乐的事。就是这样,多少天的时间,醉月婶娘还是把她心里的话全盘说给我母亲了。

"大嫂知道,在家里,我是个娇生惯养的女孩儿,父亲是个学人,我又自幼丧母,父亲就一切依着我,把我宠成了一个任性、狂傲的女孩。父亲怕我嫁到官宦人家受不了那些约束,就一定要把我嫁到平民人家,再选个新学人家,好和在家里时一样能够享受平等自由人生。唉,人的命运呀,谁想到侯姓人家也出了个侯荣之这样不上进的人呢?大嫂知道,成婚的第一天,他就住到外面去了,多少日子过去,他回到家来,酩酊大醉,满嘴的脏话粗话,立时我就知道我这辈子是没有快乐可言了。大嫂不要以为是我因为多识些字,多读些书,就看不起自己的丈夫,事情和大嫂想的相反,不是我看不起侯荣之,倒是侯荣之看不起我。世人没有知识不可怕,可怕的是一些不肯上进的人,看着别人读书,求知,心中生起仇恨。侯荣之回到家来,看见我正在读书,立时他就摔东西,骂粗话,再看见我将新作的画挂在中堂,他更是忍无可忍,跳上桌子,一把就将我的画扯下来,三把两把撕得粉粉碎。为什么他对我仇恨呢,我没有干涉他在外面的荒唐作为,我也没有强迫他和我一起读书求知,你我互不相干行不行呢?我宽容他,他不宽容我。他看见我,心理就产生一种压力,自卑感变成嫉妒,嫉妒变成仇恨,我已经成了他的眼中钉了。我不答理他，由他骂，由他恨，我们各行其是好了。还是我想得太天真，你越是不理他，他心中对你的仇恨越是烧成火焰，莫说是看见我，就是一想起我，他就想将我置于死地。时时刻刻，他以为我蔑视他，厌恶他。对于这种人，你就是向他三拜九叩，山呼万岁，他也说你是表面上百依百顺，暗地里给他泡毒酒。

"大嫂知道，侯荣之也带我出去交际，带我参加宴会，还有时单独带我出去进大饭店，进大酒楼。我自然能够洞察他的心境，他是想以我抬高他自己的身价，壮他的门面，这时候他感到自己精神强大，他要让他的朋友看见，这样一个容貌清丽、雍容大方的女子原来是他的女人。也好，只要你高兴，我可以顺水推舟地为你做一时的表演，你不就是要我做你的花瓶吗？将我当作是你的私有财产。才女有什么好值钱的？还不就是糟糠、贱内。好，虽说我是一个向往自由平等的女子，可我也知道三从四德，满足他的小人心肠。但，你顺从他，他还是不高兴。他要我参与交际，要我去陪那些商人闲坐，他们一起谈股票，谈金融，谈石油，谈棉纱，我又能说什么呢？而且，他还要我陪那些太太、小姐们打牌，他告诉我，我的下家是一位党国要人的姨太太，要我可着钱地输，下家等什么牌，我就喂他什么牌。可是我怎么知道她等的是张什么牌呢，我连自己的牌都看不过来，怎么再去揣摸下家的牌呢？回到家里,他骂我是笨蛋,还放言三天之内学不会打麻将牌就让我滚蛋。我不答理他, 你不就是过一会儿就走了吗,到那时我就安静了。

"当然,生意场中也不是一帆风顺,他于赌场赢钱、生意顺手的时候,也一时高兴看我是一道风景,可是一旦他在赌场输了钱,或是生意不顺,偶尔回到家来,他就越是对我仇恨。这也不足为怪,生意上越是证明他是一个笨蛋,他越是对我恨得咬牙切齿——所有的低能儿都仇恨比他强大的人,真是既生瑜儿何生亮,既生了低能儿,何以还要生才子呢？大嫂相信,这种仇恨是永远不会消除的。

"不怕大嫂多想,南院里还有一个萱之弟弟,他从外面给我带来许多新书,就像是把外面的阳光给我带了回来。六弟才学过人,又是思想维新,能和六弟生活在南院里,我又感到了难得的温暖。我们不是说过'人生得一知己,足矣'了吗,为什么六弟萱之就不能是我的知己呢？一起读书,一起切磋诗艺,抨击时弊,指点江山,我们一起盼望中华复兴,我们更一起希望国富民强。六弟写了激昂文章,拿给我看,我给他做文字饰润;我写了新体诗,六弟指出我的不足。又是在南院,日月又给了我快乐和希望。每天六弟去学校,我在家里等他回来。到了黄昏,一听见外面传来脚步声,我心里怦怦地就跳动起来,再看见六弟从我窗外走过,心间的黑暗立即就被驱散,一道阳光照进我的心间,我相信那时候我一定是脸上燃着红红的云霞。我不敢照镜子,但我已经感觉到我真地就是一位仙子了。

"晚上,这南院里静得让人窒息:公公进佛堂做佛事,婆婆更早早地就睡下了;侯荣之几个月不见踪影,就是偶尔回来,进也不进我的房,从院外走过,扬着头,望也不向我房里望一眼,我知道,他一想到我的存在,心里就压上一块重石,匆匆地从院里跑出去,他才又恢复了混世魔王的感觉。院里没有人走动,六弟在他的房里读书,隔着空空的庭院,看着六弟窗里的灯光,我才感觉自己是一个活人,那灯光使我感到充实,更给我温暖,每天我都要在六弟窗里的灯光熄灭之后才肯入睡,睡梦中我回到自己北京的旧居,更朦朦胧胧地似坐在我家院中的老槐树下和我最好最好的朋友一起读书。我也不知道这个坐在我身边的人是谁,更看不清他的容貌,我就是感觉他和我很近很近,近得让人不舍得离开。

"大嫂善解人意,我也是一个不会久在人世的人了,我只是想请大嫂记住,这侯家大院里曾经有过一个人真心地爱过这个世界,这个世界多么美好呀,充满了光明,充满了幸福,充满了快乐,就是我们得不到这些幸福快乐,能够感觉到这些幸福快乐,也是没有枉活了一生,一旦到我们离开这个世界的时候,我们可以骄傲地对人们说,我曾经爱过,真诚地爱过。

"大嫂放心，我没有做下过逾越雷池一寸一分的错事，如果那样，此时此际我就只有悔恨，也就只有内疚了。我悔恨，是我没有权利得到我美满的人生，我没有实现我自己的梦想，说是枉生了一生一世，但我还是知道了我是为何才生下来，更是为何才承受苦痛；更知道哪里有我的幸福，哪里有我生活的光明。就是死了，我也是明明白白死了的，没有糊里糊涂地活过了自己的一生。将来六弟回来，只求大嫂告诉他，他的婉儿嫂嫂一生最大的快乐就是看着他得到自己的幸福；我只求大嫂告诉六弟，婉儿去了，婉儿无论是在天堂、还是在地狱，婉儿心里只有六弟一人。爱一个人，何必就一定要是夫妻？难道世上就没有超脱于饮食男女之上的情爱？不是有人说过吗，越是得不到的情爱，才越是刻骨铭心的情爱，能够刻骨铭心不已经就是最最可贵的情爱了吗？

"大嫂，我此生无悔无恨，我活过，我爱过，我没有得到光明，但我知道哪里有光明；我没有享受过情爱，但我贡献了自己的情爱。大嫂，我幸福，我感谢上苍，我感谢造物，他们给了我我想得到的一切，我疼爱的六弟，敬重我的六弟有了光明的人生，他将回来享受自己的人生，他的人生里有我的幸福。

"…………"

回忆到这里,我都已经热泪盈眶了,但醉月婶娘在向我母亲述说这些话的时候,眼里没有一丝泪痕。醉月婶娘说得那样平静,像是说别人的事情;醉月婶娘说得那样安详,似是在说一出人间的戏剧。那时候虽然我还小,但醉月婶娘在我的心里成了一位伟人,一个伟大的女性,一个美丽的仙子。

　　一连说了好多好多天呀,好几次,姚嬷嬷听得背过脸去偷偷地拭眼角;更有好几次,桃儿姐姐听着听着,一捂脸匆匆地跑了出去,只有我母亲静静地坐着握着醉月婶娘冰凉冰凉的手,一句一句地听着醉月婶娘的述说。

　　一天晚上,醉月婶娘说她觉得身子爽了些,就要求我母亲允许她去六叔萱之住的西厢房看看。六叔萱之原来住的房子已经空了好长好长时间了,也没有人去收拾,屋里原样放着六叔萱之的被褥,原样放着六叔萱之读过的书和穿过的衣服。我母亲摸摸醉月婶娘的脉,倒也没说什么,只是嘱咐醉月婶娘到了六叔萱之原来住的房间,绝对不可触景伤情,只是安安静静地看看,看一会儿就回来好好休息。

　　醉月婶娘当然答应得蛮好,还对我母亲说,好不容易将养得有了一点力气,绝对不会再伤了精神,六叔萱之已经找到了光明,她只会为六叔萱之感到高兴,好好活着,一定要看到六叔萱之回来。

姚嬷嬷和桃儿姐姐搀扶着醉月婶娘来到六叔萱之原来住的房间，房里好暗好暗，一股潮湿的味道迎面向你扑来。醉月婶娘走到房里，在原来六叔萱之坐的椅子上坐下，摸摸六叔萱之读过的书，拾起六叔萱之原来用过的毛笔，大家紧紧地看着她，唯恐她动了感情，心脏病发作，真就有了危险。

　　确确实实，醉月婶娘没有辜负我母亲对她的嘱托，无论在六叔萱之房里看见什么也都淡然对待，没有表现出大悲大喜，就像我们后来参观名人旧居赛的，无论是什么大人物曾经在这里住过吧，如今人去楼空，只留下纪念罢了。看着看着，过了不少的时间，连醉月婶娘都说应该回房去了，也不知怎么一下，醉月婶娘从六叔萱之书桌的抽屉里找到一册笔记本——是那种非常名贵的笔记本，厚厚的道林纸，很硬很硬的封皮，在文具店里我看见过，我要哥哥给我买，哥哥向我骂过"小毛豆芽子，买那样的笔记本做什么？那是普希金写诗用的。"我知道谁是普希金呀，反正就知道那不是给小孩使用的就是了。

　　大家也没注意到醉月婶娘从六叔萱之的抽屉里发现了一册笔记本，只是等醉月婶娘打开这册笔记本，读着读着，她的手剧烈地抖动起来了，一面读着这册笔记本上六叔萱之写下的文字，醉月婶娘一面自言自语地说着："我怎么不知道他还有这样的一个笔记本。"

打开那册精致的笔记本，醉月婶娘专心地读着六叔萱之写在笔记本上的文字，一行一行，都是短短的句子，显然是一首一首的新体诗。醉月婶娘读着，情绪变得激动，她的脸颊变得越来越红润，泪光已经在眼里闪烁。越是读着，醉月婶娘越是激动，捧着笔记册的双手已经开始抖颤了。

我母亲发现情况在些反常，过去就要从醉月婶娘手里拿回这册笔记本，醉月婶娘一躲，万般严肃地对我母亲说道："这是六弟写给我的诗篇，大嫂怎么可以要去看呢？"

唉，醉月婶娘对我母亲不客气了，她面色严厉，抱紧这册笔记本，活像是怕被狼叼走，再也不肯松开手了。

我母亲当然不会和醉月婶娘争执，但就是与此同时，醉月婶娘的心脏病发作了，微微地一阵颤抖，立即呼吸就急促了，脸色变得紫红紫红，身子也歪倒下来了。幸亏姚嬷嬷就在身边，扶着醉月婶娘倒在了六叔萱之原来睡的床上，转回过身子，姚嬷嬷就要往外面跑。

"你去做什么？"我母亲也是万分着急地向姚嬷嬷问着。

"回房去取被子。"姚嬷嬷回答着说。

"唉呀，这时候了，怎么还回去取被子呢？拿过萱之的被子，给婉儿搭上，就说是我让这样做的，什么叔叔、嫂嫂，人伦纲常，原来不都是要人活得幸福吗？"

有了我母亲的话，姚嬷嬷才敢将六叔萱之原来的被子取下来,给醉月婶娘搭在身上。

搭着六叔萱之的被子,醉月婶娘安详地缓过来了。

…………

"哗"地一声,房门从外面被人踢开了。

"婉儿,你的首饰哪里去了?"

随着门被踢开的剧烈声响,从门外闯进来了侯荣之,他眼睛也不抬,也没有看见醉月婶娘在什么地方,向着满房里的人,放声大喊,明明他为什么事情又要发疯了。

看见二土匪突然闯进房来,我母亲立即迎了过去,和颜悦色地向二土匪说着:"二弟回家来了。"

二土匪一点儿礼貌也不懂,他明明听见我母亲对他说话,连声"大嫂"也不唤,恶凶凶地就走到原来六叔萱之的床前,向着躺在床上的醉月婶娘厉声地问道:"你的首饰哪里去了?"

"荣之,你要做什么?"我母亲过来,站到醉月婶娘的床边,把二土匪隔开,不让他直接对醉月婶娘说话。

"大嫂,你别管我们两口子的事。"二土匪又向床前靠近了一步,还是向醉月婶娘问着,"我到房里去了,取出首饰匣一看,里面什么也没有了,你说,你的首饰哪里去了,别以为那是你从娘家带来的,里面也有我给你买的。我不向你要,我只是向你借,我现在急用一笔巨款,是什么生意,告诉你,你也不懂,只要我买下这船石油,一倒手就是百八十万,到那时我加倍地还你。我知道,这些年你防着我,将值钱的东西东藏西放。一日夫妻百日恩,只要这笔生意做成,我把外面的那个娘们儿赶走,回家和你好好过日子。听见了没有?你可是说话呀!"

听见二土匪的吼叫,醉月婶娘强支撑着睁开了眼睛,撩开眼皮,向二土匪望了望,显然是不想和他争辩,又轻轻地合上了眼睛。

"二先生。"守在醉月婶娘床边的姚嬷嬷向二土匪唤了一声,随之又向他说道,"看在大少奶奶的面上,二先生就少说一句吧,婉儿刚刚犯过病。"

"她有病?"二土匪更是不依不饶地喊叫着,"她一看见我回来就犯病,只要我一走出院门,立即她就来了精神,再看见萱之,她更是谈笑风生,活得欢实着呢。我知道你瞧不起我,我没有你读的书多,我不会画,不会写,不会吟诗,不会卖骚。你什么都会,还嫁到侯姓人家来做什么?嫁到侯姓人家来,你就是我的女人,你就得听我的,嫁鸡随鸡,嫁狗随狗,你嫁给我了,你就是我娘们儿。不爱听了,是不是?老老实实地将首饰拿出来,不拿出来,我去告你拐骗。"

"荣之,你就少说一句吧。"我母亲实在听不下去,就想打断二土匪的话。

"大嫂,您是一家之主,您瞧瞧我这儿还像是一个家吗?她藏着我的珠宝钻石,我做生意急着用钱,她倒在床上装病,我回家来她不理我,我前脚走出家门,她后脚走到小叔的房来卖她的子曰诗云。别拿我当傻瓜,我懂,你早把首饰交给萱之,让他去大后方做生意,盘算着将来发财两个人平分。"二土匪吼得更凶,他已经逼近到醉月婶娘的床前来了。

醉月婶娘忍无可忍,努力挣扎着要坐起来,姚嬷嬷迎上前去,扶着她半坐起身来,更为她拭去额上的汗珠。

"你,你你……"醉月婶娘抬手指着二土匪,嘴唇哆嗦着,气得说不出话来。

"把首饰交出来。"二土匪直愣愣地向醉月婶娘伸出手来,眼睛里燃烧起了不可遏制的怒火。

"你你你……"醉月婶娘一阵心疼,立即脑袋就歪到姚嬷嬷的怀里了。

"荣之!"我母亲看醉月婶娘可怜,平生第一次,她发怒喊了起来。

"大嫂,你看见了,她变卖了我的首饰,把钱交给萱之,她心里怎样的打算,也就不必我再明说了。你们看,她有病不在自己的房里休养,日日住在萱之的房里,睡在萱之的床上,搭着萱之的被子,你,你你……"二土匪向我母亲看了一眼,明明他是想骂粗话,但在我母亲面前,他不敢犯混。

"大嫂做主。"终于,醉月婶娘喊出了一句话,呜咽着哭出了声音。

"好,咱们有话好说,你把首饰交给我,咱们不计前嫌。萱之已经走了,你和他的事,我也不声张,做成了这笔生意,我给你治病,咱两人和好如初,白头偕老。别耽误时间,你说首饰放在哪儿了?"

"大嫂!"可怜的醉月婶娘没有办法,只好向我母亲求助。

我母亲才要再劝说二土匪早早离开这间房,不料二土匪恼羞成怒,从桌上抓起一只杯子,举过头顶,更向醉月婶娘威胁地喊道:"你交出来还是不交出来?"

说着,醉月婶娘没有答理他,"嗖"地一声,二土匪手里的杯子,已经飞起来了。

"荣之,你放肆!"我母亲向着二土匪一声怒喊,想制止二土匪的疯狂。

只是二土匪已经按捺不住怒火了,向前一步,他要把醉月婶娘从床上拉下来。

"放手!"我母亲一手抓住了二土匪的胳膊,回身向桃儿姐姐喊道,"桃儿,去爷爷的书房将家法取来,我活活打死这个孽障!"

我母亲命令桃儿姐姐去爷爷书房取的家法,就是我们侯家大院从祖辈上传下来的一只硬木厚尺,这块硬木尺,一尺长,二寸厚,花梨木质足足有二斤的重量。侯姓人家子弟谁做了应该受惩罚的坏事,不敢惊动我爷爷,怕我爷爷生气,我母亲长门长媳,有权利使用家法管教弟弟、子侄。我母亲虽然慈祥善良,可是为了维护侯姓人家的声誉,也没少用这只家法"修理"她的孽障子侄。而且侯姓人家的规矩,使用家法,无论是给谁"拿龙",被处罚的孽障不许躲闪,不许争辩,打一下,还要喊一声"孩儿有罪"——专政嘛,就得有点专政的气势。

二土匪一听我母亲吩咐桃儿姐姐回我爷爷书房去取家法,一转身,"刺溜"一阵风,就跑得没影儿了,远远地从大门外,还传来他的吼叫声:"我饶不了你!"

看着二土匪跑了,我母亲才息怒,立即回过身来想去安慰醉月婶娘。也是母亲刚刚和二土匪生过气,没有注意到床上醉月婶娘似是有了点变化,她一声不出,刚才对二土匪的愤怒也消去了,平静得似是睡着了;再看姚嬷嬷,她似是愣了一会儿,随之便将醉月婶娘安详地放倒在床上,还给醉月婶娘盖好了被子,退开一步,呆呆地站到醉月婶娘的床边,向我母亲看了看,竟然眼泪涌了出来。

"婉儿,你怎么了?"我母亲预感到醉月婶娘似是有了什么不好,向前走了一步,想看看醉月婶娘为什么一点声音也不出,就那样安详地睡着了。还没容我母亲走到床边,姚嬷嬷立即将我母亲拦住,扶着我母亲坐在了椅子上。

"婉儿睡着了?"我母亲还是向姚嬷嬷问着。

"大少奶奶可是千万不要着急,人哪,生有日,死有时,福寿由天定。"

腾地一下,我母亲站了起来,向着姚嬷嬷急急地问道:"你说什么?"

咕咚一下,姚嬷嬷向着床上的醉月婶娘跪了下来,一连磕了三个头,然后才回过头来向我母亲说:"谢谢大少奶奶这些年对婉儿的关照,婉儿没有福气再享大少奶奶的慈爱,大少奶奶保重,婉儿殁了。"

说罢,姚嬷嬷放声痛哭。

醉月婶娘殁了,就是我母亲在二土匪面前保护醉月婶娘的时候,突然心脏病发作,醉月婶娘停止了呼吸。姚嬷嬷看我母亲正在生气,立即将醉月婶娘放平在床上,这时候醉月婶娘的心脏早停止了跳动,醉月婶娘已经离开我们,走进她终生寻找的光明世界去了。

"我看了时间的,"桃儿姐姐将姚嬷嬷扶起来之后,姚嬷嬷忍住悲痛,向我母亲说着,"亥时初刻。"

萱之叔叔的床上,醉月婶娘静静地睡着,没有痛苦,没有遗憾,嘴角上还残留着一丝笑意,只眼角凝结着一滴泪珠,流也流不下来,干,又一时还没有干,就残留着这滴泪珠,醉月婶娘睡着了。

　　醉月婶娘殁了,终于摆脱磨难,她安详地睡着了。

　　…………

婢女春红

1

每一个奴婢都有一本功劳簿。

堂堂男子,生而为奴,实在也是可怜可悲。远古之年,群落相争,胜者烧杀抢掠,败者男为奴、女为婢。由此,中国便有了奴婢,而且,中国的历史有多少年,中国的奴婢也就存在了多少年。只是,这里要说明的是,奴婢不同于奴隶,为奴隶者,可以"起来",而为奴婢者,却又是不肯起来。他或者是她,就是要凭着自己的这本"功劳簿",无论主人的权势有多大,也无论是主家的门楼有多高,他或者是她,都可以理直气壮地出出进进,也敢于在门口说三道四,为什么?他或者是她,在这个家里虽然只是奴婢,但却是有功之臣。

我们侯姓人家是天津卫的一家大户,祖辈上出过大官,到了我祖父这辈,虽说是不入仕了吧,可是在天津卫也还算是有权有势的人物。我家祖父只坐在家里,历届的天津市市长到任之后,第一件事,就是专程到我家来,拜会侯老太爷,然后,这位父母官大人才能到任再烧他那三把火去。何以这位侯老太爷就有这么大的威风？只要你看一看我们家大门门槛上的那一方木匾，就知道是什么原因了。那一方木匾上面只写着四个大字："佑我黎民。"什么人物居然可以保佑天津卫七十二沽黎民百姓的平安？侯老太爷。

我们家这么大的派儿，满天津卫，上至当今父母官，下至平民百姓，直到青皮无赖、地痞流氓，哪一个敢在侯家门外耍威？又哪一个敢在侯家院里喝五吆六？只有一个人，那就是我们家的老仆：吴三代。

吴三代是什么人？不是告诉你了吗，他是我们家的仆人，也就是我们家的奴仆。而奴仆，那就是主家的私有财产，可以买卖、可以打骂，他等那是连起码的人身自由都没有的。而对于如吴三代这样的家奴来说，就是被主家活活打死了，官家都不能过问，那就和打死一条狗一样的。过去的一句老话——你还不如一条狗，骂的就是这类奴仆。

但是，吴三代就不同，在侯家府邸里，吴三代就是半个主子，他不吃大灶上做的饭菜，他和主家吃一样的饭菜，不同的只是吴三代不上正桌。他自己在厨房里有一张小桌，一日三餐厨娘给他早早地摆好饭菜，晚上还有一壶老酒，酒足饭饱之后，吴三代回到他自己的房里，小下人还要为他端来一盆洗脚水，他要舒舒服服地烫烫脚。估摸着吴三代没有什么事情好做了，我们这些小弟兄们才来到下房找吴三代说故事。吴三代知道的事情真多,从上古开天辟地,到如今的民间传说,他一讲就是一个晚上,直到我们各个房里的妈妈到下房里把我们找走,我们还是不舍得离开吴三代。这时吴三代就哄着我们小弟兄说:"明天早早来,我给你们说老家里捉'仓官'的故事。"

这里,要说明两个词:第一,"妈妈",这里的"妈妈"可不是我们的母亲,我们管母亲叫娘,"妈妈"指的是我们房里的女佣人,譬如我们房里的女佣人姓陈,我们就叫她是陈妈;婶婶房里的女佣人姓张,我们就叫她张妈。当然,各房里的女佣人也有没出嫁的,这就不能叫"妈"了,对于这类没出嫁的女佣人,我们就直呼她的名字,母亲房里的女佣人——也就是吴三代的女儿,没有出嫁,我们就叫她春红。第二个词:"仓官",就是田鼠,没有什么好多说的。

女佣人,旧称为婢,但自从共和以来,"婢"这个称呼没有了,就说我们家吧,也没有人深究这类人是什么地位,也没有一个名分,就是各房里的"人"罢了。你瞧,这不就是平等了吗?有皇上的时候能这样吗?

如此,有些话也就说清楚了:吴三代是我们家的老仆,吴三代的女儿又是我们房里的佣人,这样吴三代就有两代人在我们家为奴为婢了。不光是他们父女两个人呢,吴三代的父亲原来就是我们家的老奴。

如是，就要说到吴三代的功劳簿了。吴三代所以在我们家享受特殊待遇，究其原因，那要从吴三代的老爹说起。吴三代的老爹叫什么名字，没有人对我们说过，我们只见老人们说起他时都带着几分敬重，大家全称他是"老吴叔"。

这位老吴叔在我们家当差的时候，我们都还没有生出来呢，那时候我母亲都还没有进侯家的门，若不，吴三代每逢不高兴的时候就甩闲话："你才来了几天？"那意思明明是说，他吴三代在侯家已经是开山老祖了。

老吴叔在我们家当差的时候，只有 30 岁，开始也就是一个仆人罢了，每天只做些粗活，按年从账房领一份工钱。此外呢，平日，他们是连主子的面都见不到的。据老祖父对我们说，老吴叔在我们家当差，那是非常认真肯干的，无论分给他什么重活，他都会好好地去做，从来没让主家挑出过半点差错，在我家几十名仆佣之间，老吴叔是最勤快的一个。星移斗转，转眼之间，老吴叔在我们家干了十多年，他已经四十多岁了，这时我们的老太爷就把他找到内府来做些零活儿。因为内府里也有些重活，那是女佣人做不了的，可是年轻的男仆人又不能让他们进内府。如今老吴叔四十多岁了，当了这么多年的差，也看出是个老实人，这样就把老吴叔召到里面来了。老吴叔进到内府之后，各种活计做得更加认真：让他看夜，他能一整夜不眨眼地各处查看，经他查

• 234 •

看出来的事端可是为数不少。一次后院里佛堂也不知是谁上香之后没有等香烧完就离开径自去了，夜里一阵风把香火吹到了柴垛上，幸亏老吴叔发现了，这才避免了一场火灾，想起来就让人后怕。

老吴叔在我们家待的时间越久，做的活越多，他的功劳簿上记的功劳也就越多，渐渐地他也快成为一员功臣了。当时老吴叔不仅按年从账房里领一份工钱，他还不断地得到全家人的各种赏钱。因为各房里无论让老吴叔做什么事，主家都要多少给他一些报酬，老吴叔把这些零钱存起来，每年回家时就带回去。听说老吴叔已经在乡下买了十好几亩地，凭着这些田地，他是完全可以在家里享福的，只是乡下人的传统，只要有能挣钱的地方，就不吃家里的饭，这样，老吴叔还是在我们家里当差。

那是在我父亲才 6 岁时候发生的事。那一年天津发大水——也不是整个的天津卫全被水淹没了，只是大河里的水太大，河水涌出了河面，连平日走车过人的大桥上，都是半人深的水。这样，天津河东河西就断了来往，谁也不敢过河，明看见大桥的栏杆横在水面上，可是谁也不敢下桥，只怕一个浪头打过来把人卷走，因为河水的流势是太猛了。

偏偏这时我父亲得了一种什么病，而我们家又住在河东，遍河东的医生全请到了，服了不知有多少药，可就是不见效应,眼看着人是一天天地就要不行了。这时可真是急坏了我的祖父和祖母,他老二位每天只守在父亲的小床旁哭,一点办法也想不出来。偏这时,也不知是谁说了一个主意,这个人说就在河西有一位老世医,专治我父亲得的这种病,而且人家是药到病除,保证能把小哥的病治好。可是,谁又能过河去把这位医生请来呢?再说就是你派人去请人家,人家也不肯跟你来呀,那一大半被淹没在水下的大桥,有谁敢过?你总不能让人家医生舍下自己的性命,来救你家小哥的性命吧?没有一点办法,眼睁睁就只有看着孩子夭折了。

一天早晨,就在我的父亲眼看着就要不行了的时候,老吴叔一步闯进了屋里来,好在他已经是老仆了,祖母也拿他当自家人看待,所以也就没有呵斥他"何以如此放肆"。

"老太爷,"老吴叔闯到屋里之后,咕咚一下就跪在了祖父祖母面前,他向着我家老祖父祖母施了一个大礼之后这才说道,"二位主子,老吴头这许多年在府上吃闲饭,总也没有个报答主子恩德的时候,如今您老二位若是信得过奴才,您老就让奴才过河去把那位医生请过来吧。您老放心,奴才知道,有那等心怀叵测的人想赖主子一笔钱财,他等就越是要在这时刻向主子敲诈,明说是去做什么事,其实只是铤而走险,就是舍出了性命,也给自己的后辈挣出了吃喝。只有我吴老头一片忠心，我过河去请医生，请到了不要主子一文钱的赏赐；半路上倘被大水卷走，现在我就给主子立下字据，不要主子的一文赔偿。我就是看着小主子不能就这样没有了救治，就是舍了我一家人的性命，也要把小主子的性命保下来呀。"

"可是，如今就连大桥之上都是水深过腰，你又该如何走过去呢？"老祖父自然希望能有人肯过河把那位医生请过来，此时听到老吴叔自告奋勇要去河西请医生，他便急切向老吴叔问着。

"老太爷放心，我自有办法。昨天奴才到河边去过，本意是想雇一只船的，可是河水太急，如今已是连船都不敢渡了。只是看着看着奴才忽然突发奇想，我想人们为什么不敢在桥上走呢？"

"不是怕水势太猛吗？"这时我的老祖父对老吴叔说着，"已经有许多过桥的人被河水卷走了。"

"对了，奴才也听人这样说过。"老吴叔回答着说，"可是，奴才又想，倘若过河的人在腰间系上两个大铁球，再细心地抓牢大桥的栏杆，那水势就是再大，该也是不会被冲走了的吧？所以，你瞧，奴才早找了两个大铁球，一个足有50斤，把这两个大铁球系在腰间，我想水势就是再大，我也是不怕了。"说着老吴叔还给老祖父作了一个表演，好让老祖父相信他必能完成任务。

"不行,"老祖父还是不相信地说着,"就是你过得了河,那医生也是不肯随你过到河这边来的。"

"老主子,你放心吧,只要我过得去河,我就能把老世医请过河来的。我给他下跪,求他救我家小主子一条性命,我保证让他过河的时候滴水不沾,我把他背过河来,事成之后,我再把他背过河去,这一来一去,倘衣服上有一个水滴,就撕下我一块人皮来给他赔偿。老主子,你就让我去一趟吧!"说着,老吴叔连连地向老祖父央求,就像是救他自己的亲人似的。

老祖父见老吴叔如此诚恳,求医心切,他也就只能答应让老吴叔去冒一次险了。这时,我家的老祖父从柜里取出两只金元宝,随手交给老吴叔说:"过河之后,见到医生,你只管对他说,这两只金元宝只是一点儿表示,孩子病好之后,我一定另有重谢。"说罢,老祖父就把这两只金元宝交给老吴叔,让他带在身上过河请医生去了。

老吴叔走了之后,我家的老祖父和老祖母只看着荷兰国的大珐琅座钟等消息。过了一个钟头,又过了一个钟头,就是一点儿消息也没有。等呀等呀,一直等到天快亮了,还是不见老吴头回来,这时家里的人就有人说话了。有的人说老祖父太相信老吴叔了,他是看着我们一家人着急,就起了歹心想坑钱，老祖父也是太心善，只凭他一说就把两只元宝交给了他，说不定，他拿上这两只元宝跑走了呢。七嘴八舌地自然说什么的都有。老祖父只是一双眼睛看着我父亲可怜的样子，万般着急，他已经是在椅子上坐不住了，便在房里转过来转过去地匆匆走着。

"咕咕咯"一声鸡啼，天亮了。这时小床上我的父亲大人忽然睁开眼睛，向我祖父和我祖母二位大人说了一声："父母亲大人，孩儿去了。"说罢就闭上双眼，再不出声了。

"我的心肝宝贝儿子呀！"当即，老祖母就哭了起来，我的老祖父也是慌了手脚，只是一个劲儿地大喊："来人呀！来人呀！"呼啦啦，满宅里的上下人等全都跑来了，可是祖父又说不出把这些人全都叫来有什么事，大家就这样呆呆地立着，谁也不敢出声。

"快让开路，医生来了！"也不知是谁一声大喊，人们立即闪出一条路来，随之一阵风，老吴叔背着一位医生从大门外跑了进来。那医生进到房来，什么话也来不及说，他只往我父亲大人的小嘴里塞了一粒药丸，然后才坐下来给我的父亲大人把脉。也真是神医可以妙手回春了，就在这位老世医给我的父亲大人把脉的时候，只见我父亲大人嘴巴动了一下，我的老祖母俯下身去一听，立即传出话来说："他要喝水。"

天爷！小爷说话了，起死回生，侯家的小少爷病情好转了。立时就有人送上了水来，有温的，有烫的，有冷的，各种温度的水都有，只由我的老祖母选用。你就说说，这家里的仆佣多了，是多项用吧。可不像如今我这个样子，想喝一口水，要自己走到厨房里去倒，提起几只保温瓶，里面全是空的，才问一声："里面怎么没有水？"立即就是一番臭骂："早就对你说该烧水了，你装聋。渴死你个懒虫。"你说，这若是原来的时候，能够是这个样子吗？没了王法了！

医生看过病之后，又开出了方子，立即就有十几个人自告奋勇地要出去买药。当然，不多时，药就买来了，也当即就煎好了，送上来，让小爷服下肚里，没过个把钟头，小爷的嘴角一动，他先笑了。这时医生对我的老祖父和老祖母说："孩子算是得救了，你们只要把这几服药按时给他服下，三天之后，保证他能吃些东西的，只是你们万不能给他什么东西吃，一定要饿他三日，直到他饿得一点力气也没有了，你们再给他一碗老米粥喝，千万记住，一个月之内，不能给他肉吃。"明白吗？我父亲大人得的病，就是由吃肉太多引起的。

嘱咐过这些话之后，医生还要回家，他怕家里人不放心，一定要立即回河西去。老吴叔请医生来的时候，早就说好了的，看过病人之后，当即就送医生回家。二话不说，老吴叔背起医生就走。这时有人说了一句话："别背了，车子备在门外了。"可是车子也只能把医生拉到河边,过河还是要老吴叔把医生背过去。

就这样,一辆胶皮车拉着医生,老吴叔跟在车子后面,他们就这样走了,老祖父又给了医生一笔钱重谢,还再三地说了感谢的话,这才送医生出了家门。

眼看着孩子的病情好转,一家人都开心得忘了送医生回家的事,只到了晚上,老祖父才想起问一句:"老吴头回来了没有?"这时,大家才想起,老吴叔一行人已经离家有一整天时间了。

赶紧派出人去找!老祖父才要派人,这时,门外一个人慌慌张张地跑了进来,大家一看,原来是刚才拉车的人夫。这个拉车的人夫神色万般恍惚,上言不接下语地对老祖父说:"老爷,大事不好了,老吴叔让大水给卷走了!"

"怎么?你说什么?"老祖父一听,当即就慌了,他赶忙向回来的人问着。

一五一十,拉车的人向老祖父述说了老吴叔遇难的经过:

胶皮车把医生送到河边,老吴叔把医生背在背上,又在他自己的腰间拴牢了两个大铁球,这才双手抓牢大桥的扶手,一步一步地向对岸走过去。拉车的人说,他眼见着老吴叔走过桥去的,他还看见老吴叔走上了对面的河岸,把医生背在背上,快步地向远处走去了,那就是他送医生回家了。过了好长时间,拉车的说:"我想等老吴叔回来,就把他拉回来吧,这一趟他也够累的了。""只是,等呀等呀,终于看见老吴叔的影子了,也见他扶着大桥的栏杆下了大河,只是,好大的一个浪头呀,哗地一下,就把大桥拦腰冲断了,只见天塌一样,一座大桥就从中间分成了两半,那拉车的人还说,他眼睁睁地看见老吴叔一双胳膊向上摇了两下,然后就不见了,老吴叔被大水给卷走了。

…………

我父亲的病好了,老吴叔却死了,老吴叔以自己的一条命,换下了我父亲的一条命,自然也换下了后来我的一条更小的命,你说说,我们一家人该如何感谢老吴叔吧。当然,我们要给老吴叔家一笔钱,一笔数目很可观的钱。幸好老吴叔的尸身在挂甲寺被认出来了,因为天津的挂甲寺有一个大漩涡,无论在哪里淹死的人,都要在挂甲寺漂上来,如此才不至于让尸体入海。这样总算把老吴叔安葬了,我们也算对老吴叔的后人吴三代有了个交代。

本来,到了吴三代这代,他是完全可以不到我们家来做仆人了,老祖父给他在乡下买了40亩地,让老吴叔的后辈有了保证。当然,就为了这40亩地,后来吴家的后辈人当上了地主,几辈人挨改造,很是脱胎换骨了好几十年。其实这个吴姓地主,是我们家给造就的,也算是为革命做了一点贡献,为农村提供了一个反面教员。因为我是我们家为城市人提供的反面教员,不是得城乡兼顾吗?所以也就要早早地给农村预备一个。

不过,据吴三代说,在乡下做地主,绝不比在城市里给我们家做仆人舒服。当地主,也要早早地背着个粪筐出去拾粪,也要下地干活,也是舍不得吃舍不得喝,根本就不能拿鞭子打农民,也不能强奸妇女。乡下的地主,如果说他们和农民有什么区别的话,那也就是每逢过年,地主有一件棉长衫穿在身上,而贫苦农民,则还是小棉袄,别的,也就全都一样了。后来说的那个把喜儿逼成白毛女的地主分子黄世仁,那不光是地主,那是恶霸,是土匪,有皇上的年头,那种人也是要杀头的,只是国民党太腐败罢了,才没人管这类的坏蛋,他可是给地主人家的脸上抹了黑了。

吴三代把他的40亩地租出去,自己到我们家来过半个主子的生活。他是有功之臣的后人,自然要享受特殊待遇,当然他是不会做重活的,也就在院里各处关照关照罢了。前面说了,他和我们吃一样的饭菜,住一样的房,不过那时候在房子上似乎不分等级,不像现在,什么级住什么房,还有什么不同的设施——正处级的有洗澡间,副处级的有坐式马桶,处级以下的全是蹲坑。那时候人们的觉悟太低,房子呗，给三代一间，就这样吴三代一个人就住了好大的一间房。而且还有更多的特权哩，别人称我父亲是大老爷，吴三代见了我父亲叫大先生；别的仆人称我们是小少爷，吴三代就可以直呼我们的名字；别的仆人见我们太淘气了，只能婉转地向我们的母亲告状，只有吴三代，他可以把我们好一顿教训，事后也不用向主子禀报。你说他这不明明就是我们家的一个成员了吗？

吴三代是和我父亲同一年成的家，而我的母亲又是和吴三代的女人同一年生的头一个孩子；我母亲生了一个男孩，吴三代的女人生了一个女孩；我哥哥的名字是老祖父给起的，一查家谱，这一辈排在了一个"红"字上，长门长孙，就起了个名字叫红松；吴三代的女人生下了一个女孩，也要我老祖父给起名字——这已经就是吴三代的特殊地位了，否则一个作奴才的，你家生的孩子为什么要劳烦主家给起名字？就叫小臭儿是了。只是，他不是吴三代吗？老祖父一翻书，说就叫春红吧，这样吴三代的女儿就有了一个文雅的名字。

小春红 10 岁那年，我的老祖父有一天把吴三代找了来，让他坐在书房的椅子上，让佣人给他上了一杯茶，然后这才对吴三代说道："三代呀，你已经是 50 岁的人了，家里的事你也不能只交给一个女人去管，总在我这里住着，我也是怕对不住你一家老小,无论什么要求,你只管说,我看,你还是回乡下享几天福去吧。"这样,我的老祖父自然又给了吴三代一笔钱,也算是我们对他们吴姓人家的一点报答。

吴三代哩,自然也是想回家过几天好日子去了,只是,他提了一个条件,他对我老祖父说:"老主子该还记得,我家的小春红已经是 10 岁的孩子了,我想,总让孩子一直住在乡下,也是不得长见识,若是大奶奶不嫌弃,我想把她送到府上来,也让她出息出息。"是呀,乡下人么,他总是不愿意让女儿白吃他家的饭,说是送到我们家来长见识,其实也就是省下一个人的粮食,让我们替他养着女儿。

这还有什么不好办的呢?不就是多一个人吃饭吗?再说我母亲在生了两个儿子之后,正盼着能有一个女儿作贴心人呢,领来吧,就这样,春红就进了我们的家门。

　　母亲把春红接到我们家之后，第一件事就是送她进学校读书，只是这年春红已经是 10 岁的孩子了，按道理说，那是要上三年级了，可是她一个字不识，就只能从一年级开始上学。而那一年我 6 岁，却已经是二年级的学生了，这样她就和我在一个学校里，她是一年级，我是二年级，上学放学我们两个人一起走，那才真是让人难堪之极。反正我是想尽一切办法不和春红一起走的，出门的时候一前一后，走出家门不远，我就"放开鸭子"跑了。春红呢，她初到城市不敢在马路上跑，过马路的时候还要东张西望，那时，我甩开春红，早就跑得没有影儿了。

　　春红在学校里读到三年级，她就不去了。这可不是母亲不供她读书，是她自己说什么也不肯去学校了，她说她脑袋疼，从上一年级开始，她就没考过 60 分，人家教师都感到奇怪，一年级的教师就向我问："你们家出来的孩子，怎么还有不及格的呢？"这时，我就向教师解释："春红不是我们家的孩子,她是我们家一个仆人的孩子,其实她人是极聪明的,除了读书不行之外,她可聪明了。"真是这样,同是一道算术题,譬如:16×5=?,写在纸上,春红不会做,可是让她心算,一眨眼,她就算出来了。你问她是怎么回事?她说,1斤是16两,5分钱1两,16两,你就是买了1斤,那还算不出来吗?算不出来那就要挨骗的。至于认字,春红简直就不行了,一直到三年级,春红连五百个字还没认下来,你就说她有多笨吧。就是这么笨,人家还闹头疼,一念书就双手抱着脑袋,一副活受罪的样子。最后母亲说,算了吧,你就别去学校了。这一下,春红解放了,高兴得她活赛是当上了大班长,眉开眼笑的,乐得拢不上嘴。

春红不上学了,就在母亲的房里做些零活。母亲是不把她当佣人使的,因为母亲房里有一个佣人,我们都叫她小刘妈,小刘妈是母亲嫁到我们家来的时候,从外婆家带过来的陪房佣人,和母亲亲得就像一个人似的,在母亲房里当着半个家。这样的佣人,那是终生终世都不可能离开我们的。只是呢,家丑不可外扬,就在春红到我们家的第三年,小刘妈有一天对我母亲说:"少奶奶,我还是走吧。"母亲一听,几乎不敢相信自己的耳朵,当即就向小刘妈问道:"他刘妈,你说什么?"谁料母亲这一问,小刘妈反而抽抽噎噎地哭了。母亲还以为是什么佣人欺侮小刘妈,于是便对她说道:"有什么委屈你的地方，你只管对我说。"可是小刘妈就是什么话也不说，光是一个劲地掉眼泪儿，哭了好一阵时间，小刘妈才对母亲说："少奶奶，这些年你对我的好处，我是一辈子也报答不了的，若不是实在待不下去了，那是十头牛也休想把我从你身边拉走的。只是，我怕日后对不住少奶奶……"说着，小刘妈又哭了起来。

母亲什么话也不再问了，只是给了小刘妈一笔钱，放她回家去了。小刘妈临走的时候，还再三地查看了我们兄弟两个四季的衣服，还再三地嘱咐母亲好多的话，从夏天的扇子到冬天的炉火，小刘妈都做了安排，最后才又流着眼泪，从我们家走了。为了辞退小刘妈，我的老爸很是发了一阵火，一连好几天他不出屋，只一个人在屋里生气。母亲也不理他，由他爱怎样就怎样。佣人过来问母亲："大先生这几天不想饭吃，该给大先生做点什么呢？"这时母亲就向佣人说："给他端一盘鱼刺去，他不爱吃腥吗？"佣人自然不敢给我的老爸端鱼刺的，他们只给他烧鲤鱼吃，一连吃了二十多天的鲤鱼，我的老爸不想吃腥了，这时他就一个人出去了，也不知在哪里住了半个月。后来到我的老爸回家之后，我的母亲至少有一个月没和他说话。

小刘妈走了之后，母亲再也没有找到个可意的佣人，年老的吧，母亲思想维新，不爱听老人的唠叨；找个年轻的吧，自己房里又有一个那么没出息的人，真是让人不放心，无可奈何，有的事就只好让春红去做了。

这一下，春红可是来了精神儿，反正春红这人在这方面就是一把好手，什么事只要是交给她去做，不用你再费唇舌，一定能做得让你万分的满意；久而久之，有许多该做的事，不用母亲说话，春红就替母亲想到了，她可真是成了母亲的好帮手。就说给各房里做衣服的事吧，现在外面时兴什么衣服？哪个姑姑说要做什么样子的衣服？春红一桩一桩都想得周周到到，不等姑姑们说话，不到时候，新衣服就做好了，这时春红就把新衣服给姑姑们送到房去："我们奶奶给姑姑做的衣服，也不知姑姑喜欢不喜欢？"姑姑一看，正中下怀，"哎呀，我们大嫂几时变得这样精明了。"姑姑当然非常高兴，你说这小春红是个何等精明的人儿吧。

春红这样能干，母亲当然是求之不得的了，从此母亲就更是不问朝政，只一心做她爱做的事了。这样小春红就一天比一天更能干，母亲也就一天比一天更糊涂，渐渐地，在我们房里就发生了一次彻底的政变，大权旁落，春红成了当家人了。

母亲出身于名门，自幼只知琴棋书画、诗词歌赋，根本就不知世间的艰难；母亲有三大喜好，一好读书，二好画荷花，第三就是喜好给我们弟兄讲唐诗。说起母亲给我们弟兄讲唐诗,那才真是一种享受,母亲讲起唐诗来,她自己先就陶醉了:"世间居然有这样美丽的景色,又有这般清逸的文字,真是人间的一大幸事呀!"讲着讲着,母亲就把我们小弟兄忘了,她简直就是自我欣赏地只顾自己说着:"古人为诗,贵在意在言外,使人思而得之。'国破山河在',明无余物矣;'城春草木深',明无人迹矣;花鸟平时可娱之物,见之而泣,闻之而悲,则时之可知矣。"听这样的人讲唐诗,你说是不是一种享受?每天晚上母亲给我们讲过唐诗之后,她就要一个人坐在灯下读书了。母亲的优点,是对我们弟兄极度相信,她以为在她读书的时候,我们也一定是在读书,所以这时她是从来不过来查看我们的。当然我们也不会辜负母亲的信赖,我们确实也是在房里读书,只是我们没有读经文,我们在看《三侠剑》,那才是过瘾。哥哥说别告诉母亲,我说要想不让我告发,你就得明天再找一本更有趣的书来。果然第二天哥哥就又带回来一本书:《鹰爪王》。嘿,我一夜就看了大半本,第二天上学差点迟到。

母亲越是给我们讲唐诗,越是自己读书、画荷花,她也就越是不问家里的事;不问家里的事,她就更不会问外边的事。据母亲后来对我说,有一个月,账房居然报上账来,说是这一个月全家上下用了三包大米。母亲当然不会查问的,只是小春红找到母亲,对母亲说:"奶奶,你知道这三包大米是多少斤吗?"母亲当然说不清,这时小春红就对母亲说,这一家老少上上下下若是能一个月吃下三包大米,一个人一天就是要吃二十斤米了。母亲一听就笑了:"天爷,莫说是一天吃二十斤米,就是让我一天吃二两米,我都是吃不下的。"好了,小春红说奶奶你就不要管了。第二天小春红就去了大账房,小春红见了管事的人,大大方方地就对先生说:"我们奶奶想问一声,现在外边的米价是多少?"这一问,先生当然就明白了,这哪里是大奶奶问米价呀?这明明是你小春红找碴儿。当即,先生就回答小春红说:"禀复大奶奶的示问,大奶奶当然知道,咱们府上吃的是暹罗国进贡的红米,这种米外面是没有价钱的。"这一说,小春红没话了,以她的知识,她只知稻米、粳米的价钱,她怎么会知道暹罗国进贡的红米是什么价钱呢?当然,小春红这一问,也是给账房一个警告,第二个月,买米的开销,就没有这么大了。

小春红长到 18 岁,她已经是我们家里的实权人物了,只要小春红对下面的人说一句:"我们奶奶说,让你到上房里去一趟。"立即,这个人就要吓得出一身冷汗,因为他知道"我们奶奶"是不问家里的事的,"我们奶奶"既然有话问你,那一定是你做了什么错事,这离你被轰出府门的时候也就不远了。所以,在我们这个大宅院里,小春红成了大管家,小春红说什么,"我们奶奶"信什么;"我们奶奶"想做什么,小春红就一定能为她做到。于是,久而久之,小春红就成了"我们奶奶"的马前卒,也成了"我们奶奶"的传令兵,还成了"我们奶奶"的军师——诸葛亮。

…………

就在这一年,我们老祖父大人仙逝,他老人家乘鹤而去了。老祖父大人仙逝,自然要大办丧事,按照不成文的习俗,像我们这样的人家,老大人仙逝,那是至少要停灵七期,以让儿女好尽孝心的。这里的所谓"期",也就是七天的时间,停灵七期,就是去世的老人要在家里设灵堂,停放七期49天,然后才能下葬。而一般的民家,老人去世最多就只能停灵三期,无论你家里多么有钱,为老人办丧事,超过三期,官家就要来人过问了:"你们是什么人家,居然停灵过了三期?知道什么人物才可以停灵三期以上吗?我们警察局局长的老爹去世才停灵五期,你们这是要造反呀怎么的?"这一问,就谁也不敢张狂了,放满三期,早早地入土为安吧。可是,我的老祖父去世,却可以享受停灵七期的待遇。在这七期49天之内,每天上、下午要各有一堂经,晚上还要有各种的祭奠仪式——那是要整整49天都要有内容的,还不能单调,还不能小气,天津、北京、河北各地的佛道二家那是全请到了,还有人送了一堂喇嘛经。佛家念经、道家念经,我们是早就不感到新鲜了,只有这一台喇嘛经倒真是有趣,经台上念经的喇嘛们穿着黄袍，还把一只胳膊露在外面。最有趣的是，就在这一台喇嘛经的经台两旁，一边有一只大喇叭，喇叭很长，吹喇叭的老喇嘛坐在经台上，两个小喇嘛抬着喇叭筒，喇叭口越过跪在前面的人，正好伸到我们小弟兄的头上；那声音可是真响，等到这一台喇嘛经念完，我们几个小弟兄至少有三四天谁也听不见谁说的话，大家全变成小聋子了。

当然，无论是佛家、道家、还是喇嘛念经的时候，我们一家人都要跪在灵堂下面，一个挨着一个，那是一点差错也不能有的，着重孝的人，一个人有一个博士先生照应，该跪在什么地方，到时候博士先生就挽着你跪下了。我们小哥们没人管，当然我的哥哥因为是长门长孙，自然那是有地方的，而我就按一般分子对待了，由自己记着地方。好在我们家的院子铺着方砖，我们几个小哥就各人记着自己的方砖。我呢？我就在自己的方砖上写上我的名字："小二"，我弟弟就在他的位置上写上他的名字："小三"，这样小四、小五、直到小十八——怎么这么多的小字辈？不是大家庭吗，光是本家的叔叔就是六位。堂叔伯呢？都加在一起，到了孙子辈，有这么几十个，不算是多了。据说天津一家大户人家办丧事的时候，孙子辈的人，居然有120多个，你就说说他们家是多大的势派吧？

为去世的人办丧事，对于孩子们说来，那固然是十分有趣的，可是对于成人们说来，那可就不是一件轻松的事了，而在这些不轻松的人们之中，我们的母亲是最不轻松的一个。

　　按照我们家不成文的传统，一个家庭的老当家人一去世，下一辈人就要分家。我们不像农村人那样，老人去世之后，土地由长子继承，其他的弟弟还是和大哥在一起，大哥代替原来老爹的地位，一个人说了算。我们家从祖辈上就留下了这么一个传统：老人一去世，一面办丧事，一面也就把家分了，然后各门各户自立门户，一户侯姓人家，变成了好几户侯姓人家，也算是壮大了势力。所以，从老祖父一咽气，我母亲就对我父亲说，让他准备和叔叔们分家，可是我的父亲大人从来不问家事，按他的想法，索性分家的时候由着几个弟弟先分，分剩下的，也就是没人要的，再归自己。母亲呢？毕竟是一个妇道，而办丧期间，我父亲因为是长子，那是不能与任何人单独接触的，实际上这位长子就和受隔离审查一样，他完全失去了自由。我想老户人家留下的礼法，也是有它一定理由的，把长子隔离起来，也是不能让他一个人独吞祖辈的财产。父亲不能出来和弟弟们分家，这样，分家的时候，我们这一房，就要由母亲出面，而我们的母亲又是不食人间烟火，对于财产上的事，一点情形也不了解，这一下，几个叔叔就勾结在一起，他们要出坏主意了。

正是在母亲为分家的事犯愁的时候，春红又对母亲说："姑奶奶来了，我怕别人照顾不好姑奶奶，惹姑奶奶生气，所以我想奶奶这边的事，让他们照应着些是了，我呢，就照应姑奶奶去好了。"母亲当然不好阻拦。姑奶奶就是我们的姑母，是我父亲的姐姐，也就是我们家的大姑奶奶，那是祖父祖母在世时当半个家的人物，几个叔叔最怕她，她虽然已经早就不是我们侯家的人了，可是她仍然有权力在侯家发号施令，那是谁也不敢违抗的。为老祖父办丧事，最难侍候的也就是我们的姑奶奶了，她说如何办这场丧事，你就不能有一点儿差错，有一点儿她不满意的地方，她就能让棺材在家里停上十年。姑奶奶么，就是这时候才有威风。

春红是在姑奶奶一下车就跟在姑奶奶身边去了的，从这时开始，姑奶奶的吃喝住穿，一切就全由春红包下来了。大门外一传进来"小吹"的声音，那就是说又有人吊唁来了，所有孝子全要出来陪祭，这时，春红就给姑奶奶早备好了斗篷，又要穿得暖和，又不能遮住孝衣，那可是要有一番心计，而且，什么人来了，姑奶奶要出来陪祭；什么人来了，姑奶奶只要做个表示；再什么人来了，姑奶奶根本就不必露面，一切一切春红都给姑奶奶安排得万无一失。一场丧事，姑奶奶既没有失板眼，又没有太吃苦，这实在是春红的一大功劳。

把姑奶奶服侍好了有什么好处？因为服侍不好姑奶奶，她就要让你歪嘴。有的人家，姑奶奶闹丧，只是死去的老人入殓，就能让孝子倾家荡产。我们的一门远亲，老人去世的时候把姑奶奶惹恼了，入殓的时候，姑奶奶立在材头，只是老人嘴里的那颗珠子，就总是不称心。最后孝子给姑奶奶跪下，请姑奶奶说个话，到底是要什么珠子？姑奶奶说了，要一颗避水珠。天爷，避水珠只有皇宫里有，你让一家平民百姓去哪里找？闹事么，要的就是一个水平。

　　我们家的姑奶奶就好说话，再加上春红的一番精心照料，老祖父成殓的时候，姑奶奶只是不停地点头，一再称赞母亲的一番安排，从寿衣到铺的盖的，嘴里的珠子，手里的九连球，陪葬的东西，一切一切都满意，直到成殓的师傅们"叮叮"地钉上材板，众人一起跪下哭成一片，几个等着姑奶奶闹事的叔叔气得直在地上砸拳头。这时，母亲才明白为什么春红要离开自己，去专心侍候姑奶奶了。"还是我们小春红好，事事都替我想到了。"

　　而且最最重要的是，有春红在姑奶奶身边，几个叔叔根本就没有办法和姑奶奶接触，春红把姑奶奶给看起来了，后来春红对母亲说，有好几次，叔叔们当中的非凡人物已经到了姑奶奶的房里，而且已经和姑奶奶说到了正事，只是这时，春红一声"守灵"，她走过来把姑奶奶架走了，因为这时候该姑奶奶去守灵了。

把姑奶奶送到灵堂之后，春红就没有事儿了，因为这时姑奶奶的身边有博士侍候，春红那是不能上灵堂的。春红离开灵堂之后，一闪身就到了母亲的房里，她把房门关好，悄声地对母亲说："五先生、六先生和九先生一起串通了，三先生没去，四先生说他是和大老爷站一边儿的。"这样，春红把在姑奶奶身边看到的情报，向母亲做了汇报；这样，到分家的时候，母亲对于敌我双方的情况，也就有了一些了解。小春红的情报可是太重要了，她不仅能探听情报，各房里的佣人还要向她主动地报告各种动态，因为在侯家府邸里，所有的佣人都怕春红，春红说要"下"谁，谁就休想再在侯家做事了，所以，所有的佣人都要主动讨春红的好，什么事情不用等春红去问，各房里的佣人就主动地向春红报告，你说说，这一下，我母亲还能不占主动地位吗？

掌握了准确情报，母亲就胸有成竹了。果然，就在停灵到第五期的时候，几个叔叔向母亲发难了。他们把母亲请到一间屋里，让母亲在中间坐下，然后一个个地再对老祖父的去世表示一番悲伤，这时，他们就开始发动进攻了。

"大嫂，我们几个想听听大嫂的打算，我们也不知道父亲大人在外边到底有多少产业，也不知账房里到底有多少钱财。"

母亲呢？当然是说不清的，但她也知道，这时不能让对方看出自己的心中没数，便做出一副胸有成竹的样子，对他们说："再有两期就入土为安了，到时候你们就听我的吧。"说完，母亲就做出要走的样子。起身就往外走。

　　"大嫂，"这时，叔叔中心计最多的九叔抬手把母亲拦下了，"我们几个有一个打算，大嫂若是没有自己的打算，我们想就按这个办法分好了。大嫂看，房产，一共是十处，这处老宅自然是要由大哥大嫂承继了，其余的几处呢，大嫂也就不必过问了……"明明，这是阴谋——这处老宅院已经是有几十年了，根本就不是一笔产业，倒是老祖父新在租界地买下的房子，还正在好时候，他们说不让母亲管，明明是他们要把好房子分了。

　　"别的呢？"母亲先不表明态度，只是先向他们问着。

　　"别的，我们也都问清楚了，不就是咱们弟兄六个吗？平分六份就是了，先由大嫂挑，大嫂挑剩下的，我们几个再分。"听着，也实在是蛮有理。

　　母亲当然不会当场就同意的，于是就想方设法地拖延时间，可是几个叔叔早就定好了主意，他们是一定要在今天把分家的事定下来不可的了。此时，他们见母亲执意不肯答应，一个个就开始要撕面皮，说话的声音就一点点地野起来了。

正在母亲被几个叔叔包围起来,四面楚歌的时候,突然房门从外面推开,几个叔叔一抬头,只见姑奶奶进来了。这可真是怪了,他们向母亲突然发难的事,姑奶奶何以就会知道了呢?一下子,几个叔叔慌了手脚,他们已是不知所措了。

　　"你们这是要闹丧呀!"姑奶奶没等坐下,就向几个叔叔大声地呵斥着说道,"你大哥正在主持丧事,你们就把大嫂围起来,向她发难,说,这是谁出的主意?"一拍桌子,姑奶奶发火了。果然这一手好厉害,立时,几个叔叔就不敢说话了,胆子小的叔叔就想往外溜。姑奶奶当然不放他们走,她就立在门口,放声地向他们几个训斥:"反了你们了,老爹辛辛苦苦一辈子挣下的家业,真就能这样让你们几个分了吗?就是分家,你们也得给我把话说清楚,这些产业分开之后,谁也不许变卖,都得给我说出个道道来,我才答应你们分家;而且如今维新了,新法律规定,分家时不能平分,长子分家产的一半,余下的无论是几个弟弟,再分那一半,你们休想趁着大嫂不知道外边的情形,就早早地把生米做成熟饭,从我这儿就不答应。"

　　"啊?!"几个叔叔全慌了,他们没想到姑奶奶会知道外边的新法律、一下子打乱了他们的如意算盘,"姑奶奶,那可不行,我们五个才分一半……"

　　"你们是逼我请律师怎么的?"姑奶奶向着几个叔叔一

问,他们几个再没有人敢说话了。

我的天,好厉害的姑奶奶,这个家就按她的办法分开了,我们这一房当然继承了一半的产业,从现钞、房子到字号,都没吃亏。如此,我们才有了好多年的好日月。

只是,在办完丧事,姑奶奶临走的时候,她才对我母亲说了几句知心话:

"这春红可不是个一般的孩子,好厉害呀!这许多日子,她把几个弟弟和我隔开,让他们谁也和我说不上话。到了那一天,我正在屋里歇盹儿呢,忽然春红把我摇醒,我当是又来了吊孝的人,谁知是春红告诉我说,后边几个孽障把你围起来,正闹着分家呢。我说这怎么可以,大奶奶又不是个精明人,那还不要吃亏呀?这样,我就忙着往后面跑,就在春红送我进后院的路上,她对我说,现如今分家可不同以前了,她找过一个律师,人家说,分家时长门长子独得一半的祖产。我还怕她是乱说,到了后边,我也是壮着胆子就这么说了,没想到还真把几个孽障给镇服住了,原来他们早就知道长门长子继承一半的事,你说说,这不是唬他们吗?"说罢,姑奶奶笑了。只是,最后姑奶奶又对我母亲说,"春红精明,自然是你的好帮手,可是你可不能不提防着她呀!"

母亲当然不在意,当时,她就对姑奶奶说:"她再能也是一个丫头,过不了几年,也该给她找个主儿嫁出去了,反正我对得起她,到时候好好陪嫁她也就是了。"到底母亲是个名门闺秀，她是不可能想到世间会有那些不可见人的污浊事的,而这种污浊事,又让她只能俯首忍让,直到最后,让她完全受制于人、彻底失去自卫能力、而不得自救了。

3

　　祖父大人仙逝,弟兄们分家之后,我们家发生了巨大的变化。我们当然仍是住在老宅院里,分到我们这支名下的财产到底有多少?我们不得而知,只是知道一家什么皮货庄是由我们独有了。其实我们家的经商,那是根本就不用我们管的, 也就是当初开业的资本由我们出, 只要一找到合适的人,我们就再也不过问了,字号里只每年向我们交上来多少盈利也就是了,一切商业上的事情完全无需我们参与。这种经营方式,对大户人家说来, 自然是最为轻松的,颇类似后来的承包制。我们只是一个老东家而已。

　　分家之后,几个成家的叔叔自然就和我们分开了。虽然分家的时候也是闹得面红耳赤,可是到了分手的时候,又一个个泪眼汪汪地难舍难离,那真是又表态、又发誓,一再地说什么虽然家是分了, 可是心却永远不会分开, 天下无二侯,有了什么事情,只要大哥大嫂一声令下,众弟兄赴汤蹈火,在所不辞。于是一家人又一起吃了一桌酒席,最后又吃了分家的面条，表示长长久久的意思，然后就作鸟兽散了。我们呢，自然也就清静多了，只有九叔和我们在一起，因为九叔没有成家，如今正在大学读书，老嫂如母，母亲也是把他和我们一般看待的。

几乎用了整整一年的时间，我们家才于分家之后，理出了一些头绪。在春红的一手策划下，我们家进行了一系列的改革：首先，把大账房撤销了；祖父在世时一切虚张声势的东西全都免掉了，就连什么大厨房、小厨房也全都合在一起了；至于佣人，那更是少了许多，除了母亲房里的春红之外，也就是留下了有限的几个佣人，也不分什么内宅外宅了，一个男佣人，什么累活全是他一个人干，还有一位"妈妈"就把一切细活全包下来了，也算是精简机构吧，我们家已经变成小户人家了。

就这样经过春红一年多时间的打理，我们家果然有了许多起色，开支自然就节俭多了，母亲为此对春红更是感激不尽，拿她也就更当作是亲生女儿一般看待了。也就是在这时候，有一天春红对母亲说："奶奶，家里的事也就算有些眉目了，奶奶也该再找个亲近的人，我也想慢慢地就该退身了。"母亲当然明白春红的意思，她是说她已经到了成婚的年龄了，她想离开我们家，找个合适的人家嫁出去。

"春红，娘不会亏待你的。"母亲把春红当成亲生的女儿,母亲自然也就知道该如何安排春红的亲事。按照一般的情形,像春红这样的贴身婢女,她的婚事就要由主家为她操办,就是连婆家也要由主家为她找好的,因为这样的婢女都是从小就被领进家门的, 她们多年来已经和她们的家庭几乎失去了来往,家里已经不过问她们的事了,所以主家就必须把她们像亲生女儿一样地嫁出去。其实哩,也就是向主家要一笔嫁妆。

我们家呢? 力主维新,所以对于春红的婚事,母亲早就说过,婆家由春红自己拿主意,陪嫁由母亲一手全包下来。春红自己也同意母亲的安排, 因为春红的父亲吴三代又不同于一般的仆人,他对他的女儿是永远有父权的,女儿的终身大事,还要吴三代拿主意。可是,让春红永远在我们家住着,也是不好找人家呀,母亲就说,到了时候先让春红回到乡下去,几时在乡下说好了婆家,再告诉我们,母亲再为她办婚事。这可是真够自由的了。

眼看着春红该到离开母亲的时候了, 母亲自然是舍不得。而且,春红走了之后,也还要再找一个人到母亲房里来做事,这时,母亲就想起了原来她的陪房丫头,我们叫作小刘妈的那个人,于是便派人去找到她。小刘妈表示说,只要是太太的一句话,她自然还是愿意回来的,何况这些年她在乡下早就变成一个乡下女人了, 早年的那点风韵该也是不见了,太太身边的"那个人"自然也就不会再打她的主意了。这样,经过一番来往,最后定下来,春红再在家里待上半年,只等小刘妈一来,母亲就让她回家,总算对她有了一个交代。

也没有用半年的时间,小刘妈把她的家做好了种种的安排,后来就到我们家来了。小刘妈重新出现在我们家的时候,我都几乎认不出她来了。我只见母亲房里来了一个穿黑布衣裤的老太婆和母亲说话,待到我进到母亲房里的时候,这位老太婆还向我笑了笑,然后她一把拉住我的手,向我问道:"还认得我吗?"我愣了,一时不知说什么好,最后还是母亲向我提醒说:"这不是刘妈妈吗?"这时,我才想起来,天爷,才几年的时间,小刘妈竟然变成刘婆婆了。她虽然和我母亲是同龄人,可是,如今看上去她至少比我母亲要老十岁。

刘妈反正是来了,至于春红什么时候走,那就由她自己定吧,母亲是不会催她回乡下的,这些年的有功之臣,愿意住多少时间,就由她住多少时间吧,好在已经是什么活儿也不找她做了,她就和母亲在房里说话。母亲为了报答春红这些年的帮助,可是给春红买了许多东西,穿的用的,保证她回到乡下之后,还和住在城市里一样,生活上不会有一点的不方便。虽说做嫁妆是以后的事,可是这次母亲也给春红买了不少的衣料,还给了春红一笔钱,让她带在身边用。

只是,说来也怪,刘妈没来的时候,春红总是催问刘妈什么时候来,可是到刘妈真的来了,春红又不说走了。最初母亲以为是春红舍不得离开母亲,但是渐渐地又觉得有点不对劲,因为母亲发现,平日爱说爱笑的春红突然变得不说话了,而且眼圈总是红红的,明明是她一个人偷着哭过。

"春红,你若是不愿意离开我,你就只管在这里住下去。当初找刘妈回来,也是你说要回乡下,女大当嫁么,这也是人之常理,如今你已经是 20 岁的人了,我还能留你几年呢,"一天,母亲把春红找到身边,知心地对春红说着,"不过,你若是想,就在我身边等你父亲给你找人家呢,那就等他几时找到合适的人家,你再离开我……"母亲说着,还唯恐春红多心是母亲催她回家,一句一句说得那样小心,还亲亲热热地拉着春红的手。只是谁料母亲说着说着,就只见春红眼圈渐渐地又红了,不多时,她竟抽抽噎噎地哭了起来。

母亲当然也跟着哭了:"孩子,你当是我舍得离开你吧?说良心话,我已经是离不开你的人了,你就是我的耳目,你就是我的主心骨儿,我真想不出来,这个家没了你会是一个什么样子,这一家人的衣食住行又该如何安排?只是,没有办法呀,春红,人不是都要长大吗?"母亲越说越伤心,母亲对于春红的长大,实在是太难过了。

谁料母亲的一番安慰，反把春红说得放声大哭了起来，她一头倒在母亲的怀里，一抽一抽哭得几乎断了声。这时，母亲开始有点觉得不对劲了，母亲抚着春红的脸，更加亲近地对春红说着："有什么舍不得的人，你只管对我说吧。"

　　人之常情，一个人从小在一个地方待得太久了，谁能没有一个舍不得的人呢？母亲估计，这个让春红舍不得的人可能是我，因为我比春红小 5 岁，从春红一进门，她就拿我当成亲弟弟看待，如今自己长大了，眼看着就要离开这个家了，可是你总不能把人家家里的宝贝儿子带走呀，再说，再过几年，人家也要娶媳妇儿呀，跟在你的身边算是怎么一回事呢？没有办法，舍不得，也要舍得。

　　母亲劝来劝去，春红就是一句话也不说，她只是把头埋在母亲的怀里一声一声地哭着，哭了好长好长的时间。也不知是怎么一回事，突然春红一回身——"哇"地一下，她竟吐了起来，而且这一吐竟不可收拾，一迭连声地，她吐了遍地。

　　正在外面干活的刘妈听见房里有人呕吐，立时就走了进来，刘妈刚要问是发生了什么事，没想到母亲的一声呵斥，竟把刘妈吓得退了出去。

　　母亲最初见春红呕吐，还以为是她哭得时间太长，但当母亲发现情形不对的时候，正赶上刘妈要进屋，立时，母亲就是一声呵斥："出去！"立时，就把刘妈拦在了门外。随之，母亲就把房门紧紧地关上了。

直到晚上，当母亲重新推开房门，让刘妈把春红搀走之后，我再进到母亲的房里，这时，母亲几乎已经变成了一个呆子，她一声不吭地只是坐在椅子上，一双眼睛直直地望着墙，脸色变得那样苍白，简直就像是刚刚得了一场重病。

"娘！娘！"这一下可是把我吓坏了，我以为母亲必是被什么突然发生的事气坏了，我听人说过，一个人是可以被突然发生的事气死的。于是，我忙着摇晃母亲的身子，可是她还是一动也不动地坐着，就像是完全失去了知觉一样。

过了一些时间，刘妈回到了母亲的房里。刘妈见我吓成了这个样子，便忙着过来安抚我，她把我搂在怀里，不停地抚着我的头发说："小弟弟不害怕，母亲过一会儿就会好的，小弟弟先去吃饭，让刘妈在这儿跟母亲说说话。"刘妈很是费了一番说教，才把我从母亲身边哄走。我才离开母亲，就听背后传来母亲的哭声："天啊，这不是作孽吗？"吃过饭后，待我再回到母亲的房里，只见母亲已经倒在刘妈的怀里，放声地大哭了起来。

…………

春红没有走，母亲让刘妈给她收拾了一间房子，从此她就住了进去。有时候我想找春红说点什么事，刘妈就把我拦在门外，不让我进屋去见春红。母亲呢，自从那次和春红说过话之后,她再也不见春红了,她连后院都不去了,因为春红的房子就在后院里;而且母亲再也不去前厅吃饭,一日三餐总是刘妈把饭菜给母亲送到房里,前厅里只有我们和父亲在一起吃饭。父亲吃饭时也不说话,只是低着头给什么吃什么,平日他总是说这不是味道、那不是味道的,突然他变得给什么就老老实地吃什么了,明明是犯了什么错误。我发现父亲的变化之后,觉得十分有趣,吃饭的时候我就故意地和父亲开个小玩笑,有时故意向他做个小鬼脸,父亲也装作没有看见,他是一点威信也没有了。

我是到了最后才发现有问题的。突然一天夜里,我被一片忙乱声吵醒,这时我就听见院里有人在走动,是刘妈的声音,她一再地说什么"见动静了,见动静了",然后又听见有人说:"接生婆来了,接生婆来了。"一听说是接生婆来了,我就知道这和我已经是没有太多的关系了,于是我也就又睡觉了。

第二天早晨,当我醒来时,我就听见从后院里传出来了小孩的哭声,我当然知道这是有人生小孩了。谁生的呢?我们家只有三个女人,刘妈正在照顾我们去学校,母亲说是正在生气,刘妈说母亲直闹心疼,已经派人请医生去了。还有一个有可能生小孩的人,那就是春红,可是她还没有出嫁呀,按照一般的情况,没出嫁的女人是不生小孩的。

许多日子之后，当春红从后院走出来的时候，她已经完全变成一个大人了，见到了我，她远远地就避开，就像是不认识我似的。其实我也是没闹明白究竟是发生了什么事，但我从情感上已经和春红拉开了距离，我觉得她不再是我的朋友了，到底是什么原因？我不知道，反正我是再不能和她一起玩了。

　　而且，我观察春红的时候，却意外地发现，春红再不到母亲的房里去了，母亲房里有了刘妈，一切的零活就全由刘妈做了。春红也想做点什么，但她不敢进母亲的房门，就只能做些粗活——扫扫院子呀，洗洗衣服呀什么的，房里的活，母亲也不叫她了。这时，我以为春红是应该回乡下去了，可是，从此再没有人提春红回乡下的事，似是她要在我们家永远住下去了。这期间，吴三代倒是来过。那一天我正在家，只说是吴三代来了，这时就只见刘妈匆匆地迎了出去，没等吴三代走进内院来，就把吴三代拦在了影壁外面，也不知刘妈和吴三代说了一些什么话，等我得到消息，跑出影壁要找吴三代说话的时候，我就看见吴三代立在二门外狠狠地抽打自己的嘴巴，还不停声地骂着："孽障，孽障呀！"骂过，吴三代就走了，无论我在后面如何喊他，他都装作没听见，只匆匆地跑走了。从此，吴三代再没有到我们家来过。

　　春红呢？自然就住下了，一天一句话也不说，活活变成了一根木头。有时候,我也想把事情的原委搞清楚,于是我就想法地去接近春红,可是每到春红发现我在故意要和她说话的时候,她便立即匆匆地跑开,所以,很长时间,我也没把事情调查清楚,就这么糊里糊涂地过了许多年。

…………

知耻近乎勇,我的老爸可是从此就勇起来了,他经过一段时间的自我反省之后,对于自己这几年的所作所为,找到了一个原因,据他后来对我母亲说,他所以对自己缺少自律能力,这完全是他的生活过于封闭,这些年他和外界几乎断了往来,一个男人在家里与世隔绝的时间太久了,他自然就失去了对自己的严格要求,于是这时候就容易做出荒唐事来。为此,他决定出去做点事情,倒不是为了挣钱,主要是为了和外界沟通一下来往,把自己送回到大世界中去。这样,很有可能他就要变成一个新人了,而这个变成新人的我的老爸,说不定还能对国家做出点什么有贡献的事情来。

母亲对于我老爸改过自新的决心,根本就不予理睬,无论我老爸对她说什么,她都是连一声也不吭地呆坐着,好在我老爸也不管她到底是听见没听见,过了一些日子,他正式地对母亲说,他要到塘沽去了。

塘沽离天津50里,是一个大港口,如今各国的船只都在塘沽靠岸,塘沽早就成了一个经济繁荣的小城市了。正好日本国的一家大阪公司要在塘沽设立一个分公司,他们要找一位中国人做公司的全权代表,而这个全权代表又必须会说日本话,还要精通英语,又要上过大学,还对国际贸易有一些了解。找来找去,一直没有找到合适的人,恰这时,他们也不怎么就知道天津有一位侯先生可以出任此职,于是就派下人来把我老爸请出去了。当然,在大阪公司任职,那是要住在塘沽的,这样也正好给他一个自我再次反省的机会,每天除上班办公之外,就一个人坐在塘沽的公司公寓里好好地进行自我检讨,用不了多少时候,他就能重新做人了。

母亲呢?乐不得他有了一个去处,还是什么话也没说,就由着我的老爸走了。我的老爸离家那天的景象实在是太悲惨了,只听说是车子来了,这时就只见我老爸一个人走出了房门,只有一个佣人给他提着一只大皮箱;母亲只当是什么事情也没发生,就坐在她的房里画她的荷花。春红呢?那就更不敢出来了,刘妈也是装作没听见,就由我的老爸一个人没趣地往大门外走。唉,这时,我才明白,一个人若是人缘儿混不好,那可实在是活得太没劲了。这时,倒是我动了恻隐之心,于是便跟在老爸的身后为他送行。走出大门之后,我老爸还回过头来向我笑了笑,我也向他笑了一下,然后他便坐到车上去了。拉车的立时就要走,我的老爸好像还要等待一个什么人,这时我明白了,我立即就小声地对我老爸说着:"你是不是想见见春红?"谁料,这时我的老爸居然掉下了两滴眼泪儿来。我一想,这可是太可怕了,我的老爸居然还有眼泪儿,也许是他舍不得离开我们吧?这时我忽然想起了一首歌,于是就给我的老爸唱了起来:"长亭外,古道边,芳草碧连天;晚风拂柳笛声残,夕阳山外山。天之涯,地之角,知交半零落,一壶浊酒尽余欢,今宵别梦寒。"我的老爸听我一唱,就更伤心了,抽了一下肩膀,他似是还拭了一下眼角,然后就由车夫拉着他走了。

老爸走了之后,母亲又恢复了往日的精神,她又开始有说有笑了:"咱们就好好过吧。"好像是母亲把我的老爸开除出去了。从此,母亲又每天自己画荷花、读书、还给我们弟兄讲唐诗。只是,母亲如今除了给我们讲唐诗之外,还给我们开了一门讲如何做人的课程,也没有正式的教材,就是由母亲说教,一讲起来就没个完,听得我们一点兴趣也没有,母亲还是一个劲地讲呀讲呀,直到讲得她自己涌出了眼泪儿,这时才算讲到了一个段落,我们也才算解放,然后我们就可以回房去读我们的武侠小说去了。

老爸走了大半年时光之后,正赶上九叔放暑假,姑奶奶到我们家来,对母亲说:"你也要派个人去看看他爸爸呀。"母亲说:"有什么好看的,他一去半年不回家,只来信说是公事太忙,我还让人去看他,我也是太没有志气了。"这时姑奶奶就说:"你不让人去看他,我派个人去。"当即,姑奶奶就决定让九叔去塘沽看望我的老爸。九叔放假离不开我,这样他就提出要带我一起去塘沽。我当然乐不得出一趟门呢,第二天我们就坐火车到塘沽去了。

对于这次出门,我是不抱太大希望的,塘沽固然是有的,到了塘沽有没有一个大阪公司,我就没有信心了。因为我听我的老爸在家里和一个来找他的朋友说过,也不知是谁,跟他的老爹要了一笔钱,说是去德国念博士,他哪里是去德国呀?一头他就住进了皇宫饭店,直到把钱花光了,才让人家撵出来。回到家里之后,他的老爹问他,你的文凭呢?你猜他说什么?他说,本来只差一个月就可以拿下文凭来了,可是万没有想到,就在他快要毕业的时候,一场大火把那个学院给烧光了,若不是他跑得快,连小命都没有了。他老爹一听儿子在外面遇到了这么一件事,而且还化险为夷,当即就往他脸上吐了一口唾沫,还说"他们没发你文凭,我就给你挂个奖章吧",就这样,他老爹给他脸上挂了一口臭痰。"哈哈。"说着,我的老爸还笑出了声来。

听过这样的故事,我对老爸的"是不是就在塘沽",早就不抱信心了,好在他在不在塘沽都不是我的过错,我就是随着九叔出来看看塘沽的,能看看大海,也是不虚此行。也是我老爸本分做人，到了塘沽我们一问这里有没有一个"大阪公司"，当即就有人把我们领到了一个地方，一看大门外还真有一块"大阪公司"的铜牌子。进到门里再一问："这里有没有一位侯先生？"看门的老人立即就站了起来，毕恭毕敬地向我们问着："二位是经理的什么人？"这一下，我的精神上来了，我马上对看门的人说："你快告诉侯先生，就说他们家的小二来了。"

对于九叔和我的到来，老爸真是高兴极了。老爸把我们送到了一处地方，给我们开了一个房间——好气派的房间呀，有电扇，有无线电，还有大沙发，大软床，墙上还挂着画，完全和天津租界地里的大公馆一模一样。依我看，这地方已经是很不错了，可是九叔好像是从姑奶奶那里领到了任务，这时他就对我老爸说："我们还是住到你那里去吧。"

"我也是就住在这里的呀。"我老爸极其平静地回答九叔说，"我一个人在大阪公司做事，何必会另有一处地方呢？这里就是大阪公司的公寓，里面住的大多是日本职员，大家处得极好。"说罢，我老爸说他的公事忙，没有再和我们说什么，立即他就走了。

这一走，我们可是再也找不到我的老爸了，一连好几天也不知他去了哪里，我们就在公寓里等他，一直也没有等来。只是在等我老爸的时候，我们对这处公寓里的情形有了一些了解。这所公寓,白天悄无声息,很难看见一个人影,可是一到了晚上,这里就热闹开了,男男女女出出进进,所有的房间里都有人在喝酒,还有女人在唱,一阵一阵的哗笑声,让人听着打冷战。九叔说:"咱还是快走吧。"还没容九叔定下走的日期,一天晚上九叔就让一个日本人拉到他房里去了,那个日本人让好几个日本女人跪在九叔的面前向他敬酒,还有一个日本人对九叔说:"不会喝酒的人,男子汉的不是。"幸亏九叔的智谋高,说了几句圆滑的话,立即就跑出来了;这若是换了我,非得让日本人给灌醉了不可。

第二天,天一亮,九叔和我就想回天津,可是离开塘沽,总要向我老爸说一声呀!只是,九叔无论如何也是找不到我的老爸了,问谁,谁也说是不知道。那我的老爸到哪里去了呢?总不会失踪了吧?最后问到公寓看门的老头儿,这位老人才对我们说:"侯先生在家里呀?"这时也是怪我多嘴,我当时就对这位老人说道:"侯先生的家是在天津呀!"谁料,这一问,老人警觉了,他忙着改口说道:"是呀,是呀,先生的家是在天津,塘沽没有侯先生的家。"然后,老人就再也不说话了。

回到天津,九叔把在塘沽的所见向姑奶奶和母亲做了汇报。母亲听后扑哧一下笑了:"他算是鱼儿得了水了。"然后就什么话也不说了。倒是姑奶奶皱着眉头似是自言自语地说着:"不行，说不定他在塘沽又有了家了；要么让他回来,要么得去一个人看着他。"

让我的老爸回天津来么？母亲说就不必了,既然真有这么一个大阪公司,他又愿意在里面做事,回到家来,也是无事生非,就让他在塘沽住着吧。去一个人管住他,倒也是一个好主意,可是让谁去好呢？

也不知姑奶奶是和母亲如何商量的,一天,姑奶奶和母亲把春红叫到房里来，两个人一起对春红说着:"你在这家里也是这么多年了,算什么名分呢？也不好说。如今大先生一个人在塘沽,好好做事呢,也许他就学好了;真若是随波逐流地下去,到了不可救药的地步,连你也没有个吃饭的地方。尽你的本分,你就到塘沽去吧,想进侯家门,你就好好地把大先生看好了,大先生若是学坏了,你也就该自己另找个去处了。"

听姑奶奶和母亲这么一说,春红立即就跪下了,这时她一面哭着一面对姑奶奶和母亲说着:"春红是个有罪的人,姑奶奶和奶奶到底是积善人家出身, 这才成全了春红的面子,留在府里还是吃呀穿地没有一点慢待,春红就是下辈子做牛马,也报答不尽奶奶和姑奶奶的恩德呀!奶奶和姑奶奶让春红去塘沽,不是春红不听奶奶和姑奶奶的吩咐,春红实在是不敢从命的,和大老爷在一处,可是让春红如何处呀？"

"行了,行了,你就别跟我演戏了。"母亲听得不耐烦了,"不是说让你去了吗?也没人送你,明日早早地你就去吧。姑奶奶还有什么吩咐吗?我是没有话好说了。我看,你也就下去吧。"

　　说完,春红还要再说什么,这时刘妈走过来,把春红领出去了。

4

春红乘火车到了塘沽，走出车站之后，叫了一部胶皮车，她就到了大阪公司的单身公寓。这就不对了，她为什么不去大阪公司，而要到大阪公司的单身公寓？而且我的老爸白天又一定是在大阪公司上班。你到大阪公司的单身公寓去找谁？你瞧，这就看出水平来了，若不，怎么就说春红不是一个凡人呢？

胶皮车把春红拉到大阪公司的单身公寓，春红走下车来，大大方方地就往门里走，走到门房外，她一把就推开了房门，冲着里面的一个人就问道："你是看门的什么大爷吧？侯经理让你找一辆车把我送到家里去。"说罢，春红就把我老爸的一张片子交给了那个看门的人。

看门的人一听，这人好大的口气，一句客气话也不说，上来就传圣旨，让他找一辆车把这个人送到经理的家里去，想来这个人必是大有来头。看门的人就对春红说："经理的家是在天津呀！"

"让你送我到侯经理家里去,你就别再让我费话,我就是从天津家里来的,去天津的家,侯先生也不会让你给我找车呀。"春红说得理直气壮,明明是她知道侯先生在塘沽还有一个家。

看门的人自然不敢找车把这个人往侯先生在塘沽的家里送,他把春红交到他手里的名片翻过来倒过去地看了半天,确实是侯经理的名片无误,这时,这个看门的人才向春红问道:"小姐是侯经理的什么人?"

谁料,这时春红突然把名片从看门人的手里夺了过来,立即她转身就往门外走,嘴里还没好气地说着:"你不管就拉倒,我自己会找车的。"

这一下,看门的人慌了,侯先生交下来的公差,他居然不办,看来你是不想吃这碗饭了,立即,他忙着跑过来,向春红说着:"不瞒小姐,侯先生在塘沽虽说是有一处住处,可是我们是不敢随便把人往那里送的。"

"我知道,上次九爷和小少爷来的时候,就是侯先生自己把他们领去的,不也是你给找的车吗?"

"车子是我找的,可是那是说去车站的呀?"看门的人还是不肯给春红找车,便对春红说着。

"对你自然是说去车站了,能说是到家里去吗?算了,我也没时间和你胡缠了,我们先生也该办完公事了,我还是到公司去找他吧。"说完，春红又要往门外走。这一次，看门的人相信她了，立即走到门外，叫来一辆车子，又对拉车的人说明了地址，然后就看着春红坐上车子走了。

好一个大胆的春红，她怎么就知道侯先生在塘沽又有一个家呢？你想呀，这还用费心思吗？上次九先生和小少爷来，侯先生只让他们在公寓里住了好几天，而侯先生自己却一直没见面，他能去哪里呢？必是他还有一个住处。而且侯先生那样的人，能一个人住在一个地方吗？所以，春红早在火车上就想好了计策，若是下车之后直接就找到侯先生，说不定侯先生又会把她放到公寓里的，可是让侯先生把她领到他的家里去，侯先生当然也是不肯，所以，只能来一个假传圣旨，于是她就想好了这个主意。公寓看门的人地位最低，告诉他是侯先生交下来的差事，借他点胆量，他也不敢不办，就这样，春红不费什么力气，一下子就找到了我老爸在塘沽的家。

果然不出春红的意料，当车子把春红拉到一处地方之后，春红只在院里说了一句："侯先生说外地老客的这份礼，就送到家里来吧。"立即，从房里就走出来了一个好不妖艳的女人，她一出来就向春红说道："那你就交给我吧。"

"你是侯先生的什么人？"春红向着这个女人问道。

"那还用问吗？"那个妖艳的女人好生得意地回答着说，

"在塘沽,我就是侯太太。"

"你真是侯太太?"春红又向这个女人问了一句。

"哟,这还有说假的?不信,你进屋来看看,桌上摆的就是侯先生和我的合影照片。"说着,这个女人就把春红领进了屋里。

春红走进屋里一看,一下子,她就笑了:"没想到,这地方还真够阔气的。"说着,春红又仔细地看了看桌上的大照片,确实无误,果然是我老爸和这个女人的合影照,再看看屋里的家具,也真是够水平,一屁股,春红就坐在了大沙发上。

那个妖艳的女人还等春红把什么礼物交给她呢,谁料,这时春红向着她说话了。

"你真是侯先生在塘沽的太太呀?"

"看了半天,合算你还是不信呀?"那个女人还要再一次证明自己的身份,她才要把照片拿给春红看,不料,"呸"的一声,春红一口唾沫就吐在了那个女人的脸上;随之,春红又板下一副脸来,向着那个女人便破口大骂了起来。

"不要脸的东西,你也敢说自己是侯太太?向你明说了吧,我就是我们奶奶派下来和你算账的。"说着,春红抓起一只花瓶就向那个女人扔了过去,幸亏那女人对这类场合已是久有经验,一闪身,她就躲开了,否则,真让这只花瓶打着,少说也要砸着个大包。

"你……"那女人还要和春红争执,恰这时,我的老爸从外面走进来了,一听见屋里有摔花瓶的声音,我的老爸就知道必是有了情况,没敢多说什么,他只是向春红问道:"你怎么找到这儿来的?"

春红看也不看我的老爸一眼,只是怒气未消地说着:"我们奶奶说了,辞了这儿的差事,无论有几个吧,一块儿就都领回家算了。"

我的老爸什么话也不说了,当即他就对那个女人说:"你说个条件吧,反正你也看见了,家里来人了,你若是愿意跟我呢,就得一起回天津;你若是觉得回天津的日子不好过呢,说个数,我也就对得起你了。"

没费多少麻烦,那个女人拿了一笔钱,带上她自己原来的东西,乖乖地就走了。

"我的小祖宗,你怎么就知道我在这儿又有了家?"待那个女人走了之后,我的老爸向春红问道。只是春红才不回答我老爸的话,她只是对我的老爸说道:"奶奶说了,让我在这儿侍候老爷,我呢,只是个奴婢,有什么不称心的地方,老爷再对奶奶说,让奶奶再给老爷换个人来。"

"你就别和我演戏了,我算服了你了。"我的老爸再也没有说什么,只是乖乖地坐了下来,随手他把衣服脱下来扔在了地上,然后便对春红说:"这个女人真懒,就是不洗衣服,你瞧,都脏成这个样儿了。"

…………

出使塘沽,一炮打响,春红立下了汗马功劳,为此,母亲对她的态度也改变了。春红呢,自然很知分寸,她是不会在塘沽久住的,每隔些日子,她就回来住些时间,和母亲说说塘沽的情形,再做些什么活计,直到母亲说:"春红,你该到那边看看去了。"她才肯走。而且走后不会过太长的时间,我的老爸就必要回来一趟。对于我老爸的回家,母亲可不像对春红那样宽容了,她理也不理我的老爸,就这样木木呆呆地把我老爸"木"走,也不问他下次什么时候回来。

不过,母亲心里有数,一次我听见她对姑妈说:"幸亏是春红,若不,还不知他会荒唐到什么地步呢?有春红在身边,他也有个人照顾了,有些事也就知自爱了。唉!"说过之后,母亲还叹息一声,似是对于我老爸的自爱仍然不甚满意。

正如母亲所言,有春红在身边,我的老爸是已经非常自爱了。他自爱的主要表现,就是他在大阪公司的工作受到了大阪公司董事长的赏识,他们说他们终于在中国找到了一位能力最强的人。为此,大阪公司对我老爸就更是重用。那时候是不知道评先进呀什么的,反正就知道给钱,我老爸在大阪公司一个月的薪水,合当时的市价,是 100 袋面粉,以当今的价钱估算，大约也在 2 万元以上吧，应该是高薪待遇了。有了这么多的收入，我老爸也已经不再胡花钱了，按时春红把钱给我母亲送回家来，母亲连看都不看，就收下了，也就是靠这些钱，我们家才能维持如此庞大的开支。

家里也就是这么几口人了，还谈得上什么庞大开支呢？说起来也是的，家里面也就是九叔读大学，哥哥读高中，我读初中，还有一个刘妈，再有一个车夫，那是用不了多少钱的——而且你们别忘了，我们又是分了家的呀！

分了家，不是日月更轻松了吗？按道理说，确实是应该这样的，可是，诸君应该知道，我的那几位叔叔不是爱花钱吗？没过两年的时间，他们早就把他们各自名下的产业花光了，买卖也"黄"了，钱也没有了，房子也卖掉了，怎么说呢？反正就是穷了。有时候，母亲也是不明白，她常说，分到他们各自名下的钱也为数不少呀，就是坐吃，也够吃上几十年的呀！只是，母亲后来才知道，我的这几个叔叔各人有各人的爱好，而他们的共同爱好，就是爱请客——无论是多少人，也无论是什么花销，一句话"我包了"，就全算到他一个人的账上了。什么事你全包呀？吃饭、喝酒，就算是一百个人吧，包下来也没有多少钱呀，只是他们净包那个没有名堂的大花销——泡舞厅，一高兴，今天的花销他全包了。你说说舞厅一晚上是多少钱吧，说五叔"包"的还邪乎，他一高兴，把一个戏班全"包"下来了：从角儿，到行头、跟包，全"包"下来了；戏码由他一个人定，他爱听哪出，就给他唱哪出；戏园子里前三排的座，全由他一个"包"下来了。你说说老祖父留下的那点财势，能够让他们"造"几天呀，就是留下半个亚细亚来，也不够他们"造"的呀！

他们一个一个地把钱花光了，怎么办？回来找大嫂呗。大嫂不是好说话吗？别看大嫂对大哥不留情面，对小叔们，大嫂可是从来也不说二话的，只要小叔说出条道儿来，老嫂如母么，那是一定要想法儿办到的。

除了九叔之外，一共有三个叔叔从家里分了出去，如今这三个叔叔再回来向母亲要钱，你说这开销该是多么庞大吧。到这时，母亲才想起春红当初在分家时出的主意是多么重要了。若不是春红知道长子要分一半，还不就是大家平分算了？那时，几个不成器的叔叔再挥霍一空，我们家也就没有几天的好日月了。这样，主要的产业还在我们这里，就是养着几个叔叔，也还能吃上一阵子的，总不至于败落吧。

只是，我的这几个叔叔是不肯好好过日子的，若只是养着他们，不就是每天三顿饭吗？还能把我们吃穷了吗？可是，他们还要出去看戏，有的还有销魂的去处，就这样，他们每天都要向母亲要钱。老嫂如母么，你不给，他们就捣乱，就说闲话，要不，就几个一起哭我死去的老祖父，似是老祖父一死，他们就没有人管了："爸爸呀！您老不能扔下我们不管呀！"哭声惊天动地，谁也休想劝开。没有办法，给钱呗，要多少钱，就给多少钱，谁让你是长门呢？你总不能看着他们受穷不管呀，别管他们是为什么受穷的吧。

有一次，正好我的老爸回来，春红也跟着一起回来了，一家人也算是团聚吧，就难得地在一起吃晚饭。晚饭才摆好，忽啦啦一阵风，我的几个叔叔一起闯进来了。刘妈见他们来了，就忙着摆筷子让坐。谁料，这几个叔叔谁也不坐，他们一起就站在了我的老爸面前，蛮不讲理地就向我老爸问着："大哥，你说个主意吧。"

我老爸当时一愣，还以为是他们要闹事，便眨着眼睛问道："你们这是要干嘛？家，不是已经分完了吗？"

"明说吧，大哥，家是分完了，可是钱我们也花光了。如今我们几个打算一起去要饭，也不是沿街乞讨，就是到各家商号去要点施舍，也不多，就是几角钱，反正我们是不能挨饿呀！"

这一说，我的老爸明白了，他们这是要赖，钱花光了，就来个恶吃恶打，要的是混横不讲理，你说怎么办吧？你不管，我们就去要饭，给侯姓人家丢脸，也给你侯先生丢人，你在大阪公司做经理，你弟弟在天津做乞丐，让你在外面没脸见人。

"你们说个办法吧。"我的老爸总是念手足之情,便对几个弟弟说,让他们说个数目,到底一个月要多少钱。

"大哥既然让我们说,那我们可就不客气了。"几个叔叔中最不讲理的一个代表大家说话了,"我们也不难为大哥,老九不是正在读书吗,大哥每个月给老九多少钱,也就给我们多少钱。"

天爷,亏他们想得出来,那时候一个人上大学,一个月就要一两黄金,那是多大的开销呀,你们几个也每月各要一两黄金,这不是敲诈吗?"不行。"这时,我的老爸说话了,"虽说我这里还有一些产业,虽说我在大阪公司做事,可你们这样花钱,谁也是养不起……"

"得了吧,大哥,"那个最不讲理的叔叔当即就向我的老爸说道,"你少荒唐几天,就够我们用的了。你在塘沽做的那些事,当我们不知道怎么的?光在女人身上,你花了多少钱?"

"行了,行了,几位爷,别忘了,这可是当着孩子们的面呀!"忽然,春红说话了,"想吃饭的,现在就坐下先吃饭,有什么话,吃完饭再说,你们总不能让我们奶奶和我们少爷们饿着呀!不吃饭的,就先到正厅里去坐着,有人给你们送茶,过一会儿等我们老爷吃完饭,再过去和几位爷说话。"

经春红这么一说,几个叔叔不好再闹了,他们只能退出去,等我们在这里吃饭。待到几个叔叔出去之后,春红才对母亲说:"奶奶有什么主意吗?"

"我有什么办法呀?一群孽障,多少钱也不够他们造的。干脆,你把他们聚到塘沽去吧。我自己还一身的病,哪里有精神儿管他们?"母亲无可奈何地说着。

"我不要他们!"我的老爸一拍筷子,当即就表示反对,"我在大阪公司有公事,又不是玩!"

"你不要他们,我更不要!"母亲当然不肯罢休,"你明明是想把我活活累死,你不知道我有病吗?天天让这些人来缠我,用不了多少日子,你也就快过上好日子了。"说着,母亲又掉下了眼泪儿。这一下我的老爸不再说话了,他知道自己有不对的地方,所以每次母亲掉泪,他都不敢争辩。

"我看,就按照奶奶的吩咐做好了。"这时春红说话了,"和几位爷说好了,凡是能自立的,就留在天津,只是以后不要再到府上来找奶奶要钱;凡是不能自立的,就随着老爷去塘沽……"

"放屁!"突然,我的老爸又发火了,他冲着春红就是一声臭骂,然后就厉声地向她问道,"到了塘沽,你管着他们呀?"

"我哪里配管什么人?"春红一点儿也不着急地说着,"我只是说,把几位爷聚到塘沽,给他们各人找一份差事,让人家经理掌柜的管着他们。如果这时他们再不好好做事,被人家辞下来,那他们也就没有理由再向咱们要钱了。给你分了家,又给你找了事由,你都没混好,这还能怪谁呢?咱们这叫仁至义尽。到最后就是他们真的做了乞丐,我们也是理直气壮,谁也不会说我们的不是。再说塘沽又是个小地方,到了那里,就是有钱,也没地方造去,那儿不似天津,多少钱都不够用,像五爷那样,一个人听戏包半个园子,塘沽也不兴这种做法。再说塘沽那地方又野,谁敢胡作非为,一准有人出来和他要胳膊根。几位爷为什么在天津横行?容春红放肆说一句话,就是府上在天津的威风太大了。到一个新地方,没了祖上的威风,就是胆子再大,只怕几位爷也不敢混闹了。"

果然春红说得有理,我的老爸再也不说话了,一切就由春红安排吧。就这样,我的几个叔叔——我们的四先生、五先生和六先生便一起到塘沽去了。

母亲这边还担心这几个弟弟会不会在塘沽惹事,但是半年之后,塘沽传来消息,说这三个叔叔全都变好了。真是让人不敢相信,何以这三位爷就学好了呢?是谁有这么大的能耐把他们三个管好的呢?问到春红,春红只是一笑,然后便说起了三位爷学好的经过。

先说四先生,四先生没有别的毛病,就是一个懒惰:早晨要睡懒觉,谁叫他,他也是不肯起床,他要一直睡到上午十点,然后才起床洗漱吃早点。就为了四先生的睡懒觉,四奶奶可是着过急的:睡懒觉,那是要误事的,什么差事也不能做了。好几次,人家给四先生找到了公事,可他就是因为要睡懒觉,不肯去按时上班,最后自然是被人家辞下来了,所以就一直在家里待着。到了塘沽,我老爸给四先生在一家报关行里找了一份差事。报关行呢,那是要到上午9时半才上班的,一般说也可以让四先生多睡一会儿了。可是,四先生那是不到10点不起床的,最初我老爸还担心他给人家误了事,可是,不到半个月,我们的四先生就再也不睡懒觉了。我老爸也觉着奇怪,还以为是人家报关行里的规矩严,再一问,也没什么太严的规矩,头几天四先生也是睡过了时间,可是后来四先生就再也不肯睡懒觉了。什么原因呢?很简单,这里的报关行,一律是早晨9点开饭,开饭时间只有半个小时,过了时间饭堂把大门一关,谁来了也不给开,而且下一顿饭要到下午4点,因为中午正是报关行最忙的时候,谁也没有时间吃饭。前几次四先生睡到10点,也没人说话,不过就是自己挨饿罢了,可是这一直饿到下午4点的滋味可是不好受呀,没过一个星期,四先生再也不肯睡懒觉了,为什么?他饿苦了,饿得满眼冒金星,一双手连笔都拿不动了。那么,他为什么不出去买点东西吃呢?没告诉你吗?塘沽这地方小,只有几家饭铺,而且离报关行太远,不坐车根本就没法去,所以只要早晨吃不上饭,你就要一直饿到下午4点。人是铁饭是钢的道理,我们四先生是深为了解的,再不用人去管,他自己就早早地起床了。这样,我们就知道了一个治懒的最好办法,那就是一个字:饿!

五先生不懒,他就是爱听戏。在天津听戏时他一个人包半个园子,摆的是个"谱儿",但是到了塘沽之后,他再到戏院里听戏的时候, 就只买一张票了。何以他就知过改正了呢? 也没有谁对他做思想工作, 一开始他也是多买了两张票,至少把左边和右边的两个座位的票买了下来,我们五先生听戏不是嫌别人身上的汗味儿吗? 在天津敢买下前三排,到了塘沽我只买三张票还不行吗? 大爷我有钱。

只是,有一次就在五先生听戏的时候,扑通扑通,一左一右,就在五先生的两旁坐下了两个恶汉,我们的五先生看看左边的恶汉,再看看右边的恶汉,才说了一句:"知道这两个座位是谁的吗?"没等五先生把那两张票拿出来,一左一右的两个恶汉一人一拳头就向我们的五先生打了过来:"小子,听清楚了,就是金銮殿里的龙椅,只要没人坐,这爷爷也敢去坐! 知道这是嘛地方吗? 这是塘沽。知道塘沽是谁的天下吗?左边的爷他叫混江龙,右边的爷我叫浪里蛟。有来头,你也报上个名来,强龙斗不过地头蛇,知道吗? 别提你在天津卫的威风，到了塘沽，就是咱爷们儿的天下，老老实实地别奓翅儿，一个人听戏买三张票，塘沽没见过这样的规矩！今天给你两拳是看你家大爷在大阪公司的面子，明天再这样，可别怪这爷们不客气！”一下子，五先生就老实了，从此之后，再看戏，他就只买一张票了。

我们六先生呢？好赌。在天津谁也管不住他，到了塘沽，他还是要去赌，可是他只去了一次赌场，连一分钱的赌注也没下，老老实实地他就出来了，而且从此再不进赌场的大门。谁把六先生赌博的恶习给治好的？也没什么人，就是那次六先生走进赌场的时候，才要下赌注，这时，他就在赌桌上看见了两根刚剁下来的手指头，鲜血淋淋，还正冒着热气呢，一下子，就把我们六先生吓跑了。

塘沽这个地方就是好，无论什么人送到这里都能变好，后来本人就是被送到距离塘沽只有10公里远的盐滩上来脱胎换骨的，果然见效。没到盐场之前，我还拒不认罪，到了盐场之后，不到一个星期，我就重新做人了。这时我才明白我原来的那几位叔叔何以一到了塘沽就变成了一个新人的道理，原因就是塘沽这地方风水好，它很可能是原来太上老君收孙猴子的八卦炉，那是无论什么“妖魔鬼怪”都能治服的。

5

　　春红的功劳簿上已经有了一页一页辉煌的纪录：明说是照料我的老爸在塘沽的生活，其实是看管着我的老爸，让他只能安分地在大阪公司做事；而且她还把几个不成器的叔叔聚到塘沽，逼着他们改了多年的恶习，这真是让母亲为之感激不尽了。无论春红过去曾做下了什么错事，母亲也不再计较了。再说那根本就不是春红的过错，只是看人家好欺侮罢了，主子做的恶事，却怪人家奴婢不本分。只是，谁让春红是奴婢呢？

　　从此，几乎每天都有令人兴奋的好消息从塘沽传到天津来，其中最使人为之骄傲的事是，我的老爸在大阪公司越来越受到日方的重用，已经有权出席日本大阪公司的理事会了，而且他还是日本大阪公司理事会中唯一的外国人。每次我的老爸去日本出席理事会，日本方面都要请我的老爸给日本雇员作讲演；而我老爸讲演的题目就是《唯自尊自爱才是自刚自立之本》，听得日本雇员们一个个激动不已，连连向我的老爸鞠躬敬礼。日本大阪公司的董事长还送给我老爸一把日本宝刀,上面刻着两个汉字:至圣。

　　而至于我的那几个叔叔呢?有我的老爸给他们做楷模,他们自然就更加老实做人了,一个个全都在塘沽好好地做事,再不找我们家要钱了。

　　如果以我的看法,这本来正是母亲求之不得的好事呀,母亲应该高兴才是。可是,有一天在姑奶奶和母亲说话的时候,我居然听见姑奶奶劝我母亲不要生气,而母亲还哽哽咽咽地哭着,明明是她在生什么人的气。只是,谁会让母亲生气呢?这家里没有别的人了呀,哥哥是母亲的命根子,那是绝对的亲信,连我都比不上,莫说是生气,就是哥哥把房盖揭下来,母亲都要为之鼓掌欢庆的。我呢?更是讨母亲的欢心了,母亲宠爱我还嫌不够,母亲何以会生我的气呢?那么家里还有一个刘妈,可刘妈简直就是母亲的亲兵,她处处迎合母亲还怕母亲有什么不满意的地方,她是绝对不会让母亲生气的。那么,到底谁又惹母亲生气了呢?这可真是太让人费解了。

　　然而,母亲还是真的在生气,而且越来越重,到最后竟气出了病来。反正我就是只见刘妈每天晚上用砂锅熬药,熬得满院里都是药味,熏得我连算术题都做错了,第二天挨教师的骂。教师说我不是不会做算术题的人呀,只是教师是不知道，你就是把阿基米德放在我家院里来，天天晚上拿熬药的味儿熏他，他也是发明不了他的那个定律的，那股熬药的味道，让人觉得电灯都不亮了。

而母亲就每天晚上喝那一碗一碗的药汤，喝得我一阵一阵地替她咧嘴。母亲咽一口药，我的嗓子眼儿就咕噜一下；母亲一碗药喝完，我的肚子早让凉气胀成了一个大皮球，那要放好多好多的屁，才能把一肚子的凉气放出来呢，真是活受罪。

只是，母亲的病一天天地重起来了。每次医生给母亲看病，我都在跟前，我就听医生说母亲的病是由郁闷而生，而且医生还说母亲生的闷气，是一种对任何人都说不出的气。据医生说，这"气"是有许多种的，有的人生气，喊几声也就过去了；还有的人生气，过些日子自己也就忘记了；再有的人生闲气，那是根本就不必管他的，让他做点什么事情，一忙，就没有时间生闲气了。而世上最叫怕的就是生闷气，这种气，无法驱散，无法化解，也说不出，就是在心里聚着，久而久之，就一定要聚成大病，到那时就是请来神医，也已是无济于事了。

为了照顾生病的母亲，春红从塘沽回来了，因为母亲生病之后，房里的事情自然就多了，刘妈可以做零活，可是请医生、买药，还要一个专人，再加上许多家里的事，什么这家的寿日、那家的红白大事呀，母亲是照顾不过来了。这样，春红就说："还是让我回来吧，奶奶身边的事，也只有我才知道如何做的。"于是春红就回来了。

说来也怪，春红一回来，母亲的病就有些好转了。后来有的叔叔说母亲的病是春红气出来的，我坚决反对，这是我亲眼看到的，有春红在身边，母亲的病情就有明显的好转；春红一去塘沽，母亲的病就重。你说母亲是被春红气病的，那为什么母亲看不见春红的时候病就重，春红一回来母亲的病就好些了呢？母亲是生我老爸的气，爸爸在她身边，她就有病；爸爸一离开，母亲就没病，这才是一看见你就有气呢！可是，母亲何以是看不见春红就有气，而春红一回来，就没气了呢？诸位明白人，你们知道这是什么原因吗？反正我是不明白的。

虽说有春红无微不至的照顾，母亲的病有了一些好转，可是过了一些日子，母亲更加感到不适了，这时又请到了许多医生，医生也说不出什么道理来，只是给开了许多调理的药，让母亲慢慢地吃着，等她自己康复。

一天，当姑奶奶看母亲来的时候，春红把姑奶奶请到一间房里之后，向姑奶奶说着："又是春红放肆了，本来这话是不应该春红说的，只是春红看奶奶的病情一天天地重下去，心里实在是太难过，有病乱投医么。既然请了这么多的医生都说不出个道理来，姑奶奶说是不是该换个办法给奶奶看看了。"

"你说什么办法好呢？"姑奶奶问着。

"这话，春红在塘沽对老爷说过的，老爷说他不能做主。还要请姑奶奶拿主意。"春红低声细语地对姑奶奶说着。

"什么事，连他都不敢做主？"姑奶奶更是不解地问着。

"在塘沽，春红对老爷说过的……"

"哎呀，你就把那些虚词免了吧，什么老爷呀、春红呀的，咱如今不是说大奶奶的病吗？"姑奶奶有些着急了，她发下话来让春红有话只管直说就是。

"春红是这样想的，既然奶奶服了这么多的汤药都不见效，是不是就该到西医那里去看看？春红听说，如今有些病，老法子已经是看不出了，人家西医有什么照相机器，一照就把人的五脏六腑都能看清的。若是没有病呢，我们再吃平安药，也就放心了；若是有什么病呢，我们也不至于误了治……"

"既然这样，那明天就把大先生找回来，连那几个叔叔也找回来，大家一起商量商量，我也是说，别再光喝汤药了。"

有了姑奶奶的话，春红立即动身去塘沽把侯姓人家的几位男子招了回来，大家在姑奶奶的主持下，也算是会议决定：送母亲去西医医院看病。请西医来给母亲看病,那真是和爆发一场革命一样呀!因为那时候,西医被认为是一种邪说,何况"西医治标,中医治本"的说法更是根深蒂固,如我们这样的老户人家,是不会相信西医的。

母亲去马大夫医院看病的那天,我们是全军出动的,那真是兴师动众了:我的老爸和姑奶奶是主帅,几个叔叔是副帅,哥哥和我更是重要人物,刘妈和春红给母亲做护理,一行人就到了马大夫医院。

那时的马大夫医院,就是现在中心医院的一个分院。在我的印象里,那时的马大夫医院几乎没有几个医生,也没有几个护士,医院里鸦雀无声,连我们自己的呼吸声都听得出来;不像现在的中心医院分院,里面熙熙攘攘,护士唤病人要用高音喇叭,音量小了,还听不见,你就说说如今的医院是多大的威风吧!

在医院里经过一番检查,最后马大夫将我老爸、姑奶奶和我哥一起请到医生的房里,也不知对他们说了些什么话,待到我的老爸、姑奶奶和哥哥从里面出来的时候,只看见哥哥哭着,我的老爸面色苍白,姑奶奶手扶着墙、全身已经没有了一点力气。

母亲的病必须动手术,而且现在就要留下来住院。

母亲动手术的那天, 马大夫医院大门外停了几十辆汽车——我们一家，姑奶奶一家，几个叔叔的各自一家，还有外婆家、舅舅家、姨姨家，以至于其他的远近亲朋，成群结队地就全来了。因为那时候人们把做手术看得极其可怕，一个人居然被医生切开腹部，而且再把身体里的一块病变切下来，这太不可思议了。这样重大的事件，人们不在现场，那是太不礼貌了。只是马大夫医院太小，除了直系亲属之外，其他人就在门房里等着，还有一些人被姑奶奶动员着回了家，并且保证说一旦有了什么变化，一定会通知他们的，决不会忘了亲人的关心。

母亲是上午 10 点被推进手术室的，手术室外面只有爸爸、姑奶奶、哥哥和我，此外就是刘妈和春红了。刘妈和春红是照顾我们几个人的，关照着我们喝水、穿衣，有什么事情，她们再出去找人。手术室里面的事，我们是一点消息也不知道，大家只是一起看着墙上的大钟，嘀嘀嗒嗒，一声一声都似在我们的心上砸下一只重锤，让人窒息得全身发冷，有生以来，我第一次知道什么叫作担心，只怕得一双手不停地发抖。

正在我们大家紧张得喘不上气来的时候，手术室里走出一位护士，对我们说道："请近亲进来。"我们当时以为是手术做完了，让我们进来看看，谁料当我们走进手术室的时候，那位护士才对我们说："手术中出现了意外情况，病人大出血,而现有的血浆又血型不对,所以必须立即给病人输血。"

"输我的血!"第一个跑上前去的是哥哥,他不等护士验血型就往手术室里跑,倒是护士一把拉住了他,说着就把他的袖子撸起来, 随着又对我们大家一起说:"病人的血型是AB型,这种血型的人很少,大家都要抽一点血去化验。"说着,护士就一个人一个人地把我们的血都抽了一点,又做了记号, 在每个人的血样上写下了名字。但这时护士还不肯走,她对我们说:"AB型的血很难找,听说你们来了许多人,是不是也抽他们的一点血样做些化验?"

"好吧!"立即我和哥哥就跑了出来,到了门房处,我们对几个叔叔说要每个人抽一点血样去做化验,你猜怎么着?除了九叔当仁不让地走了进去之外, 其他的我的那几个叔叔竟没有一个人应声。

"怎么?你们平日不是总说母亲是你们的老嫂吗?"我急了,当场就要和他们分辩,只是那几个叔叔都为自己辩解:

"你是知道的,我也是有病呀!"

"我根本就不能抽血的,我一看见血就晕;我想,我就别再给你们添麻烦了。"说得好生有理,反正他们就是不肯抽血是了。

回到里面,哥哥把外面的情形对姑妈说了一遍,气得姑妈当即就骂道："这群狼心狗肺的东西们，真是知人知面不知心呀，他们得不了好下场的。"

但是，时间不等人，那位护士急忙从我们几个人的胳膊上抽走血样，然后便又进到手术室里去了。

过了不长的时间，手术室的房门被推开了，刚才的那个护士走出来。她拿着一张单子，看着单子上的名字，唤了一声："春红。"

这时，我亲眼看到的，春红的眼睛里竟然闪出了一种奇异的光彩，是一种骄傲的光彩，是一种得意的光彩，就像是一把干柴突然被火星点燃起火一样，春红兴奋得几乎不能自己。而且不要忘记，那时候人们把抽血看得和杀头一样可怕，那是人们对西医还不认识的时候。中国人把血看得和生命一样珍重，人们认为一个人被抽出了血，那就是要短命的；把自己身上的血输到另一个人的身上，就是把自己的生命献给了另一个人。而现在春红竟为自己能给母亲输血而得意非凡，可以想见她是多么希望自己能把她生命的一部分变成母亲生命的一部分了！立即，没有向护士再说什么，春红就向手术室走了过去。

只是，我万万没有想到，这时候哥哥竟似发疯一般地向春红冲了过去，他一把将春红抓住，然后就一步站到了护士的对面，瞪圆了一双眼睛，恶凶凶地向护士说道："你为什么不叫我？"

幸亏那时候的护士知道自己是护士，她一点儿也没有和哥哥发脾气，只是和颜悦色地对哥哥说："医学上的事情十分复杂，你只能服从医生的决定。"然后就带着春红走进手术室去了。

护士把春红带进手术室之后，哥哥一下子就扶在墙上放声地大哭了起来，他哭得那样伤心，明明就是自己受了侮辱一般。说来也怪，我虽然没有为自己不能给母亲输血而感到过于气愤，但就在我的心里也对春红产生了一种嫉妒，我真恨不能一步就闯进手术室里去把春红拉出来，然后我再把自己的血输给母亲。那么我就对医生说："医生，无论用多少血，你都尽管抽吧，我是母亲的儿子呀！"

然而事实就是和人们想的不一样，母亲的儿子不能给母亲输血，却让一个母亲最恨的人把她身上的血输给了母亲。母亲此刻已经被麻醉过去了，她是不知道的，而我们这些亲生骨肉，在这个无法令人接受的事实面前，却只能像哥哥那样放声痛哭了。倒是姑妈了解哥哥的心情，她把哥哥搂在怀里，抬手抚着他的头发安慰着说："只要能把母亲的生命抢救过来，就是我们全家人最大的幸福。春红的血，我们是会付给她钱的，无论她要多少钱，我们都会付给她的。"

经姑妈这么一说，哥哥才稍微安静了一些，这时就听见哥哥把头埋在姑妈的怀里狠狠地说着："给她钱，把咱们家的钱都给她,让她滚蛋!"多年来一直压在哥哥心底的仇恨,终于爆发出来了。

…………

手术之后,母亲的身体极度虚弱,整整在床上躺了三四个月,病情才开始轻了一些。虽然母亲的精神明显好转,但我们在母亲手术之后,就被马大夫叫到了手术室里,听马大夫对我们说明母亲的病情。据马大夫说,母亲得的是一种绝症,过三不过五,也就是说三年之内,马大夫保证没有问题,但是再好的医生也不敢保证患这种病的人会活过五个年头。马大夫的话,等于宣布了母亲的寿限,那就是说,母亲最多已是活不过五个年头了。

哥哥哭了,我哭了,姑妈哭了,我的老爸也哭了,而且我的老爸还一面哭着一面骂自己："我对不起她呀!我有罪呀!"看着老爸哭的样子倒也可怜,只是我和哥哥谁也不去劝他,我们什么话也没和他说,就一面哭着一面和姑妈一起从马大夫医院出来了。坐到车里,姑妈还说要等我的老爸一会儿,这时就听哥哥狠狠地说道："开车,走!"立即,我们就走了。

母亲的身体情况一天比一天好了起来,到了春天,母亲已经走到院里来了,她那么有兴趣地看看院中的花草,还到我们房里看了看，并对刘妈把我们照应得这样好表示了一番感激，又把我和哥哥的成绩单拿到手看了看，然后才回到自己房里去。母亲的身体恢复得这样好，既有医生的功劳，也还有许多其他的原因，而此中的一个重要原因就是我的老爸从母亲做过手术之后，果然改过自新了。为了照顾母亲的身体，春红再也不去塘沽了，我老爸就一个人和他的三个弟弟住在那里。最初母亲和姑妈也是不放心，但是让九叔到塘沽去过几次，每次九叔回来都说我的老爸确实快变成一个圣贤了，他不仅自己自重自爱，他还把几个叔叔管得规规矩矩。一次，那个六叔也不知在外面做了什么荒唐事，被一个女人诈去了不少的钱，为此，那个用他做事的地方一定要把他辞掉。这事被我老爸知道之后，老爸说辞掉事情不重要，重要的是以后如何做人。当即，我的老爸就把那个六叔好一番管教，而且我的老爸还动用了老大哥的威风，逼着这个六弟在他的同事面前请罪。那时候是不兴开批评会呀什么的，我的老爸就摆了一桌酒席，把人家公事房的人都请了去，由我的老爸亲自给人家公事房的人一一斟酒，还让他的六弟站在一旁，不让他说一句话。斟过酒之后，我的老爸把他自己的酒杯举过头顶，然后对众人说："我身为大哥治家无方，因此才出了这么一个孽障弟弟，有什么对不住众位的地方，诸位只管对我一个人说，我这里向众位谢罪了。"说罢,就向众人鞠了一个大躬。

这一下满塘沽都轰动了,人们都说:"你瞧,到底是人家书香门第呀,弟弟做了错事,大哥出面自责。这样,就是再不知道理的人,也不敢再做错事了呀,若不说怎么还得是老户人家呢,家风就是好!"就为了这事,塘沽的各界人士几乎要给我们家再挂一块匾,连词儿都想出来了:"圣贤家风",只是后来到我们家一看,我们家门外的匾太多了,没有地方再挂了,这样才拉倒了。

只要我的老爸和他的几个弟弟严于律己,不做荒唐事,我们家就没有犯愁的事,母亲也就不会生气;至于我和哥哥,那是绝对的中华精英,读书、做人,除非是后来有人把是非颠倒了一个"个儿",否则,我们就是中国传统美德的化身。在家里我们最知孝敬长辈,在外面我们与人为善,学业上我们更知上进。在学校里,哥哥是高中第一名,我是初中第一名。有一年上面非要高中初中合一起,出一个全校第一名,为这事,老校长找到教育局长,非要辞职不可,最后没办法,只好来个并列第一,我们哥两个全都上去了。你就说说,这有多露脸吧!

有了这样好的条件,母亲的身体恢复得就更快了。母亲常说:"若是我的一场病,真能让他们弟兄知道自重自爱,就是吃些苦,我也是不冤的。我们这样的家庭是万万不能败下去的呀！"母亲的伟大，就是她为了这个家，贡献出了她的一切。她真是愿意用自己的生命让我的老爸和他的弟弟们良心发现地好好做人，这个家是不能败在他们手里的，只要有一辈人不成器，让这个大家庭败下来，日后再想重振家威，那就是不可能了。

塘沽的事不用母亲分心了，而在母亲身边的人，更是让母亲高兴。我和哥哥那是不必说了；刘妈是母亲从外婆家带过来的陪房丫头，她本来就是母亲的心腹；唯有一个春红因为一件事情让母亲生气，但那本来不是她的过错，甚至于她是一个受害的人，就因为人家春红是奴婢，所以主子做下的坏事，反要把罪过扣到人家的头上，旧时代的事就是这样不讲理的。倘若换了现在，春红早找个地方揭发我们家的罪行了，召开一个控诉会，把我的老爸押上台去——你放心，我一定不会为了亲情而忘记阶级立场的，就算我不上台揭发，至少在台下，我也会带头喊口号的："打倒那个做坏事的人，我们坚决不答应！"

尤其是在母亲得知春红在给自己输血的时候，竟然晕倒在病床上的时候，那就对春红更加感激不尽了。在马大夫医院，在母亲苏醒过来之后，那个不知底里的护士当即就对母亲说："为了没能给母亲输血，儿子急得放声痛哭，我说女儿的血不是都一样吗？一进到手术室，女儿就说：医生，无论用多少血，您老只管从我身上抽，您老连问都不必问我，就是把我身上的血全抽净了，我也是心甘情愿的。当时我在一旁听着，心里就是一阵难过。我是没有母亲的人了，我最知道女儿对母亲的感情是多么真切了。"护士的话说得母亲的眼圈都红了，她也没有对护士说那个给她输血的人不是她的女儿，那是一个不知是什么身份的人。

就这样，这些年母亲在心里和春红的一切隔阂全都消释得荡然无存了。为了向春红表示感谢，也是为了使哥哥的心里能得到平衡，母亲身体稍好之后，便把自己的首饰匣子给春红抱了出来。你们是不知道，那里面可是无论多么值钱的宝物都有的呀。后来我在一个什么高级地方看到一只翡翠首饰，标价几乎是一个天文数字，当即我就对身边的人说，我的天，当初若是知道这东西如此值钱，好歹收起来一点，也够如今用一阵儿的了，当初谁家里拿翡翠当好东西呀，母亲耳朵上的翡翠耳环掉在院里了，根本就没怎么找："算了吧，什么值钱的东西？"你听听，让人多后悔呀！

可是，当母亲把她的首饰匣子放在桌上的时候，春红连看也不看一眼地只是对母亲说着："奶奶以为春红就是这么不值钱吗？"说得母亲再也不知如何是好了。当即，母亲只能对春红说道：

"这些年我也没想到送你件什么东西，如今就随你选几样吧。"

只是,人家春红根本就没把那些首饰放在眼里,什么话也没说,就走出去了。

尾 声

对于哥哥和我说来,世界突然失去了光明。就在母亲患病的第三个年头,她溘然长逝,离开我们而去了。

操办母亲的丧事,我的老爸应该是无可挑剔了。他给母亲买了最好的楠木棺材,买了最好的凤冠霞帔,还打了一副金九连环,母亲身上的首饰更是应有尽有,连舅舅都对我们说:"你父亲别管过去有什么不对的地方吧,发丧你母亲那是一片真心了。"只是,这样的真心有什么用呢?哥哥和我才不会因此原谅他呢。

因为母亲不是一家之主,为她办丧事只能停灵五期,也就是35天,比为祖父办丧事时的停灵七期少了14天。当然,在这35天之内,也是一天一堂经,也是处处有大排场,也是满街的花篮,也是一院子的孝服,更是哭声不绝。母亲的好人品,令全族的人都怀念不已,没有一个人不说母亲的好话,没有一个人不是真心地为母亲落泪。

哥哥是长子,他的孝服最重,从母亲一"倒头",就来了一位"博士"专门地侍候着他一个人，无论什么时候来人吊孝奠灵，他都是第一个出来，跪在母亲的灵旁磕头；我呢？是二儿子，当然也是有一个"博士"专门地侍候着我，每次出来跪，我都是跪在哥哥的下位，一起向前来奠灵的人表示感激。还有一个人也穿了重孝，谁？就是春红生的那个女孩，从她生下来，就交给一个佣人带着，如今她已经长到了四五岁，她是以女儿的身份"承"服着孝的。虽然同父异母，但她的母亲没有资格做母亲，我们的母亲才是她的母亲，因为身上有侯家的血统，她也就自然是母亲的女儿了。

然而，正在我和哥哥为了母亲去世而万般难过的时候，就听说是家里出了一件事，为了这件事，几乎闹得地覆天翻，差一点出了人命。

什么大事闹得这样凶？

也不是什么大事，就是春红想要一件孝衣。

按道理讲，只有亲人才能穿孝服，刘妈是母亲带过来的陪房丫鬟，那是可以按晚辈看的，尽管刘妈比母亲小不了几岁，但主仆之间就是两辈人，她自然有权利穿一件孝服的——当然不是重孝，只是一双白鞋，头上有一条白布缠头，就这样，刘妈已是十分骄傲了，她比那些没资格穿孝服的佣人，就高出了一个等级。而春红呢？论身份，她只是老吴三代的女儿，根本就没有仆人的资格；就算是母亲房里的佣人,她也只是一个仆婢而已,那是不能按亲属对待的。所以在姑奶奶定孝服的时候,就没想到给春红也做一件孝服。这样,在全家都"承"服之后,就把春红给显出来了。

春红为什么想要一件孝服呢?难道穿孝服是一件光荣的事吗?如今人们常在骂人的时候说"你抢孝帽子呀!"这本来不是一句好听的话,不穿孝服,不是更轻松吗?

只是,诸位看官不知道过去的老事,穿孝服虽然不是一件喜事,可是孝服代表一种身份,穿孝服的人是死者的亲人,不穿孝服的人就和死者无关。譬如说吧,倘若死者生前欠下了人家的债,事后,当债权人来讨债的时候,他就没有权利向没穿过孝服的人张口,"向我要的着吗?我戴过孝帽子吗?"一句话,就把讨债的人骂跑了。可是,如果死者留下了遗产呢?待到分家的时候,那没戴过孝帽子的人,就没有资格分了。所以,这穿孝服可不是待闲之事,诸位好友,到时候可万万不能掉以轻心呀!

那是在母亲去世后的第三天,姑妈一一查点过了"承"服着孝的人们之后,向主事的师傅说了一句:"全齐了",这时再有人来,那就是只敬呈白花,而不再"承"服着孝了。谁料姑妈的话声刚落,春红立即就找到姑妈房里,"扑通"一下就跪在了姑妈的面前。姑妈还以为她要向姑妈发难,在母亲去世之后,为了她当初的救过母亲的性命索要报酬,万万没有想到,春红跪在姑妈的面前,立即就哭成了一个泪人儿。

"姑奶奶在上,春红有件事还求姑奶奶成全。"春红一面哭着,一面向姑奶奶说着。

"有什么话,你就说吧,反正我们侯家是欠着你的。"姑奶奶不无防备地说着,心里还在估摸着春红到底有可能提出什么要求。

"姑奶奶容我放肆,春红在奶奶房里侍候奶奶这许多年,奶奶对春红的恩德,那是春红下辈子做牛做马也报答不尽的。春红没有别的要求,只求姑奶奶赏给春红一件孝服,也算是春红在世上回报了奶奶的教养之恩。"

"什么?你要给奶奶服孝?"这一下,可真是把姑妈吓了一跳,立即,姑妈就对春红说道,"春红,不是姑奶奶没想到你,你看刘妈不是已经'承'服着孝了吗?可是你不能和刘妈比,刘妈是你们奶奶从娘家带过来的,身为奴婢,她就可以着孝;可你呢?你原是侯家老仆的后人,在奶奶的房里,你虽然也是一个奴婢,可你和奶奶没有什么关系的,让你'承'服着孝,就等于认你做了偏室,也就是你成了我们侯家大先生的姜。三妻四妾么,这也是名正言顺的事,可是你又忘了,你可是侯家老仆的后人呀,宠婢为姜,那是有悖于家法的。给你头上戴一条白布,也不是怕你日后争什么产业,我们大先生在,将来他还要'续弦',那是谁也休想分什么出去的,可是，你'承'服着孝的事，万一被族里知道，那我们侯姓宗族就要开祖宗祠堂向大先生问罪的，你把侯家老仆的后人做为偏室，那以后谁还给你侯姓人家做奴做仆呢？你做皇上，没有人做你的臣子；你做武将，没有人做你的亲兵，为什么？因为人家怕你霸占人家的妻女。你明白吗，春红？"

姑妈虽然对春红说了这许多道理，但春红就是要为母亲'承'服着孝，她跪在姑妈的面前不肯起来，一声声地向姑妈央求着说："姑奶奶就高抬贵手，成全了春红的一片诚意了吧。春红跟奶奶这许多年，奶奶无论要赏给春红什么，春红都没有收下。如今，春红就是向姑奶奶要一条白布条，让春红系在头上，再穿一双白鞋，为奶奶尽一分婢女的本分，这样，此生此世，春红也就无所求了。"

"不行！"姑妈当然不肯答应春红的要求，便斩钉截铁地回答着说。

"姑奶奶若是不肯答应春红的要求，春红就一头撞在大门上，春红听说，奴婢为主子殉命，那是可以立为养女的。"春红说着，真的就要去寻短见。只是，姑妈一把就拉住了她，当即就厉声地对春红说道："那就是乱伦！"一拍桌子，姑妈大声地向春红呵斥着说，"你生的孩子，你们奶奶已经认下做了女儿，你还有什么资格再做你们奶奶的女儿？春红呀，到底你只是个奴仆的后辈，这名门望族里的事，你是不知道的。你莫只看这些人家里乱哄哄地今天出点这个事,明天又出点那个事,可是无论如何乱,我们都乱不了一个根本,这个根本,就是'名分'二字。不要以为你是有功之臣,你就可以入正统,无论到了什么时候,仍然主是主、奴是奴。中国什么都能乱,只有这'正名'两个字不会乱。没有名分,还有什么章法呢?你看到了,几堂丧事,无论一个家族有多少人,这一'承'服着孝,是近是疏,就全分出来了。分出什么来了呢?分出来的就是名分,乱了名分,不光是乱了家法,也乱了国法。臣是臣、君是君,明君也是君,昏君也是君;忠臣是臣,奸臣也是臣。你说你在这家里是有功之臣,主子去世了,让你'承'服着孝不是理所当然的事吗?不行,名不正,理也就不顺,到什么时候也不要忘了你的奴婢身份。好自为之,你也就不要再争了。不知自爱,你争,也没有用。就是姑奶奶发善心让你为奶奶'承'服着孝,到了外边,也会有人把你头上的白布带扯下来,而且还要对你问罪。你是个明白孩子,春红,这种事,你是知道该怎么做的。"

"可是可是,"春红一下子说不出话来了,立时她跪在地上,挺直了身子,就和姑妈争辩,"姑奶奶不是不知道,那孩子是大先生把春红堵在屋里,按在床上强迫着春红才有了的呀!春红怕毁了侯姓人家的名声,这些年不敢说出真相……"

"那你也就不必再说了，你说出来也不会有人相信的。知道自爱，你就咽下这口气，替人受过，大家相安无事，侯姓人家不会亏待你；不知自爱，就是你说了出去，侯姓人家的名声也不会毁在你的手里，人家只说你是想讹诈，才故意往我们圣贤人家的头上栽赃的，最后也就是把你送个地方，或者是给你找个人家，让你一生一世做苦婆子，再也休想吃香的喝辣的，享这份本来不该你享的荣华富贵了。"

听姑妈这样一说，春红再也不说什么了，她一下子止住眼泪儿，一声不吭地站起身来，拍拍膝盖上的土，随后便无声地走出去了。

…………

母亲去世后的第二年，父亲又续娶了"填房"，我们有了继母，父亲又有了妻室，当然还是明媒正娶。我们的这位继母是一家大地主的女儿，原来信佛，曾立志终身不嫁的，只是后来家里出了孽障儿孙，没几年时光家道败落了，这时候再信佛也没多大的意思了，于是就只能出嫁了。

我们的这位继母，也是一个知书达理的人，对于我们兄弟也算很是说得过去了，只是，我们自己的心理不好平衡，于是，第一个是哥哥出走了，随后我也住校了，家里已经是变得没有当年的生气了。

就在哥哥和我离家之后不久，家里传来消息说，春红也带上她生的孩子走了。出走之前,春红什么话也没说,只是在前一天晚上,她拿了一个梯子,立在我们家的大门外,然后自己爬到门槛上,把我们家大门外高悬的几方匾额拭得没了一丝尘土,而那几方匾额,一方上刻的是"诗书传家",另一方匾额上则只刻着两个字:"正名"。